Du même auteur

La Ronde des innocents
Les Nouveaux Auteurs, 2010
et « Points Thriller », n⁰ P2627

Les Cendres froides
Les Nouveaux Auteurs, 2011
et « Points Thriller », n⁰ P2830

Le Murmure de l'Ogre
Seuil, 2012
et « Points Thriller », n⁰ P3143

Sans faille
Seuil, 2014
et « Points Thriller », n⁰ P4000

Une vraie famille
Seuil, 2015
et « Points Thriller », n⁰ P4333

La Femme à droite sur la photo
Seuil, 2017
et « Points Thriller », n⁰ P4817

Dernier Été pour Lisa
Seuil, 2018
et « Points Thriller », n⁰ P5025

Un autre jour
Seuil, 2019
et « Points Thriller », n⁰ P5288

QU'À JAMAIS
J'OUBLIE

VALENTIN MUSSO

QU'À JAMAIS
J'OUBLIE

roman

ÉDITIONS DU SEUIL
57, rue Gaston-Tessier, Paris XIXe

Pour les citations au fil du texte :

René Char, *Feuillets d'Hypnos*, © Éditions Gallimard,
première parution en 1946.

Louis Aragon, *Les voyageurs de l'impériale*, © Éditions Gallimard,
première parution en 1942, nouvelle édition en 1948.

Milan Kundera, *L'insoutenable légèreté de l'être*, © Éditions Gallimard,
première parution en 1984, traduit par François Kérel,
revu par l'auteur dans une nouvelle édition 2020.

ISBN 978-2-02-147035-2

© ÉDITIONS DU SEUIL, MAI 2021

www.seuil.com

J'ai tant fait patience
Qu'à jamais j'oublie ;
Craintes et souffrances
Aux cieux sont parties.

Arthur Rimbaud,
« Chanson de la plus haute tour »

Plonger…

Sentir son corps fendre la surface tremblante de la piscine et renaître aussitôt, glisser miraculeusement sous l'eau, les jambes jointes parallèles au fond – une course vite ralentie qu'elle relancera d'un battement des pieds –, retenir sa respiration, le plus longtemps possible, jusqu'à sentir sa cage thoracique opprimée par le manque d'air, puis remonter lentement, en se disant que quelque chose, peut-être, vous empêchera d'atteindre la surface et vous attirera inexorablement vers le fond. La surface, elle l'atteint pourtant, recrache l'eau chlorée, fait quelques brasses avant de replonger.

Les rires des enfants ne lui parviennent plus qu'à travers un mur ouaté. Ses yeux la piquent. Elle distingue des jambes énergiques qui s'agitent, le fond rouge vif d'un matelas pneumatique. Dans l'eau, elle retrouve immanquablement au bout de quelques secondes son agilité de jeune fille, comme si le poids des ans n'avait plus de prise sur son corps. Le monde s'efface autour d'elle. Cette piscine d'un hôtel du sud de la France ne lui paraît plus tout à fait réelle.

Le lac… Elle a seize ans. Miroitement de l'eau devant elle. Cheveux blonds et peau brûlée par le soleil. La baignade quotidienne, volupté solitaire et silencieuse qu'elle goûte avec l'innocence déjà perdue de l'enfance. Ce ne sont pas à proprement parler

9

des souvenirs, plutôt des sensations prisonnières des pores de sa peau, la mémoire vivante des membres.

Encore quelques brasses et elle prend appui sur le bord de la margelle. Elle regarde alentour, observe : corps alanguis sur les serviettes de bain, rafraîchissements posés sur les tables basses en aluminium, enfants se poursuivant autour du bassin sous les réprimandes de leurs mères.

Dès qu'elle sort de l'eau, la magie cesse d'opérer. Ses jambes se font lourdes, la fatigue s'insinue en elle, rancunière. Elle enlève son bonnet de bain et libère sa chevelure. Les membres ruisselants, elle regagne rapidement son transat. Quelques secondes suffisent pour qu'elle sente les yeux des gens posés sur elle. Malgré son âge, elle a parfaitement conscience de sa beauté et du pouvoir qu'elle exerce encore sur les autres. Sur des hommes plus jeunes qu'elle. Il y a du désir dans leur regard, un désir un peu honteux, vite refoulé. Elle guette souvent ces cruels instants de bascule : quand, d'abord attirés par elle comme par un aimant, ils détournent rapidement la tête, coupables d'avoir pu éprouver, ne fût-ce qu'une seconde, une attirance pour une femme parfois beaucoup plus âgée qu'eux.

Elle n'a pas toujours été belle. À quinze ans, ses traits étaient ingrats, ses allures garçonnières, sa démarche dénuée d'élégance. Les rares photos de cette époque le montreraient avec une féroce vérité. Mais elle n'a nul besoin de ces photos. L'image de ses quinze ans est gravée dans sa mémoire. Ce visage de garçon manqué est le seul qui ait vraiment été le sien. C'est celui qu'elle aurait aimé conserver. Mais, l'été de ses seize ans, la métamorphose s'est produite, inattendue, irréversible : une silhouette fine, des muscles discrets, un visage affiné, une poitrine trop saillante sous les robes blanches de jeune fille modèle. Elle ne s'est plus jamais reconnue dans ce corps. La beauté peut être un fardeau plus lourd à porter que la laideur. Cela, peu de gens sont capables de le comprendre.

Près de sa serviette traîne un best-seller qu'elle a acheté dans la petite boutique de l'hôtel, mais dont elle n'a pas réussi à passer le premier chapitre, par manque d'intérêt.

C'est alors qu'elle va s'allonger qu'elle le voit de l'autre côté. À vrai dire, elle ne le reconnaît pas instantanément ; elle aurait d'ailleurs préféré que la reconnaissance soit immédiate, brutale, sans équivoque. C'est d'abord comme une présence – cette sensation inexplicable que quelqu'un vous épie –, même si l'homme ne la regarde nullement. Il lui faut du temps avant que cette sensation se transforme en pensée rationnelle. Elle cligne des yeux à plusieurs reprises pour être sûre. Elle ne comprend pas comment elle a pu ne pas le remarquer avant. Est-il arrivé tandis qu'elle nageait ? Ou était-il déjà là ? Quelle probabilité y a-t-il que ce soit lui ? *Vraiment* lui.

Elle l'observe, sidérée. Quelque chose remonte en elle, pareil à une lame de fond, qui finit par saisir tout son être. Elle ne peut plus bouger. Sa nuque est raide. Ses bras immobiles collés à ses cuisses. Son corps n'est plus son corps. Elle ne sent plus que les gouttes d'eau ruisseler de ses cheveux jusqu'à son front.

Il est étendu auprès d'une femme aux cheveux gris. Il porte un maillot de bain à rayures remonté jusqu'au nombril. Son corps est laid, avachi. Elle est incapable de lui donner un âge précis. Elle pourrait y parvenir en faisant appel à sa mémoire et en procédant à un rapide calcul, mais sa sidération est trop grande. Au moment où elle l'a reconnu, quelque chose s'est brisé en elle qui ne se réparera pas.

Elle attend. Vingt minutes, peut-être plus. Elle reste figée sur son transat, feignant de prendre le soleil, les yeux dissimulés derrière une paire de lunettes noires mais toujours braqués sur l'homme. Un employé de l'hôtel passe parmi les clients pour leur proposer des boissons fraîches. C'est à peine si elle décline l'offre d'un signe de la tête.

L'homme se lève enfin. Sa femme, ou du moins la femme qui l'accompagne, ne bouge pas. Ils échangent quelques paroles dont elle ne connaîtra pas la teneur. Il lui pose une main sur l'épaule avant de s'éloigner d'un pas traînant, serviette sous le bras.

Elle patiente quelques secondes pour ne pas attirer l'attention – mais qui pourrait bien être capable de saisir ce qui est en train de se jouer au bord de cette piscine ? –, puis récupère rapidement ses affaires et quitte son transat pour le suivre.

L'homme se dirige vers un bungalow à la façade rose, à l'extrémité du complexe hôtelier, derrière des palmiers aux feuilles jaunies. Numéro 36. Il met du temps à ouvrir la porte. Ses gestes sont lents. Elle demeure en retrait, sans pour autant se cacher – il est impensable pour elle qu'il puisse la remarquer. Il finit par entrer dans le bungalow. Elle reste un moment les yeux rivés sur la porte fermée. Elle n'éprouve rien. La souffrance ne trouve pas encore de faille par où s'insinuer en elle.

Enfin, elle regagne sa propre chambre dans un état second. Y reste moins de cinq minutes, le temps de prendre ce dont elle a besoin dans la petite cuisine ouverte. Ensuite, elle retourne en direction du bungalow, accomplissant le chemin comme si aucune autre issue ne s'offrait à elle. Après la fraîcheur fugace de la chambre climatisée, la touffeur extérieure l'enveloppe de nouveau comme une seconde peau.

Arrivée devant le numéro 36, elle pose une oreille contre la porte afin de s'assurer qu'il est toujours seul, que la femme ne l'a pas rejoint. Elle frappe. Le geste est tout juste esquissé, et elle croit un instant qu'il n'a pas pu l'entendre. Mais l'homme finit par ouvrir. Il est toujours en maillot de bain, n'a pas pris la peine d'enfiler de haut. Ses traits n'expriment aucune surprise particulière.

C'est bien lui. À une distance aussi proche, elle sait qu'il n'y a plus aucune erreur possible. Elle n'a pas oublié son visage, qu'elle trouve d'ailleurs moins fatigué que son corps. Elle se dit qu'habillé il doit pouvoir encore faire illusion – c'est l'expression qui lui vient à l'esprit.

– Oui ? murmure-t-il.

– Vous me reconnaissez ?

Sa propre voix lui semble étrange, lointaine. Bien sûr, l'homme ne la reconnaît pas. Il y a néanmoins au fond de ses yeux une minuscule étincelle, qui la fait douter un instant. Un instant seulement. Il secoue la tête, ne comprenant pas à quoi rime la présence de cette femme sur le seuil de son bungalow. Il hausse les sourcils, attend de plus amples explications qui ne viendront pas.

Elle répète :

– Vous me reconnaissez ?

– Que voulez-vous ? demande-t-il en retour, d'un air soudain agacé. Qui êtes-vous ?

– Je m'appelle Nina.

L'homme ne réagit toujours pas. Qu'avait-elle imaginé ? Que la simple évocation de son nom ferait naître chez lui de la panique ? Que le voile se lèverait ?

Il n'a pas encore vu l'objet qu'elle tient dans sa main. Pourtant, elle ne le dissimule pas vraiment. Elle tient le couteau parallèlement à sa cuisse droite, collé contre son paréo encore humide. Dans un placard de la cuisine de sa chambre, elle a choisi le plus gros et le plus tranchant.

– Sainte-Marie, dit-elle après un silence. Vous vous souvenez ?

Mais ses questions n'attendent plus de réponses. Il est trop tard. Au moment où l'homme recule de deux pas, l'air déstabilisé, elle s'avance dans l'embrasure de la porte. Le souffle frais de la climatisation lui balaie le visage. Elle a l'impression de sauter par-dessus un gouffre, d'annihiler le temps. Quarante années… En une seconde, la distance est couverte.

Elle regarde l'homme sans vraiment le voir. Elle serait incapable de dire s'il a peur. Sans doute a-t-il vu le couteau à présent, car sa bouche s'ouvre en grand, comme s'il voulait crier. Aucun son pourtant ne franchit la barrière de ses lèvres. Le dernier acte est joué.

Tandis que quelques cris d'enfants continuent de lui parvenir au loin, en provenance de la piscine, elle referme la porte derrière elle, lève son couteau et lui assène le premier coup, qui l'atteint à la gorge. Une gerbe de sang en jaillit, maculant sa main. Elle ne voit plus que les yeux exorbités de l'homme, ses traits déformés par la panique, le sang. Elle lève le couteau pour lui porter un nouveau coup. Puis un autre. Puis un autre encore.

Pour elle, une seule chose est certaine désormais : elle ne sortira pas de cette chambre tant qu'elle n'aura pas tué cet homme.

PREMIÈRE PARTIE

Notre héritage n'est précédé d'aucun
testament.

René Char, *Feuillets d'Hypnos*

1

Je me dis parfois, avec le fameux recul que l'on invoque une fois la catastrophe arrivée, que les choses auraient pu se dérouler différemment. Mais jusqu'où aurait-il fallu remonter dans le temps, à quelle bifurcation, quel moment de bascule, quel choix hasardeux, pour espérer changer le cours des événements ?

Les drames n'arrivent jamais par hasard. Je crois que nous portons tous en nous, à cause de nos lâchetés et de nos faiblesses, les germes de nos futurs malheurs. Et quand la fracture se produit, brutale et irréversible, nous restons trop aveugles pour être capables de déceler les infimes fêlures qui l'ont annoncée.

*

Paris, mai 2008

Pour moi, la fracture se produit le soir du vernissage.

J'y arrive en retard. « Les embouteillages », me dis-je quand le taxi me dépose devant la galerie, mais au fond de moi je n'y crois pas vraiment. Quatre ou cinq personnes que je connais de vue, verre de vin et cigarette à la main, se tiennent devant la vitrine où s'étale en grand format une photo noir et blanc de mon père : regard fixé vers l'objectif, sourcils broussailleux, visage fermé – un autoportrait inédit récemment retrouvé dans ses archives que j'ai choisi comme affiche de l'exposition.

J'échange quelques poignées de main distraites avec les invités sur le trottoir, retardant comme je le peux le moment de pénétrer dans la fosse aux lions. Deux yeux brillants d'animosité m'accueillent dès que je franchis le seuil de la galerie.

– Qu'est-ce que tu foutais ? Je t'ai laissé au moins trois messages !

Mathieu, le propriétaire, et accessoirement mon meilleur ami, guettait mon arrivée à travers la vitrine. Il vide d'un trait sa coupe de champagne tout en m'agrippant par le bras.

– Désolé, j'ai oublié mon portable chez moi et je n'ai pas vu l'heure passer. Tu sais ce que c'est…

Comment le saurait-il ? Mathieu ne lâche jamais son téléphone, qu'on pourrait parfois prendre pour une extension naturelle de sa main. Il secoue la tête, à peine radouci.

– Tu ne changeras jamais, ma parole… Tu es au courant qu'un portable sert à être joignable justement quand on n'est pas chez soi ?

– Tu n'avais qu'à commencer sans moi. Tu te serais très bien débrouillé tout seul.

Après un court silence, son ton se fait plus sérieux :

– Ce n'est pas moi que les gens attendent ce soir, Théo. C'est toi qu'ils veulent entendre.

Et c'est bien là le problème. Je détourne le regard. D'aussi loin que je me souvienne, me retrouver au centre de l'attention a toujours provoqué chez moi un profond malaise. Le brouhaha des conversations autour de nous me donne déjà mal au crâne.

– Allez, on y va ! ajoute-t-il en me tenant toujours par le bras, de peur sans doute que je ne m'enfuie en courant dès qu'il aura le dos tourné.

Nous nous frayons un chemin parmi les invités. Tout en avançant, Mathieu plaisante à propos de mon retard, comme si je n'étais pas là. Je reste dans son sillage en essayant de sourire.

Les photos aux murs, fruits d'une décennie de travail, toutes cernées d'un fin cadre noir, se succèdent devant moi comme dans un songe. Je serais capable de faire mentalement la visite de l'exposition tant j'ai passé de jours plongé dans les archives de mon père à recenser et trier les milliers de négatifs qu'il avait accumulés les dix dernières années de sa vie. Mathieu et moi avons conservé cent cinquante clichés, tous inédits, qui viennent de donner lieu à la publication d'un livre intitulé *La Mémoire et l'Oubli*, dont j'ai écrit la préface et les légendes.

Au milieu de connaissances et d'anonymes, j'aperçois Isabelle, l'ancienne assistante de mon père, qui me fait signe au passage. Je la connais depuis toujours. Et depuis toujours je lui connais ces cheveux poivre et sel coiffés en chignon qui lui donnent l'air d'une institutrice d'antan. Elle tient un exemplaire du livre serré contre sa poitrine.

– Tu ne peux pas savoir comme je suis émue, Théo... C'est un travail magnifique que tu as fait ! Ton père aurait été fier de toi.

Impossible de tenir le compte du nombre de fois où l'on m'a sorti cette phrase : « Ton père aurait été fier de toi. » Entre autres, quand j'ai obtenu mon bac avec mention très bien, quand j'ai été reçu en classe préparatoire à Henri-IV, quand j'ai intégré la Fémis deux ans plus tard, puis lors de ma première exposition de photos, de la sortie de mes premiers documentaires réalisés pour la télévision, de la parution d'articles qui voyaient en moi le digne héritier de mon père... Mais qui sait réellement ce qu'il aurait pensé de moi et de mon parcours ? Je n'ai jamais tiré de cette sentence ni orgueil ni vanité ; elle a même eu sur moi l'exact effet inverse. Plutôt que de prêter d'hypothétiques pensées à un père mort et enterré, j'aurais préféré que l'on me dise tout simplement : « Nous sommes fiers de toi. » Telle est la phrase que j'ai attendue en vain durant toutes ces années.

À peine ai-je le temps de remercier Isabelle que je suis à nouveau entraîné par Mathieu. Comme un seul homme, les invités nous suivent et avancent vers le fond de la galerie. Près du buffet a été installé un petit espace avec un micro et une table pour la dédicace du livre. Mon regard se perd dans l'assemblée. Je cherche sans trop y croire un visage et ne le trouve pas. Je ne suis même pas déçu. Quand on n'espère rien, on ne l'est jamais. Comme s'il lisait dans mes pensées, Mathieu se penche vers moi.

– Tu lui avais envoyé une invitation ?

– De qui est-ce que tu parles ?

Il secoue la tête, l'air agacé. Conscient que mon attitude est ridicule, je capitule :

– Non. Je ne crois pas qu'elle serait venue, de toute façon...

Je mens. Le visage que je cherchais est celui de ma femme, Juliette. De mon ex-femme plutôt, même si cela faisait longtemps que le mariage était devenu entre nous un simple détail. Voilà plus de six mois que nous ne nous sommes pas vus ni même parlé au téléphone. J'ai hésité pendant des jours avant de glisser une invitation à son nom dans une enveloppe. « J'aimerais beaucoup que tu viennes. J'espère que l'exposition te plaira », ai-je piteusement griffonné au verso du carton. Des mots que j'aurais pu écrire à n'importe quelle vague connaissance, alors que je m'adressais à la femme qui a partagé six ans de mon existence.

« Je voudrais que tu sois auprès de moi. Pour mon père. Pour moi. Pour nous. Je ne veux pas que les choses se terminent ainsi. » Ces quelques phrases étaient-elles si difficiles à écrire ? Il faut le croire puisque je n'en ai pas été capable.

Mathieu s'empare d'une nouvelle coupe de champagne et fait tinter dessus une petite cuillère, comme le témoin d'un mariage s'apprêtant à gratifier l'assistance de son inévitable discours mêlé de blagues potaches et de moments d'émotion. Il prend le micro, le tapote pour vérifier le son puis, du ton volubile que je lui ai toujours connu, se lance dans une rétrospective de la carrière de mon père.

Tout y passe : ses débuts en tant que peintre qui resteront sans lendemain, ses premiers clichés de voyages en Afrique et en Asie publiés dans des magazines, son engagement dans la Résistance, ses années de photojournalisme au sein de célèbres agences de presse, ses reportages croisés aux États-Unis et en URSS au temps de la guerre froide, jusqu'à la rupture brutale – cette année 1963 où il cessa toute collaboration avec les grands magazines de l'époque pour se consacrer à des projets personnels qui ne donnèrent lieu qu'à de rares expositions ou publications de son vivant. Une quasi-retraite au faîte de sa célébrité, qui devait participer grandement à la légende du mystérieux Joseph Kircher.

Je connais tout cela par cœur. En entendant Mathieu, j'ai l'impression d'écouter un disque rayé. Je finis par décrocher et laisse mon regard dériver sur l'assistance, qui n'est plus pour moi qu'une masse nébuleuse. Des applaudissements retentissent. Ce n'est qu'à ce moment que je me rends compte que Mathieu me tend le micro.

Parler de mon père en public a toujours constitué pour moi une épreuve. Sans doute parce que je ne sais jamais quel parti adopter. Me mettre en retrait et disserter au sujet de son travail avec une illusoire objectivité, comme je pourrais le faire de celui de Doisneau ou de Cartier-Bresson ? Ou assumer le fait que, pour la plupart des gens, je n'existe qu'à travers lui, qu'il n'est pas seulement mon père mais la figure tutélaire sous laquelle j'ai vécu l'essentiel de mon existence, toujours stupéfait de constater à quel point les morts peuvent écraser les vivants de leur présence ?

Las de demeurer dans l'ombre d'une légende, j'ai quitté la France à l'aube de mes trente ans pour m'installer à Los Angeles, que je connaissais un peu. J'ai vécu cinq ans aux États-Unis et, pour être franc, je crois que ce furent les meilleures années de ma vie. Ironie du sort, alors que je tentais d'échapper au poids de mon nom de famille, c'est lui qui m'a ouvert les portes d'une carrière de « photographe des stars », comme devaient bientôt me qualifier les magazines *people*. J'étais parti là-bas sans projet véritable ni ambition particulière. Mais mon père, qui avait longtemps travaillé pour *Life*, était suffisamment renommé outre-Atlantique pour qu'un agent me propose de faire quelques shootings pour des actrices et acteurs de second rang en quête de crédibilité artistique. Mes photos, toutes en noir et blanc et sur argentique, à contre-courant de la mode du numérique et du diktat de Photoshop, ont eu un succès que je n'attendais pas. Des stars se sont bientôt arraché mes services et je suis devenu malgré moi et sans réel effort un photographe en vue. Comme l'a dit Capa, les photos étaient là, il ne me restait qu'à les prendre.

J'ai rencontré Juliette dans une de ces assommantes et interminables soirées d'une villa de Bel Air dont Hollywood a le secret. Expatriée, elle travaillait comme directrice du marketing d'une agence de communication. Très gros salaire. Très grosses responsabilités. Elle et moi traversions un désert sentimental émaillé de relations aussi brèves que superficielles. Nous nous sommes tout de suite plu et avons commencé à nous fréquenter, sans nous prendre au sérieux et en évitant prudemment tout projet de vie sous le même toit. Nous profitions des avantages du couple sans en subir les tracas et l'usure du quotidien. Loin de la France, enfermé dans une bulle où tout était facile et factice, j'ai vraiment cru que notre relation pourrait durer. Bien qu'ambitieuse, Juliette n'était pas prête à sacrifier sa vie personnelle ou tout espoir de bâtir une vie de famille. La sienne lui manquait, son pays et ses amis lui manquaient. Nous sommes rentrés à Paris quand on lui a proposé un poste encore mieux payé que celui qu'elle occupait. La suite est tristement banale. À partir du moment où nous avons emménagé ensemble et décidé de nous marier, le carrosse est redevenu citrouille. Nos débuts américains avaient été notre nuit de bal, éphémère et illusoire. Rien ne s'était vraiment cassé entre nous, puisque à l'évidence nous n'avions rien été capables de construire.

Mathieu me tend toujours le micro, gêné devant mon absence de réaction. Je finis par me ressaisir et le saisir. Je n'ai rien préparé de précis. J'aimerais être ailleurs. Dès les premiers mots, ma voix se fait hésitante :

– Comme vous le savez, j'ai très peu connu mon père. Je n'avais que cinq ans lorsqu'il est mort d'une attaque cardiaque un soir de février 1973. Quand je pense à lui, j'ai du mal à démêler mes souvenirs de ce qu'on a pu me raconter à son sujet. Les photos aussi sont pour moi trompeuses. En regardant les clichés accrochés dans cette galerie, je suis naïvement persuadé d'avoir été le témoin de chacune de ces scènes. Certaines choses, pourtant, sont indélébiles. Il me restera toujours de lui le son de sa voix, l'image de ses mains calleuses, de sa grande silhouette dans son atelier penchée au-dessus d'une table sur laquelle il étalait et triait ses épreuves. C'est dans cet atelier de notre moulin de Saint-Arnoult-en-Yvelines qu'a été prise la photo que vous voyez ici.

Je m'interromps et désigne du doigt un cliché en noir et blanc sur ma gauche. Il représente un petit garçon : coupe au bol, menton boudeur, yeux noirs, regard perdu vers une cible invisible au-dessus de l'objectif. La photo a beau avoir été prise trente-cinq ans plus tôt, je trouve que je n'ai pas tellement changé, à part la coupe de cheveux évidemment. Aussitôt me reviennent en mémoire des images du moulin – une très ancienne bâtisse achetée en fort mauvais état, dans laquelle mon père devait engloutir la moitié de sa fortune. L'immense salon aux poutres apparentes. L'escalier en bois qui conduisait aux chambres et à la mezzanine croulant sous les livres. La cage abritant la vieille roue. Après le décès de mon père, nous avons encore vécu trois ans au moulin avant que ma mère, dépassée par l'entretien du domaine et les sempiternels travaux de rénovation, se décide à le vendre à un couple d'étrangers passionnés de vieilles pierres.

Détournant le regard, je poursuis :

– J'avais quatre ans à l'époque. Certains d'entre vous, mais ils sont rares, ont connu le moulin et y ont passé d'interminables soirées autour des grands crus que collectionnait mon père. Je me rappelle confusément quelques-unes de ces soirées. On dressait la grande table de chêne au milieu du salon pour dix ou quinze personnes. Au fond de la pièce, à travers un gros œil-de-bœuf, on pouvait encore voir la chute d'eau de la rivière, qui passait sous la maison. La roue avait disparu depuis longtemps mais un système de vanne permettait de bloquer ou de libérer les eaux. Mon père, vous le savez, était un bavard invétéré et il ne supportait pas qu'on l'interrompe. On m'a raconté que, lorsqu'on lui coupait la parole durant un dîner, il se fâchait et allait ouvrir la vanne en grand pour que le bruit de la cascade empêche toute conversation. (Quelques rires fusent dans l'assistance.) Mais il m'est impossible d'évoquer le souvenir de Joseph sans parler de celle qui fut son épouse les cinq dernières années de sa vie : ma mère, Nina. Quand il l'a rencontrée à Paris à la fin des années soixante, il traversait une crise existentielle et artistique sans précédent. Il était alors sur le point d'abandonner la photographie et je crois que, sans elle, il n'aurait plus jamais tenu un appareil entre ses mains. Mon père avait une vision très romantique de l'inspiration. Il répétait à l'envi que Nina était sa muse, celle qui l'avait fait renaître, lui avait donné un second souffle. Les photos que vous avez le privilège de voir ce soir n'auraient jamais existé sans elle.

Je marque une pause.

– Ma mère n'est pas présente ce soir et je crois qu'elle ne voudrait pas que son absence soit mal interprétée. Vous savez qu'elle a toujours été d'un tempérament solitaire et que le souvenir de cette période lui cause beaucoup de souffrances. Ces photos ont fini par représenter pour elle un héritage trop lourd à porter. Sachez simplement que, du sud de la France où elle se repose, elle est de tout cœur avec nous. Je vous remercie.

L'assistance applaudit. Je rends aussitôt le micro à Mathieu.

– Cher amis, je vous propose de continuer à profiter du buffet avant que Théo se plie à la traditionnelle séance de dédicace. Je vous rappelle que l'ouvrage ne paraîtra que dans dix jours et qu'il vous est proposé en avant-première.

On se disperse un peu, les conversations repartent, le brouhaha ambiant reprend. Mathieu me tapote l'épaule, un sourire aux lèvres.

– Tu as très bien parlé. J'aime quand tu te décoinces un peu.

– Je n'ai dit que des banalités.

– Qu'importe les banalités si elles sont dites avec sincérité.

– Ça aussi, c'est une banalité.

Mathieu semble chercher du regard quelqu'un dans la foule.

– Au fait, il faut que je te présente ce journaliste dont je t'ai parlé hier. Il est littéralement enthousiasmé par les photos. Je ne te cache pas qu'il était dubitatif au début : il devait s'imaginer qu'on avait fait les fonds de tiroir... Il m'a promis un article dithyrambique pour la semaine prochaine.

– D'accord, mais est-ce qu'on pourrait faire ça après la dédicace ?

Il me jette un regard suspicieux.

– Tu ne te défiles pas, hein ?

– C'est mon genre ?

– Plutôt, oui.

– Plus sérieusement, est-ce que tu as eu des nouvelles de Lachaume ? Il m'avait dit qu'il me rappellerait.

À l'évocation du nom de notre avocat, Mathieu secoue la tête en grimaçant.

– Rien de concret, mais je crois vraiment que ce n'étaient que des menaces en l'air. Ton frère...

– Mon demi-frère.

– Très bien… Ton demi-frère n'ira pas jusqu'où bout. Il ne peut strictement rien contre nous. Ta mère est exécutrice testamentaire et il touchera la part qui lui est due. Aucun juge ne fera interdire l'exposition ou la parution du livre sans motifs sérieux. Qu'est-ce qu'il pourrait bien y gagner, de toute façon ?

– Tu ne sais pas ce dont Camille est capable quand il traverse une de ses crises de paranoïa.

– Est-ce que tu sais où il est en ce moment ?

– Non. Soit en cure de désintox, soit shooté jusqu'aux oreilles dans une chambre quelque part. Rien de nouveau sous le soleil : c'est à ça qu'il a passé la moitié de sa vie.

– Tu es dur avec lui, Théo.

– Il l'est bien davantage avec moi. Bordel ! Comment peut-il nous menacer d'une action en justice à cause de ces photos ? Il s'agit aussi de son père, et il n'en a jamais rien eu à foutre de son œuvre. Et voilà qu'il débarque comme un chien dans un jeu de quilles, soi-disant pour protéger sa mémoire ! Mon père ne s'était jamais opposé à ce que ces photos soient rendues publiques un jour. Je suis même sûr qu'il espérait qu'elles le soient…

Sans m'en rendre compte, j'ai haussé exagérément la voix, si bien que plusieurs personnes tournent la tête dans notre direction. Je n'ai pas encore digéré la mise en demeure que Camille nous a adressée par voie d'huissier. Je la digère d'autant moins qu'il était parfaitement au courant du travail que nous avions entrepris et qu'il ne s'était jamais manifesté jusque-là.

– Je le sais bien, Théo. Ne te mets pas dans un état pareil. Ne gâchons pas cette soirée, ce serait trop bête.

J'acquiesce, essayant de me calmer, mais cette soirée était pour moi gâchée avant même qu'elle commence. Ma famille est accrochée aux murs de cette galerie, étalée aux yeux de dizaines et de dizaines d'inconnus, et elle n'est même pas présente à mes côtés. Je me sens soudain dépossédé d'une partie de moi. Camille a peut-être raison après tout. Sans doute aurait-il mieux valu que ces négatifs dorment à jamais dans des cartons.

Je passe ensuite une bonne heure à dédicacer l'ouvrage et à discuter avec les gens. Quelques-uns, issus de divers milieux artistiques, ont connu mon père dans les années soixante, parfois même une décennie plus tôt. Ils me racontent des anecdotes. Rien ne me permet de dire si elles sont réelles ou si elles n'ont pas été enjolivées par le temps, comme le sont nombre de mes propres souvenirs. Une femme que je ne connais pas, la soixantaine, le regard malicieux derrière des lunettes à monture en écaille, me raconte un voyage qu'elle a effectué avec Joseph et une délégation française dans un sovkhose abkhazien. Elle me parle de serres expérimentales, de champs d'hybrides de tomates et de poivrons. La scène est un peu surréaliste, mais je l'écoute poliment. Je n'ai jamais compris comment un homme comme mon père, indépendant, pessimiste et volontiers misanthrope, avait pu sincèrement croire à l'utopie communiste. Ses photos sur l'Union soviétique des années cinquante sont d'ailleurs celles qui me paraissent les plus artificielles.

– Quelle était la photo préférée de votre père ? me demande la femme au moment où je lui tends le livre que je viens de signer.

Je feins d'hésiter un instant alors que j'ai maintes fois répondu à cette question.

– Il vous aurait certainement dit : « Celle que je prendrai demain. »

Elle glousse du bon mot que j'ai emprunté à Imogen Cunningham, avant de me remercier d'avoir pu partager cet instant avec moi.

La suite de la soirée me glisse dessus. Je discute longuement avec le journaliste – mais Mathieu à mes côtés sent que je réponds à ses questions de façon mécanique –, je signe encore quelques livres à des retardataires, flâne parmi les invités, un sourire de façade aux lèvres.

Presque malgré moi, je me retrouve devant une photo prise dans le parc du moulin de Saint-Arnoult près de la rivière. Mon père, ma mère, Camille, ma tante et moi. Je réalise qu'il s'agit sans doute du seul cliché où nous sommes tous réunis. Nos visages sont un peu flous, comme si la mise au point avait été mal faite. J'ai toujours supposé que mon père avait utilisé un retardateur, mais je ne suis plus sûr de rien à présent. Peut-être quelqu'un d'autre – mais qui ? – a-t-il pris cette photo qui ne me semble pas à sa place. C'est une impression vague et fugace qui me traverse. De même que les clichés de la « période soviétique », celui-ci me paraît factice, presque de mauvais goût. Comme si l'on avait demandé à des figurants de jouer à la famille modèle. Au milieu de la foule, devant les visages des miens, je me sens soudain terriblement seul.

On dit souvent qu'un pressentiment, une prémonition, vous prévient d'un malheur qui est sur le point de se produire. Mais là, je ne ressens rien. Absolument rien.

2

Il est près de 2 heures du matin lorsque je rentre chez moi, dans mon appartement de la rue Jacob, dans le VIe arrondissement. Vaseux et gris alors que je n'ai pas dû boire plus de deux coupes de champagne au cours de la soirée, j'ai préféré marcher depuis la galerie pour prendre l'air et me changer les idées.

Je n'allume pas la lumière. Le salon baigne dans le bleu des néons de l'hôtel d'en face. C'est dans cet appartement que Juliette et moi avons vécu à notre retour des États-Unis. Au moins avons-nous eu la sagesse de ne pas acheter et de rester locataires. Quand nous avons rompu, je lui ai proposé de garder l'appartement, mais elle a décliné mon offre, persuadée qu'une page ne peut jamais se tourner à moitié. Alors je suis resté. Peut-être par masochisme, peut-être dans l'espoir un peu vain que nous finirions par nous remettre ensemble, parce que je croyais encore à l'époque que le passé pouvait se réparer comme un vieux jouet cassé.

Bien qu'épuisé, je sais que je n'arriverai pas à trouver le sommeil. Je cherche mon téléphone dans la pénombre, le repère sur le comptoir de la cuisine. Il n'a plus de batterie. J'entrouvre la fenêtre et allume une cigarette. Par-dessus les toits, on distingue un minuscule bout du clocher de l'église de Saint-Germain. Je vois un chat passer sur des échaudages en face.

Je ne peux m'empêcher de penser à Camille. J'éprouve soudain l'envie de l'appeler, malgré l'heure tardive, malgré la lettre de son avocat et tout ce qui s'est passé entre nous. Je sais pourtant que je ne trouverai rien à lui dire. Les mots sont enfouis quelque part en moi dans une crypte inaccessible. Comment notre relation a-t-elle pu se dégrader à ce point ? J'ai le souvenir d'une époque où, en dépit de nos différences de caractère – lui le solaire et l'extraverti, moi le taciturne et le réservé –, nous nous entendions bien. Après la mort de mon père, Camille est demeuré un an avec nous avant d'aller habiter chez notre tante Maud, sur la Côte d'Azur.

C'est à l'adolescence que Camille est tombé dans la drogue. Il n'y est pas tombé comme dans un gouffre, les choses se sont faites insensiblement, sans que personne de son entourage s'en rende compte, moi le premier : quelques joints le week-end ou pendant les vacances, puis la consommation quotidienne et les premières pilules d'ecstasy. À l'âge de dix-huit ans, il a fait la rencontre de son premier dealer officiel et, avec lui, de la coke et du speed. Quand pour une raison ou une autre il ne pouvait pas se ravitailler, il écrasait et sniffait de l'Atarax ou de la zopiclone dénichés dans l'armoire à pharmacie de notre tante, pour tenir le coup. La situation dure depuis vingt-cinq ans, de périodes parfois longues de décrochage en rechutes inexorables.

Entre deux cures, mon frère a commencé à s'enfoncer dans une forme de paranoïa. Je ne serais même plus capable de retracer la chronologie précise des événements. Il lui arrivait de se croire suivi et espionné, écouté au téléphone, et il s'est un beau jour persuadé qu'une partie de l'héritage paternel avait été détournée. Même si mon père vivait très bien de son travail, ce n'est qu'après sa mort que la cote de ses photos s'est envolée. Mais l'essentiel de l'argent de ma famille provient de l'incroyable collection que Joseph Kircher a accumulée au cours de sa vie, le plus souvent au gré de ses amitiés. J'ai grandi au milieu de tirages originaux de Man Ray et de Brassaï, de toiles de Dubuffet, Fontana ou Morandi, en imaginant que ce décor quotidien était celui de tous les enfants de mon âge. Après la mort de mon père, ma mère a découvert qu'il détenait encore une vingtaine de toiles et de meubles de cet acabit entreposés dans l'immeuble d'une société de conservation des œuvres d'art. La moitié de la collection a servi à régler en nature les droits de succession, mais au fil du temps Camille s'est mis en tête que certaines œuvres accrochées au moulin avaient été dissimulées et qu'on l'avait spolié. Quelques lettres puériles menaçant d'une action en justice nous sont parvenues de temps à autre, toutes restées sans lendemain. Comme le restera sans doute sa dernière attaque contre l'exposition et la publication du livre. Je sais que Camille n'agit pas pour l'argent – comme moi, il en a assez pour passer deux ou trois vies sans travailler. Ces accusations grotesques ne sont que la traduction d'un mal-être puissant et d'une colère qu'il ne sait pas contre qui diriger.

Que se serait-il passé si Camille était resté chez nous ? Je me pose souvent la question et m'étonne même du flou qui entoure cette période de ma vie. Comment ma mère a-t-elle pu laisser partir Camille vivre chez Maud alors qu'elle l'avait élevé comme son propre fils ? Et comment est-il possible que durant toutes ces années je n'aie jamais abordé le sujet avec elle ? J'imagine qu'elle ne se sentait pas suffisamment forte pour continuer à élever seule deux enfants. Je crois au fond que Nina ne m'a vraiment aimé que petit et malléable. En grandissant, j'ai eu le sentiment de devenir pour elle une chose encombrante, qu'on souhaiterait ne pas avoir en permanence sous les yeux. Tout était bon durant les congés pour m'éloigner de la maison. Je passais l'essentiel de mes étés chez Maud dans les Alpes-Maritimes et partais en colonie ou chez les scouts durant les petites vacances. Le reste du temps, Nina m'apparaissait comme une figure absente et lointaine – femme trop belle et trop jeune dont la vie ne semblait jamais avoir éclos, comme un bourgeon brûlé précocement par le froid.

J'écrase ma cigarette dans une coupelle sur le balcon. Je prends une bière dans le frigo mais n'en bois qu'une gorgée avant d'aller me déshabiller dans ma chambre. Je retrouve mon chargeur connecté à une prise près de mon lit et y branche mon téléphone. Dans la salle de bains, j'enlève mes lentilles et me lave les dents, les yeux fixés sur mes traits tirés et mon visage trop pâle dans le miroir. Je me sens courbaturé, peut-être suis-je malade. Au bout de quelques minutes, le carillon de mon portable rallumé m'indique que j'ai des messages en attente.

Sur l'écran apparaissent trois SMS vindicatifs de Mathieu qui se demande où-je-suis-nom-de-Dieu. Ils m'arrachent un sourire, le premier de la soirée, qui ne durera pas. En fin d'après-midi, j'ai reçu deux appels provenant d'un même numéro inconnu. La personne qui a cherché à me joindre m'a laissé un message d'environ deux minutes. Je l'écoute assis sur le bord de mon lit. J'en comprends chaque mot, mais l'ensemble paraît n'avoir aucun sens, comme un puzzle dont la dernière pièce ne révélerait pas l'image affichée sur la boîte. Je reste abasourdi, incapable d'ébaucher le moindre geste.

C'est un policier qui parle. Son ton est froid. Le débit de sa voix rapide. Il m'annonce que ma mère a tenté d'assassiner un homme.

3

J'écoute le message trois fois, espérant qu'il s'agit d'un canular ou d'un malentendu, qu'une explication viendra mettre un terme à cette situation insensée. Je ne sais pas quoi faire. Impossible à cette heure de rappeler ce policier ; il m'a d'ailleurs indiqué que, si je n'avais pas rapidement son message, je ne pourrais le joindre que le lendemain matin.

J'essaie de me répéter qu'il doit s'agir d'un accident, mais l'homme a bel et bien parlé d'une « tentative d'assassinat ». Si je ne connais pas grand-chose au vocabulaire juridique, je sais au moins que cette expression suppose la préméditation. Presque machinalement, je choisis le numéro de ma mère dans mes favoris. Le téléphone sonne dans le vide. « Redescends sur terre, Théo : elle vient d'être arrêtée pour avoir essayé de tuer quelqu'un. »

Démuni, j'appelle dans la foulée Mathieu qui, lui, décroche dès la première sonnerie. Il a l'air encore plus éméché que lorsque je l'ai quitté – sans doute a-t-il continué à boire. Je balbutie quelques paroles qui semblent incompréhensibles même à mes propres oreilles, puis entreprends de lui rapporter mot pour mot ce que m'a dit le policier, mais il n'est pas long à m'interrompre :

– Attends ! Qu'est-ce que tu racontes, Théo ? Ton histoire n'a ni queue ni tête. Ta mère a tué quelqu'un ?

Il crie presque dans le téléphone. Je passe une main sur mon front ; je crois que j'ai de la fièvre. Mon cœur bat anormalement vite.

– Non. Elle a *essayé* de tuer un homme... Cet après-midi.

– Où ça ?

– Dans un hôtel, près d'Avignon, où elle avait prévu de rester quelques jours.

– Je croyais qu'elle était chez ta tante.

– Non, elle devait la rejoindre plus tard à Antibes.

– Et tu dis qu'elle a cherché à tuer cet homme *volontairement* ?

Il insiste tellement sur ce dernier mot qu'il apparaît dans ma tête en lettres capitales.

– Oui.

– Merde ! Qui est-ce ?

– Je n'en ai pas la moindre idée, ce flic ne me l'a pas dit. Je sais simplement qu'elle aurait débarqué dans sa chambre d'hôtel et qu'elle l'aurait attaqué avec un couteau...

– Un couteau ? Ta mère a voulu tuer quelqu'un avec un couteau ?

– Oui, c'est exactement ce que je suis en train de te dire.

– Dans quel état est-il ? Est-ce qu'il est grièvement blessé ?

– Ça non plus je ne le sais pas.

– Il y a eu des témoins ? Est-ce qu'il ne peut pas s'agir d'une... méprise ?

Cette fois, c'est moi qui hausse la voix :

– Non, il ne s'agit pas d'une putain de méprise ! Les flics n'ont aucun doute sur le fait que c'est bien ma mère qui a fait ça !

Mathieu ne dit plus rien, il encaisse le choc.

– Qu'est-ce que je dois faire ?

– Où est-elle en ce moment ? Au commissariat ?

– Non, elle a été hospitalisée.

– Elle est blessée elle aussi ?

– « Blessée » n'est pas le mot, mais, à ce que j'ai compris, elle n'était pas psychologiquement en état d'être conduite chez les flics.

– Tu sais dans quel hôpital elle se trouve ?

– Oui, le policier m'a donné l'adresse.

– Est-ce qu'ils l'ont déjà interrogée ? Est-ce qu'elle a été placée en garde à vue ?

– Je n'en sais rien, Mathieu. Arrête avec tes questions !

– Bon. À moins que ce ne soit ta mère qui l'ait demandé, je ne crois pas que la police était obligée de te prévenir. Si elle n'est pas en état de parler, je doute qu'ils aient fait débuter la garde à vue. Ça vaut peut-être mieux, d'ailleurs... Elle ne doit rien dire tant qu'il n'y aura pas un avocat à ses côtés. Tu m'entends ?

Tout se brouille dans ma tête. Je n'arrive déjà plus à suivre le fil de la conversation.

– Oui, je t'entends.

– Est-ce que tu veux que je vienne chez toi ? On pourrait parler plus tranquillement et tu pourrais me faire écouter ce message.

– Non, ça ne servirait à rien. J'ai des coups de fil à passer...

– Il est 2 heures du matin, Théo ! Qui est-ce que tu veux appeler à une heure pareille ?

– Je ne sais pas... L'hôpital. Il faut simplement que j'agisse.

– Attends ! Tu ne peux pas...

– Merci pour ton aide, mais je crois que je vais faire face. J'avais juste besoin de t'entendre. Ne t'inquiète pas, les choses vont s'arranger.

Évidemment, je lui mens et me mens à moi-même. Non, les choses ne vont pas s'arranger d'un coup de baguette magique. Mathieu a raison : ma mère a besoin d'un avocat au plus vite. Il faut que je contacte Lachaume, qui s'occupe des affaires de notre famille depuis plus de dix ans. Il est spécialisé dans la protection des droits artistiques, mais je suis sûr qu'il pourra très vite me trouver quelqu'un de compétent pour ce genre d'affaires. Je l'appelle, tombe évidemment sur son répondeur et lui laisse un long message dans lequel je lui explique tout ce que je sais.

Après être resté de longues minutes sur le lit, je fais un effort pour sortir de ma torpeur. Dans la cuisine, je me prépare un café puis cherche sur Internet le numéro du standard de l'hôpital. J'appelle à deux reprises mais personne ne répond. Je referai une tentative plus tard.

Ma première idée est de réserver un TGV pour Avignon. Sur mon ordinateur, je vois que le premier train part aux alentours de 7 h 30, ce qui signifie que je pourrai être sur place vers 11 heures. Mais je sais que je serai incapable de fermer l'œil de la nuit et je ne veux pas tourner en rond comme un animal en cage. Je consulte un site de calcul d'itinéraire : si je ne suis pas trop regardant sur les limitations de vitesse, je peux faire la route en six heures. Je n'hésite pas longtemps. De toute façon, que pourrais-je faire dans cet appartement jusqu'au petit matin ?

Dans ma chambre, je remplis un sac à la va-vite – assez d'affaires pour tenir deux ou trois jours, même si je n'ai encore aucune idée du temps que durera mon voyage. L'immeuble où j'habite n'a pas de parking souterrain ; depuis quelques années, je loue à prix d'or une place à deux cents mètres de chez moi, alors même que je n'utilise quasiment jamais ma voiture. Lorsque je vivais avec Juliette, nous partions souvent en escapade le week-end ou pendant les vacances, mais ce temps-là est révolu.

Il est 2 h 30 du matin quand je quitte le parking à l'angle de la rue Jacob et de celle des Saints-Pères. Je conduis si peu souvent que j'ai du mal à retrouver mes réflexes. Les rues sont presque désertes. La solitude me colle au corps comme une seconde peau. Je traverse le sud de Paris. Après le périphérique, je prends l'A6, l'autoroute du Soleil – et il me semble que, étant donné les circonstances, cette autoroute n'a jamais aussi mal porté son nom.

4

La même image revient en boucle dans ma tête : ma mère brandissant un couteau et se ruant sur un homme sans âge, dont les traits restent pour moi désespérément flous. Je la vois un instant plus tard les mains et le visage recouverts de sang, hagarde. La scène semble sortie d'un cauchemar. Peut-être vais-je finir par me réveiller avant la fin de la nuit.

Les heures passent. Au bout de quatre cents kilomètres, entre Mâcon et Lyon, je m'arrête sur une aire d'autoroute pour faire une pause et prendre de l'essence. Dans la boutique devant les pompes, il y a plus de monde que je ne l'aurais imaginé. Où vont tous ces gens à pareille heure ? Je n'imagine pas qu'une seule de ces personnes puisse être sur cette aire par pur plaisir. J'achète un café long au distributeur et le bois en fumant deux cigarettes d'affilée, appuyé contre le capot de ma voiture. J'entends le flux continu des véhicules qui passent un peu plus loin. J'ai dépassé depuis longtemps le stade de la fatigue.

Le reste de la route est plus difficile. J'ai mal aux cervicales et au dos, si bien que je dois faire des pauses fréquentes. J'avale café sur café. J'allume fréquemment la radio, passant d'une chaîne d'infos à l'autre, persuadé qu'on va parler de ma mère et de la tentative d'assassinat. Affrontements à Beyrouth, suites de l'affaire

Kerviel, défaite annoncée de Hillary Clinton pour les primaires démocrates... Nulle part, bien sûr, il n'en est encore question.

Aux alentours de 8 heures, Lachaume me rappelle. Il m'explique qu'il vient juste d'avoir mon message. Lui qui ne laisse d'habitude transparaître aucune émotion semble tombé des nues. Je lui rapporte à nouveau la teneur des propos du policier, pour tenter de nous raccrocher tous deux au réel. Sans hésiter, il m'affirme connaître la bonne personne pour venir en aide à ma mère : Éric Guez.

Ce nom tombe comme un couperet. Guez est un avocat hyper médiatique, excellent client de tous les plateaux de télévision, où son sens de la formule fait mouche. Bête noire des prétoires, il a à son actif un nombre impressionnant d'acquittements, qui lui ont valu le surnom risible de Disculpator. Si les hommes politiques empêtrés dans des scandales fiscaux se l'arrachent, il défend aussi souvent au pénal des familles de victimes dans des affaires de meurtre, de viol ou d'enlèvement. Je réagis aussitôt :

– Écoutez, la vie de ma famille va se retrouver étalée dans les médias. Guez est trop exposé, il est clivant, les juges le détestent. Il va envenimer la situation...

– « Envenimer la situation » ? Théo, Nina est soupçonnée d'assassinat. Il nous faut le meilleur des meilleurs, et Guez est cet homme-là. J'ai la chance de le connaître depuis des années, je peux entrer directement en contact avec lui. Je peux vous assurer qu'il se jettera sur cette affaire.

– C'est bien ce qui me fait peur... Enfin, je suppose que nous n'avons pas le choix.

– Il nous faut quelqu'un de fiable, et très vite. Un avocat qui ne lâchera pas le morceau, qui saura se montrer à la hauteur.

Mon hésitation n'est que de courte durée. Je suis de toute manière incapable pour le moment de trouver une autre solution.

– D'accord, contactez-le.

Lachaume m'explique qu'un avocat doit attendre la vingt et unième heure de garde à vue pour voir son client et accéder au dossier. Il me confirme ce que m'a dit Mathieu : rien n'obligeait la police à me prévenir et il a d'ailleurs du mal à comprendre pourquoi elle l'a fait. Il me quitte en me promettant de me rappeler dès qu'il aura réussi à joindre Guez. J'envoie ensuite un message à Mathieu pour le tenir au courant et le rassurer, mais aussi pour me persuader que j'ai fait le meilleur choix.

J'arrive aux abords d'Avignon une heure plus tard. Suivant les informations du GPS, je traverse le Rhône et emprunte la rocade autour de la ville. Le centre hospitalier où se trouve ma mère se situe en bordure de la Durance. Il est 9 h 30 lorsque j'entre sur le parking. Malgré la présence de quelques arbres et d'espaces verts, le décor est morne et triste. L'hôpital est constitué de grands parallélépipèdes gris de tailles diverses, qui me rappellent les formes géométriques du jeu *Tetris* auquel je jouais adolescent, les couleurs en moins. Je me gare près d'un préfabriqué. En sortant de la voiture, je suis pris d'une sorte de vertige. Je crois que ce n'est que maintenant que le réel me heurte de plein fouet et que j'envisage de façon tangible les conséquences de cette affaire. Même avec le meilleur avocat du monde, ma mère ira en prison. En imaginant des circonstances atténuantes – mais lesquelles, alors que je ne sais même pas qui elle a voulu tuer ? –, quel est le minimum d'années dont on peut écoper ? Cinq ans ? Dix ans ? Je n'en ai pas la moindre idée.

Après avoir fumé une nouvelle cigarette, je me dirige vers l'hôpital. À l'accueil, je dis que je viens rendre visite à ma mère. La femme derrière le comptoir vitré m'explique que les visites ne commencent qu'à 13 heures.

– Vous ne le saviez pas ?

J'hésite, l'air embarrassé :

– Ma mère a été admise hier dans des circonstances particulières. Elle s'appelle Nina Kircher.

Son visage se crispe. Elle est au courant. Évidemment, tout l'hôpital doit être au courant.

– Oh, je vois... Je vais... je vais appeler quelqu'un. Si vous voulez bien patienter un moment, me dit-elle en désignant des sièges en plastique près de l'entrée.

Je vais m'asseoir près d'un gros ficus qui semble aussi déprimé que je le suis. Je n'attends pas longtemps, cinq minutes tout au plus. Un homme en costume vient se présenter à moi. Il doit avoir mon âge. Il fait partie de la direction de l'hôpital mais je ne saisis pas bien quel rôle il y joue.

– Vous êtes le fils de Mme Kircher ?

– Oui.

– J'imagine que les choses doivent être très difficiles pour vous, me dit-il d'un ton vaguement compatissant.

– Que s'est-il passé ?

Il me regarde, dubitatif, ne sachant par où commencer.

– Votre mère a été admise hier après-midi dans nos services. Vous savez qu'une enquête de police est en cours...

J'acquiesce.

– Je viens d'arriver de Paris, c'est la police qui m'a prévenu tardivement hier soir.

– Je comprends.

– Je voudrais la voir.

Il toussote, l'air toujours sceptique.

– Je suis vraiment désolé, mais votre mère n'est pas en état de recevoir de visites et la police nous a...

Il s'interrompt et regarde ailleurs.

– Elle est en garde à vue, n'est-ce pas ? C'est la vraie raison pour laquelle je ne peux pas la voir ?

– Je n'ai malheureusement pas le droit de vous en dire plus.

– Il s'agit de ma mère ! Je me fous de ce qu'on lui reproche. Si elle est à l'hôpital, c'est qu'il y a une raison. Je veux la voir, tout simplement !

– Écoutez, vous avez bien sûr le droit d'en savoir plus sur son état de santé, mais pour le reste je ne peux rien vous dire. Croyez bien que j'en suis désolé. Je vais vous conduire auprès du médecin qui s'occupe d'elle, il pourra tout vous expliquer. Est-ce que ça vous va ?

Je n'ai guère envie de faire un esclandre dans ce hall d'hôpital. Je hoche la tête, puis le suis. Nous empruntons un ascenseur jusqu'au deuxième étage, longeons un interminable couloir blanc. Au sol, de longues bandes de couleur indiquent la direction des différents services. L'homme me conduit dans de petites pièces semi-ouvertes équipées d'ordinateurs, mais qui ne ressemblent pas vraiment à des bureaux. Je vais patienter là près d'un quart d'heure avant l'arrivée du médecin.

C'est un type à la mine affable et à la barbe fournie, qui ne doit pas être loin de la retraite. Des lunettes sans monture pendent à une chaîne autour de son cou. Après quelques banalités d'usage, il commence à me poser des questions. Ma mère est-elle en bonne santé ? A-t-elle déjà été atteinte de troubles psychiatriques ? A-t-elle été victime de crises ces dernières années ? Je réponds laconiquement, sans comprendre où il veut en venir. Devant mes signes d'impatience, il m'informe que ma mère est arrivée aux urgences avec des blessures superficielles aux mains, causées à l'évidence par un couteau. Je comprends qu'il se bornera à faire des constats et que le déroulement des faits, dont il ignore probablement tout, n'est pas de son ressort. Il m'apprend qu'elle a été transportée par une ambulance et que deux policiers étaient présents avec elle. Elle n'était même pas capable de marcher et n'a pas prononcé un seul mot depuis son arrivée à l'hôpital.

– Pas un seul, répète-t-il pour s'assurer que je l'ai bien compris.

« Stupéfaction cognitive », « perte de l'initiative motrice », « mutisme complet » : tels sont les termes qu'il emploie. Voyant mon visage se décomposer, il essaie de me rassurer comme il le peut :

– D'un point de vue purement physiologique, votre mère ne souffre probablement de rien. Nous lui avons fait passer un scanner et les résultats ne montrent rien d'anormal. Son état est la conséquence d'un violent choc post-traumatique.

Il n'est pas difficile à comprendre que ce traumatisme n'est autre que sa tentative de meurtre. Il s'éclaircit la voix :

– Ce genre de sidération totale n'est pas courante, je dois bien l'avouer, mais elle n'est pas non plus exceptionnelle. On réagit tous de manière très différente à des chocs violents. Certains patients exprimeront de manière spectaculaire leurs émotions, d'autres les refoulent et ne montrent rien de particulier. Dans le cas de votre mère, nous sommes confrontés à un cas d'hypo-réaction, qui traduit la souffrance d'avoir... (Il hésite à poursuivre durant deux ou trois secondes.)... provoqué volontairement ou involontairement un incident.

J'encaisse l'euphémisme, ne trouvant rien à répondre.

– En tout cas, je suis certain d'une seule chose, monsieur Kircher : votre mère ne simule pas son état.

– Pourquoi me dites-vous cela ?

– Eh bien, nous accueillons parfois des patients qui sont mêlés à des affaires criminelles : certains d'entre eux simulent, jouant la carte de l'irresponsabilité pénale ou de l'altération du jugement. Votre mère a été examinée par un psychiatre hier soir, et il est pratiquement impossible de reproduire un tel état devant un professionnel.

– Combien de temps cette situation va-t-elle durer ?

– Impossible de vous répondre. En général, ce que l'on appelle la « phase aiguë » ne dure pas plus de quelques heures ou de quelques jours. Mais il n'y a pas de règle absolue en la matière :

certains troubles se révèlent transitoires, d'autres peuvent s'installer sous d'autres formes de manière chronique.

Le médecin chausse ses lunettes – geste sans réelle utilité, qui traduit surtout une volonté d'abréger cet entretien.

– J'ai besoin de la voir.

– Votre mère s'est endormie il y a quelques heures seulement, et elle n'est pas réveillée. Nous ne pouvons pas la déranger.

– Je sais que la police a interdit qu'elle reçoive des visites et parle à qui que ce soit.

– Je ne suis pas policier, monsieur Kircher. Votre mère est pour moi une patiente comme les autres.

– Laissez-moi la voir alors, juste une minute. Je viens de faire sept heures de route, je ne peux pas repartir comme ça.

Le médecin évite désormais mon regard, il passe une main dans sa barbe naissante. J'ai l'impression de voir des rouages s'activer dans sa tête ; peut-être prend-il conscience qu'il m'en a déjà beaucoup trop dit.

– Suivez-moi, finit-il par lâcher à contrecœur.

Nous empruntons deux couloirs perpendiculaires. Comme dans un film, je m'attends à trouver un policier devant la chambre de ma mère, mais il n'y a personne. Naïvement, je me dis que c'est le signe que les faits qui lui sont reprochés ne sont peut-être pas établis avec certitude, mais j'apprendrai un peu plus tard qu'il n'est pas rare que certaines personnes gardées à vue à l'hôpital soient laissées sans surveillance, en particulier la nuit.

– Pas plus d'une minute, d'accord ? Je reste avec vous et vous ne vous approchez pas.

Je hoche docilement la tête.

Le médecin ouvre la porte. Les stores sont baissés, la pièce est dans la pénombre, mais j'y vois suffisamment pour distinguer ma mère étendue sur le lit médicalisée. Un tuyau court de son bras à une poche de perfusion. Ses mains sont ramenées par-dessus la couverture, qui se soulève doucement à chacune de ses respirations. Je trouve son visage étonnamment calme. On dirait qu'elle dort paisiblement, comme si la journée de la veille n'avait pas existé. Je prends conscience que je n'ai jamais vu ma mère en train de dormir. J'ai l'impression de transgresser un interdit, de pénétrer par effraction dans son intimité.

J'ai encore en tête les photos que mon père a prises d'elle au temps de sa jeunesse. Ma mère a vieilli, certes, mais sa beauté est intacte. Je n'arrive pas à comprendre comment une telle femme a pu ne jamais se remarier. Je ne lui ai connu aucune relation sérieuse avec un homme – non, aucune relation tout court – après la mort de mon père. Et c'est la première fois que ce constat m'étonne vraiment, que je réalise à quel point la chose est anormale. Je fais un rapide calcul dans ma tête : elle n'avait que vingt-quatre ou vingt-cinq ans lorsqu'elle est devenue veuve. Combien de femmes se retrouvent dans une situation semblable à cet âge ?

Le médecin pose une main sur mon épaule pour m'inciter à reculer, puis il referme la porte. Je le sens soulagé que les choses se soient déroulées sans accroc, que je n'aie pas cherché à rester plus longtemps.

– Je vous remercie, vous n'étiez pas obligé...

Il me raccompagne jusqu'à un ascenseur, me serre la main et me souhaite bonne chance. Quelques minutes plus tard, je me retrouve sur le parking, où j'allume une cigarette. Je me sens nauséeux et poisseux. Pendant que j'étais à l'hôpital, j'ai reçu un SMS de Lachaume : « Cher Théo, j'ai eu brièvement Guez au téléphone. Il prend l'affaire. Son associé assurera ses autres dossiers en cours. Il va vous appeler. Vous êtes entre de bonnes mains. Courage. Amicalement. »

Cette nouvelle me rassérène brièvement. Il me semble que je suis un peu moins seul. Je regarde la façade de l'hôpital, cherche au troisième étage une fenêtre qui pourrait être celle de la chambre de ma mère. Et, pour la première fois de mon existence, je me dis que je ne sais rien, strictement rien, de la femme qui m'a mis au monde.

À ce moment-là, mon portable sonne, affichant le numéro du policier qui m'a appelé la veille.

5

Peu avant midi, je me retrouve au commissariat central. Le capitaine qui m'a rappelé me reçoit dans un bureau étroit, aux murs défraîchis recouverts de quelques posters. J'ai du mal à lui donner un âge précis. Il porte une chemise claire et une veste de costume bleue assez élégante. Il n'a pas l'air d'un policier qui passe son temps sur le terrain. En faisant abstraction du décor plutôt miteux, on pourrait le prendre pour un banquier ou un assureur qui veut vous refourguer un produit ; alors qu'il est installé dans un gros fauteuil à roulettes, je suis assis sur une chaise rigide et inconfortable. Je commence à ressentir une fatigue intense, au point que j'ai du mal à garder constamment les yeux ouverts.

– Vous êtes passé à l'hôpital, j'imagine ?

Je n'arrive pas à savoir s'il s'agit d'une vraie question ou si quelqu'un l'a informé de ma visite. Cette entrevue est-elle vraiment une bonne idée ? Peut-être ne devrais-je pas lui répondre. J'ai peur de commettre un impair.

– Oui, mais on ne m'a pas laissé voir ma mère, dis-je prudemment. On m'a seulement donné des nouvelles de sa santé.

Le policier avance son fauteuil. J'ai fugacement l'impression qu'il va prendre note de notre conversation sur son ordinateur, mais il se contente de tripoter un stylo-bille.

– Votre mère a été placée en garde à vue hier à 15 h 45. Comme vous le savez sans doute, elle n'a pour le moment répondu à aucune de nos questions. Le médecin hospitalier a jugé que son état était incompatible avec une mise en garde à vue dans les locaux de la police. Nous ne savons pas encore combien de temps elle va rester hospitalisée, mais mes collègues vont à nouveau tenter de l'interroger et nous allons demander une réévaluation de son état de santé. Même si elle reste à l'hôpital, il est probable que nous nous dirigions vers une mise en examen. Vous comprenez ce que tout cela signifie ?

– Oui.

Il me semble que ce type me fait la morale comme si j'étais un gosse. Je m'en veux de ne pas me montrer plus combatif.

– Est-ce qu'elle a un avocat ?

– Me Guez à Paris.

Il fronce les sourcils, l'air intrigué.

– Me Éric Guez ?

J'acquiesce. Je vois poindre dans son regard une légère inquiétude. Il sait qu'il doit marcher sur des œufs. Peut-être est-ce lui désormais qui regrette ma présence dans ces locaux.

– Que reproche-t-on à ma mère exactement ?

Sur le coin d'un document, il se met à griffonner de petits cercles concentriques avec son stylo.

– Votre mère est suspectée de tentative d'homicide sur la personne de Grégory Dallenbach, soixante-seize ans, ressortissant suisse. Est-ce que vous connaissez cet homme ?

– Non.

Je suis trop fatigué pour sonder le tréfonds de ma mémoire, mais mon instinct est encore assez fort pour que je sache n'avoir absolument jamais entendu ce nom. Le policier me fixe droit dans les yeux, comme pour s'assurer que je ne mens pas. J'ignore si j'aurais préféré connaître la victime.

– Vous en êtes bien certain ?

– Oui, je peux vous l'assurer.

Il semble déçu.

– Les homicides commis par des femmes sont rares, moins de 10 % dans les statistiques. Et dans 95 % des cas elles connaissent leur victime : un conjoint, un ami, un enfant... C'est pour cela que nous cherchons à savoir quel lien il existe entre M. Dallenbach et votre mère. Car, à moins que nous ne soyons confrontés à un pur accès de folie, il en existe forcément un.

Une tentative de meurtre sans mobile apparent... Je commence à comprendre ce que je fais ici. La police cherche des éléments concrets pour incriminer ma mère et la relier à cet homme. Je dois faire attention à chaque mot que je dirai. C'est pourtant moi qui finis par relancer la conversation :

– Est-ce que cet homme se trouve dans le même hôpital que ma mère ?

– Vous comprendrez que je ne peux pas vous répondre.

– Est-ce qu'il va s'en sortir ?

– On ne le sait pas pour le moment. Il souffre d'importantes lésions et a perdu beaucoup de sang. Son état est critique, le diagnostic des médecins est réservé. Connaissez-vous l'Hôtel des Ambassadeurs ?

– Non. C'est là où a... ?

– Oui. C'est un complexe situé à Villeneuve-lès-Avignon. Très chic. Est-ce que vous savez pourquoi Mme Kircher est descendue dans cet établissement ?

– Vous pensez qu'elle n'était pas là par hasard ?

– Répondez à ma question, s'il vous plaît.

– Ma tante paternelle habite sur la Côte d'Azur. Une ou deux fois par an, ma mère lui rend visite. À l'aller ou au retour, elle en profite toujours pour passer quelques jours seule à l'hôtel.

– Y avait-elle déjà séjourné ?

– Elle est déjà venue à Avignon plusieurs fois, mais j'ignore si c'était dans celui-ci.

– Je vois.

Je repense aux paroles du médecin : ma mère est arrivée aux urgences couverte de sang et blessée par un couteau.

– Est-ce qu'il y a eu des témoins ? Pourquoi ma mère est-elle soupçonnée ? Qui vous dit qu'elle n'est pas elle aussi une victime ?

– Malheureusement, c'est une possibilité que nous excluons pour l'instant. Un couple qui était dans le bungalow contigu à celui de M. Dallenbach a entendu des cris de détresse et du remue-ménage – je tiens à vous préciser qu'il s'agissait de cris d'homme. Le couple a eu peur. Il n'a pas osé sortir de la chambre et a appelé l'accueil de l'hôtel. Un employé est arrivé juste après, il a trouvé la victime grièvement blessée, étendue dans le petit salon.

– Et ma mère ?

– Elle était recroquevillée dans un coin de la pièce, adossée à un mur. Elle ne bougeait pas, mais tenait toujours le couteau entre ses mains. Il y avait beaucoup de sang sur son corps et ses vêtements, c'est pourquoi les urgentistes ont d'abord cru que votre mère était elle aussi blessée.

– C'était peut-être de la légitime défense ! Elle a peut-être été agressée en premier...

Le policier soupire. Je vois bien que la situation l'embarrasse, qu'il préférerait être confronté à une affaire banale qui rentrerait sans difficulté dans ses fameuses statistiques.

– Tout s'est déroulé dans la chambre de M. Dallenbach. Rien ne permet de supposer que votre mère y ait été conduite de force. La victime se trouvait près de la piscine avec sa femme moins de dix minutes avant les faits, tout comme votre mère, d'ailleurs. Les différents témoignages que nous possédons laissent penser que c'est elle qui l'a suivi jusqu'à son bungalow.

Je tente de mettre de l'ordre dans mes pensées, mais mon cerveau n'est plus qu'un immense capharnaüm.

– Et vous pensez que ma mère serait descendue dans cet hôtel parce que cet homme s'y trouvait ?

– Nous n'en savons rien pour le moment.

– Si elle avait vraiment voulu tuer quelqu'un, vous ne croyez pas qu'elle s'y serait prise autrement ?

– Je ne crois rien, monsieur Kircher. Certaines personnes commettent des crimes sans chercher à les dissimuler ; elles ne sont pas dans le calcul et sont incapables de concevoir les conséquences de leurs gestes. Un simple différend, une dispute peuvent déclencher le passage à l'acte...

– Une « dispute » ? En quelques minutes, ma mère aurait pu se disputer avec un homme qu'elle ne connaît pas et vouloir le tuer ? Ça ne tient pas la route ! Il y a forcément des choses que vous ignorez...

– C'est certain, et c'est pour cela que nous voulons établir le déroulement des faits de manière précise et que nous avons aussi besoin de votre aide.

Je me prends la tête entre les mains.

– Ma mère n'a jamais eu affaire à la police – pas même pour une contravention... Ce n'est pas une criminelle.

– Il est très difficile d'admettre qu'un proche puisse commettre un acte aussi impensable.

Le policier fait une pause et troque son stylo contre un trombone qu'il se met à tordre dans tous les sens.

– Votre mère vit-elle seule ?

– Oui.

– Aucun compagnon ?

Je secoue la tête. Je devais bien me douter qu'il finirait par aborder sa vie intime.

– Vous avez perdu votre père très jeune : ça a dû être difficile pour vous tout autant que pour Mme Kircher.

– Comme pour tous ceux qui perdent un père ou un mari, j'imagine. Ni plus ni moins.

Ma réponse le laisse de marbre. Il me sent sur la défensive.

– Quelle relation entretenez-vous avec votre mère ?

– Que voulez-vous dire ?

– Eh bien, est-ce que vous êtes proche d'elle ?

– Elle est d'un tempérament plutôt... indépendant. Nous ne nous voyons pas aussi souvent que je le voudrais, mais nos relations sont bonnes.

J'ai l'impression que ces phrases sonnent faux, qu'elles traduisent le contraire de ce que je voudrais exprimer.

– Il est donc concevable que vous ne sachiez pas tout de sa vie, qu'elle entretienne une relation avec quelqu'un sans que vous soyez au courant ?

– Où voulez-vous en venir ? Vous croyez que ma mère était l'amante de cet homme, de ce monsieur... ?

– Dallenbach. Il s'appelle Dallenbach.

– C'est ce que vous croyez ? Qu'elle avait une liaison avec un homme marié et qu'il s'agirait d'un crime passionnel ?

– C'est une possibilité qu'on ne peut pas écarter. Ça expliquerait beaucoup de choses. Pour répondre à votre question de tout à l'heure, je ne crois pas du tout que votre mère se soit retrouvée par hasard dans cet hôtel.

– Vous avez dit que cet homme n'était pas seul. Franchement, vous donneriez rendez-vous à votre amante alors que vous êtes en vacances avec votre femme ?

– Je ne suis pas marié.

– Désolé, c'était une façon de parler.

– Et je n'ai jamais dit qu'il lui avait donné rendez-vous. Mme Kircher aurait pu le suivre sans qu'il le sache...

Je me redresse et m'appuie sur le dossier de ma chaise.

– Que va-t-il se passer à présent ?

– Nous allons faire analyser tous les prélèvements de la scène de crime : sang, ADN, empreintes… Il nous faut encore recouper pas mal de témoignages. Quant à votre mère, il est probable qu'elle sera d'ici peu déférée devant un juge si son état le permet… Je ne suis pas votre ennemi, monsieur Kircher. Je fais juste mon travail. Je dois essayer de comprendre ce qui a pu se passer, et ce, dans l'intérêt de votre mère.

Je reste silencieux. Même avec bien des efforts, j'ai du mal à le croire.

6

Je loue une chambre pour une nuit dans un hôtel du centre d'Avignon, place de l'Amirande, à deux pas du Palais des Papes. La décoration est affreusement chargée et étouffante avec ses lambris, ses chambranles et ses tissus tendus. Je m'effondre sur le lit. J'ai l'impression que mon cerveau va exploser. J'ai besoin de me reposer un moment, juste quelques minutes pour tenter d'y voir plus clair.

Quand je rouvre les yeux, je m'aperçois que la luminosité de la chambre a changé. J'ai toujours autant mal au crâne. Je fais un effort pour me lever. Alors qu'il me semble qu'il ne s'est pas écoulé plus d'un quart d'heure, mon téléphone m'indique que j'ai dormi près de deux heures d'affilée. Je suis mort de soif. Dans le minibar, je dégote une cannette de Coca que je bois presque d'un trait en contemplant les tours du palais de l'autre côté de la rue. Voilà bien vingt-cinq ans que je n'ai pas mis les pieds à Avignon : adolescent, j'y ai fait quelquefois escale lorsque je rejoignais ma tante Maud durant l'été.

Il fait trop frais dans la chambre. Je me débats quelques minutes avec le système de climatisation pour modifier la température. J'ai envie d'une cigarette, mais j'ai d'autres choses plus urgentes à faire. Pendant que je dormais, j'ai reçu un appel d'Éric Guez.

Son message m'indique qu'il était sur le point de prendre un train pour Avignon. Je le rappelle aussitôt. Je reconnais sa voix rauque, caverneuse et un peu bougonne. J'entre tout de suite dans le vif du sujet. Je préfère jouer cartes sur table avec lui en lui rapportant ma visite à l'hôpital, tout comme mon passage au commissariat.

– Vous n'auriez pas dû vous rendre à cette convocation sans m'en parler ! dit-il d'un ton réprobateur.

– Ce n'était pas une convocation, plutôt un dialogue informel.

– Il n'y a jamais de dialogue informel avec la police, gardez bien ça à l'esprit.

Je lui résume le contenu de la conversation. La ligne tressaute. J'entends le bruit du train en arrière-fond.

– Donc la police n'a établi aucun lien entre votre mère et la victime ?

– Non, mais elle pense qu'ils pourraient avoir eu une relation.

– Je vois.

Il m'explique dans le détail la procédure dans ce genre d'affaires : le déférement devant le procureur ou le juge d'instruction, la mise en examen probable, l'incarcération. Je n'imagine pas un instant que ma mère puisse être placée en prison, surtout dans l'état où elle se trouve. J'espère encore qu'un événement inattendu va venir mettre fin à toute cette histoire.

– Pour le moment, vous ne devez plus chercher à avoir de contacts avec votre mère : cela pourrait lui nuire. Et je vous demande de ne plus communiquer avec la police. Tout doit passer par moi à partir de maintenant. Vous me comprenez bien ?

– Oui.

– Cette affaire va très vite se retrouver sur la place publique. La notoriété de votre père... enfin, vous saisissez. Les journalistes vont chercher à vous interviewer. Surtout, ne leur répondez pas. Pas le moindre échange. Et évitez la télé et la radio : vous devez vous préserver, je m'occupe de tout.

Malgré son dernier conseil, je me refuse à regarder les choses se dérouler en simple spectateur. Sitôt que j'ai raccroché, je me connecte au Wi-Fi de l'hôtel. Je ne sais pas par où commencer. Je me contente d'abord de taper le nom de ma mère dans le moteur de recherche. S'il est naturellement présent sur quantité de pages consacrées à Joseph Kircher, rien ne ressort dans les actualités. Je rentre alors le nom de l'hôtel où ma mère est descendue : les Ambassadeurs. Deux articles récents, datés de quelques heures à peine, apparaissent sur l'écran. Un de *La Provence* et l'autre du *Dauphiné*. Je clique sur le premier.

VILLENEUVE-LÈS-AVIGNON : UNE FEMME ARRÊTÉE
APRÈS UNE VIOLENTE AGRESSION DANS UN HÔTEL

Le drame a eu lieu hier, vendredi 9 juin, à l'Hôtel des Ambassadeurs, complexe hôtelier de luxe situé en bordure du Rhône. Une femme d'une soixantaine d'années, dont l'identité est encore inconnue, a été placée en garde à vue pour avoir violemment agressé un homme en lui portant plusieurs coups de couteau à la gorge et au thorax. La victime, dans un état jugé critique, a aussitôt été conduite à l'hôpital. Son diagnostic vital reste réservé. D'après les premiers témoignages, une vive altercation aurait éclaté dans une chambre de l'hôtel juste avant l'agression, qui aurait été extrêmement rapide et brutale. Pour l'heure, la police n'a pas indiqué s'il s'agissait d'un drame conjugal ni même si l'agresseur et la victime se connaissaient.

Le deuxième article que j'ouvre est tout aussi évasif, même s'il présente la thèse du drame familial comme « probable ». Je tape le nom de Grégory Dallenbach mais il n'y a pas la moindre information sur cet homme. Ma déception est grande : j'espérais pouvoir établir un lien, même infime, entre lui et ma famille.

Je dois trouver quelque chose, en essayant de me raccrocher au peu que je sais. Je me rappelle alors les paroles du médecin : le traumatisme, la stupéfaction cognitive, la perte de l'initiative motrice... Je rentre tous ces mots en vrac dans le moteur de recherche.

Je vais rester près d'une heure à naviguer de sites médicaux en articles scientifiques traitant de syndromes psychotraumatiques. Comme me l'a confié son médecin, ce que vit ma mère n'a rien d'exceptionnel. Après un drame, les victimes – mais ce mot convient-il vraiment à Nina au vu des circonstances ? – peuvent être littéralement saisies d'effroi. J'apprends que ce type de réaction a en général un terreau fertile et qu'il est favorisé par des antécédents de dépression majeure, de désordres anxieux ou de troubles obsessionnels.

Figé devant l'écran, je repense aux réflexions que je me suis faites ces dernières heures : ma mère qui ne s'est jamais remise en couple, sa distance et sa froideur, cette solitude qu'elle a toujours maladivement recherchée. Comment ai-je pu être aussi aveugle durant toutes ces années ? Ai-je pu prendre pour les simples manifestations d'un tempérament sauvage et insociable un état dépressif chronique ? Des détails me reviennent en mémoire : ses visites anormalement fréquentes chez des médecins, les cachets que je l'ai vue prendre quotidiennement et qui n'étaient selon elle que des pilules contre l'hypertension, ces moments de flottement qui ponctuaient nos conversations et que je mettais sur le compte de la distraction, son regard souvent lointain, qui ne faisait que glisser sur les choses sans jamais s'y poser. Ma mère a-t-elle jamais réussi à surmonter la mort de mon père ? Quand il m'arrivait de penser à eux deux, je ne les voyais que comme une seule entité, un couple fusionnel. Peut-être à cause de leur différence d'âge, ma mère m'est toujours davantage apparue comme une orpheline que comme une veuve.

Je continue à naviguer sur la Toile. Une thèse de psychologie m'apprend que, lorsque le sujet a une responsabilité dans le drame

– et c'est un euphémisme en l'occurrence –, le risque qu'il développe un syndrome psychotraumatique est beaucoup plus élevé. Dans ce cas, en plus de la stupeur et d'une déconnexion de la réalité, apparaissent souvent des signes d'amnésie. Le mutisme de Nina relève-t-il seulement du choc qu'elle a subi ou est-il possible qu'elle ait tout oublié de ce qu'elle a fait ?

Un dernier article retient mon attention, qui traite de la résurgence de troubles occasionnés par un événement ancien. Une situation du quotidien rappelant directement ou symboliquement un incident datant parfois de plusieurs années peut provoquer des crises et libérer sa charge traumatique. L'événement déclencheur peut être mineur, mais il fait passer la victime au-delà de son seuil de tolérance.

À la lecture de l'article, je prends conscience que je me suis tellement concentré sur les conséquences que j'en ai oublié les causes. Que s'est-il passé dans cet hôtel ? Quel incident, quelle parole, même banale, a pu entraîner cet accès de violence ? Non, ma mère ne pouvait pas se trouver dans ce lieu par hasard. Je doute pourtant qu'elle y soit venue avec l'intention claire de tuer. Il y a eu un élément déclencheur, une étincelle qui a mis le feu aux poudres. Voilà ce que je dois découvrir, tout autant que les racines du mal qui ont conduit à cette situation.

Lorsque je referme mon ordinateur, je ne suis plus persuadé que d'une chose : ma mère n'a pas agi sous l'effet de la folie, elle connaissait cet homme. Elle le connaissait et avait de bonnes raisons de vouloir sa mort.

7

Guez me rappelle en début de soirée. Il est arrivé à Avignon et me propose de prendre un verre en ville. Nous nous retrouvons dans un bistrot tranquille et à l'ambiance décontractée. Bien que toujours tenaillé par un sacré mal de crâne, je commande de l'alcool.

L'avocat est fidèle à l'image qu'en offrent les télévisions : rude et bourru. Son physique est imposant. Il est calme mais ses yeux bleus se durcissent parfois et donnent l'impression qu'ils vous mettent à nu. Guez s'est rendu au commissariat. Il n'a pas encore eu accès à l'intégralité des pièces de la procédure, mais les éléments matériels dont dispose la police sont à ses yeux accablants. L'arme du crime, les vêtements maculés de sang, les témoignages des clients ou des employés de l'hôtel, l'absence de tierce personne qui aurait pu être mêlée à l'altercation : à moins d'un retournement de situation, il sera difficile de nier la réalité des faits.

– La chambre d'hôtel de votre mère a été perquisitionnée. La police n'a trouvé aucun élément notable, mais elle a pu établir avec certitude que le couteau qui a servi à l'agression provenait bien du service de cuisine de cette chambre. Dans la mesure où elle tenait ce couteau en main quand on l'a découverte prostrée, il ne fait pas de doute qu'il y a ses empreintes dessus. Le seul point positif, c'est que l'arme utilisée peut nous permettre de contester le chef de préméditation, s'il est retenu. Votre mère ne possédait aucun objet dangereux lorsqu'elle est descendue dans cet hôtel. On peut donc défendre l'hypothèse qu'elle n'avait pas planifié son geste ; d'un point de vue pénal, les conséquences n'en seront évidemment pas minces.

Je me sens obligé de me faire l'avocat du diable :

– Le policier m'a dit qu'il ne s'était pas écoulé plus de dix minutes entre le moment où elle a quitté la piscine et celui où a eu lieu l'agression. Or elle est tout de même retournée dans sa chambre pour prendre le couteau, ce qui exclut la légitime défense ou le coup de folie.

– Écoutez, je ne vais pas vous mentir : cette affaire est très mal engagée. Quand les preuves matérielles sont trop nombreuses et flagrantes, on doit tout miser sur la psychologie et les circonstances atténuantes. Même si votre mère refuse de parler pour le moment, nous allons devoir jouer sur le principe d'atténuation…

– Le « principe d'atténuation » ?

– Autrement dit, l'altération du discernement de leur auteur au moment des faits. Nous devons prouver que votre mère était dans l'incapacité de comprendre la portée de ses actes et que sa responsabilité ne peut donc être retenue. La justice ordonnera plusieurs évaluations psychiatriques, et nous pourrons bien sûr demander des contre-expertises. Cela n'exclut pas la tenue d'un procès, mais les peines peuvent être considérablement réduites dans les cas d'altération mentale, même partielle.

– Je comprends.

– Mais pour cela j'ai besoin de tout savoir.

– Je vous ai déjà dit que je ne connaissais pas cet homme. Je ne vous cache rien ; quel intérêt aurais-je à le faire ?

Il secoue la tête et inspire profondément. Je vois sa chemise bleue se tendre sur son torse massif.

– Je ne parle pas de ça : nous allons mener une enquête poussée sur ce Dallenbach. J'ai en revanche besoin de tout savoir sur votre mère, sur son état psychologique, ses antécédents, sur votre famille... J'ai la conviction que ce sera un pan essentiel de ce dossier.

Je bois une gorgée d'alcool. Bien que n'ayant aucune envie d'étaler nos vies devant un homme que je connais à peine, je sais que je n'ai pas le choix. Je passe une heure à me confier à Guez. Une heure durant laquelle j'essaie de me montrer le plus honnête possible, sans cacher les relations exécrables que j'entretiens avec Camille, ni la distance que ma mère a instaurée entre nous. Au fil de mon récit, Guez hoche fréquemment la tête, sans doute porté par l'espoir que je vais finir, à un moment ou à un autre, par lui livrer un secret de famille qui permettra de dénouer l'écheveau de cette affaire. Je parle comme si j'étais dans le cabinet d'un psy, sans voir en quoi mes confidences pourront lui être utiles.

Quand j'en ai terminé, l'avocat ne laisse paraître aucune déception. Mais lorsque nous nous quittons, aux alentours de minuit, je ressens la désagréable impression d'être resté en surface, de n'avoir fait qu'effleurer les choses, de ne pas avoir su trouver les mots. Ne sommes-nous pas le plus souvent les pires observateurs et les pires juges de nos propres vies ?

Sur le chemin de l'hôtel, dans les rues presque désertes d'Avignon, je prends conscience que, tout seul, je n'arriverai à rien. J'ai besoin d'aide pour fouiller le passé de ma mère. Et je ne vois qu'une personne susceptible de m'en apporter.

8

Je roule boulevard de la Garoupe à Antibes, en longeant les villas de luxe qui dominent le littoral. J'ai coupé la climatisation et baissé les vitres au maximum. Nous sommes en fin de matinée, il fait bon dehors. La mer est plus verte que bleue, sans doute à cause de l'orage qui a éclaté la veille. La chaussée est encore mouillée. Quelques yachts et voiliers sont amarrés dans la baie.

Je suis parti tôt de l'hôtel, sans même prendre de petit déjeuner. Je savais qu'il ne servait à rien que je reste à Avignon. J'ai roulé trois heures durant. Malgré les mises en garde de Guez, je n'ai pas pu m'empêcher d'écouter les informations à la radio. L'affaire est désormais sur toutes les ondes et ma mère est citée nommément. Partout l'on parle de « tentative d'homicide », même si les circonstances du drame sont présentées comme floues. En raison du manque d'éléments concrets, les journalistes évoquent surtout mon père. Une fois de plus, Nina est condamnée à n'être que la veuve du « photographe de légende ». La victime, elle, est qualifiée de « septuagénaire de nationalité suisse », sans plus de détails.

Je poursuis ma route en remontant vers l'intérieur du cap, puis bifurque sur un long chemin en coude au bout duquel habite ma tante. J'aurais pu, j'aurais dû appeler Maud pour la prévenir de mon arrivée, mais le courage m'a manqué. Naïvement, j'ai imaginé que les choses seraient plus faciles en tête à tête, mais à présent que les médias se sont emparés de l'affaire je regrette mon attitude.

Bien que le portail de la propriété soit ouvert, je gare ma voiture dans la rue. La maison est une villa bourgeoise du début du XXe siècle, blanche, haute et étroite, entourée de pins. C'est mon grand-père paternel, fils d'un industriel qui vit sa fortune s'évaporer en raison d'une vie dispendieuse et frivole, qui l'a fait construire avant la Première Guerre, à l'époque où le tourisme d'hiver attirait les nantis sur la Côte d'Azur. En franchissant le portail, je constate à quel point la façade est sale et parcourue de fissures, le toit en mauvais état. Quand j'étais enfant, cette demeure m'apparaissait comme un paradis. Ce jour-là, je la trouve triste et vieillotte. Peut-être en serait-il de même pour le moulin de Saint-Arnoult si j'y remettais les pieds.

Une remorque remplie de branches de palmiers et d'herbe coupée encombre l'allée. Près d'une vieille citerne qui recueillait autrefois les eaux de pluie, j'aperçois Maud : la tête couverte d'un chapeau de paille, le dos un peu voûté, elle est en train de passer des coups de pinceau sur une table d'extérieur en bois exotique.

– Théo ! s'exclame-t-elle en abandonnant son pinceau sur un vieux chiffon qui traîne à terre.

Le cœur battant, je m'approche d'elle et la serre dans mes bras, faisant tomber son chapeau. Elle porte toujours la même eau de toilette – un mélange de lavande et de jasmin un peu trop entêtant que je reconnaîtrais entre mille.

– Maud. Comment est-ce que tu vas ?

Elle s'écarte bientôt de moi et pose ses deux mains sur mes épaules. Je vois dans ses yeux clairs poindre une lueur d'inquiétude. Comment pourrait-il en être autrement ? C'est la première fois de ma vie que j'arrive chez elle à l'improviste.

– Qu'est-ce que tu fais là ? D'où viens-tu ? Il s'est passé quelque chose ?

Elle n'a donc pas écouté les informations. J'aurais préféré qu'elle soit déjà au courant de tout.

– Je suis parti de Paris hier soir. Jusqu'à ce matin, j'étais à Avignon. Est-ce qu'on pourrait aller à l'intérieur ? Il faut que je te parle...

*

Nous sommes assis face à face dans le salon, réfugiés dans le silence. Maud pleure. Elle s'essuie discrètement les yeux et le nez avec un mouchoir en papier, tout en reniflant. Interloquée par mon récit, elle m'a écouté sans presque jamais m'interrompre. J'observe son visage de manière sans doute trop insistante. Tout comme la maison, ma tante me paraît usée et fatiguée. Je me suis toujours refusé à admettre que les gens changeaient autour de moi. J'ai désormais l'impression de voir les choses avec un nouveau regard, plus lucide, plus cruel aussi.

Sur la table basse devant moi se trouve une grande boîte marquetée qui n'a jamais changé de place. Elle contient les pipes de mon père, rangées dans des pochettes en feutrine. Je pose mes doigts dessus mais me retiens de l'ouvrir, même si j'en meurs d'envie. Je veux tenir la nostalgie à distance.

Maud renifle une nouvelle fois avant de rompre le silence :

– Je n'arrive pas à croire une chose pareille... Est-ce que Nina va aller en prison ?

– Elle est à l'hôpital pour le moment, et on la soigne bien.

Je ne devrais pas chercher à l'épargner. Les choses n'en seront que plus douloureuses plus tard. J'attends encore quelques secondes avant de poursuivre.

– Est-ce que tu es sûre que le nom de cet homme ne te dit rien ? Dallenbach… Grégory Dallenbach. Essaie de te souvenir.

Je m'en veux de lui parler ainsi, de la placer dans une situation d'infériorité en suggérant qu'elle perd la mémoire.

– Je suis certaine de n'avoir jamais entendu ce nom.

– Quand est-ce que ma mère devait arriver chez toi ?

– La semaine prochaine. Mardi, pour être exacte… Je l'ai eue au téléphone il y a trois jours.

– Est-ce qu'elle t'a paru différente de d'habitude ? Est-ce qu'elle t'a dit quelque chose d'étrange ?

– Non. Elle était heureuse de venir me voir. Elle s'ennuyait à Paris, elle avait besoin de changer d'air.

J'ai de plus en plus la certitude que rien n'était prémédité dans le geste de ma mère. Mais je sais aussi qu'il lui est rarement arrivé de passer une semaine entière seule dans un hôtel.

– Maud, personne ne connaît mieux Nina que toi. Ce qui vient de se passer m'a fait prendre conscience de beaucoup de choses. Je sais tout de mon père, de ses origines, de son parcours, de votre famille… Et même si on ne m'en avait rien dit, il me suffirait d'aller sur sa page Wikipédia pour l'apprendre. Mais ma mère est pour moi un mystère. Je ne sais pas d'où elle vient, je n'ai jamais connu mes grands-parents, je ne lui connais aucune famille. C'est comme si elle avait commencé à exister le jour où elle a rencontré papa. Est-ce que tu trouves ça normal ? J'ai l'impression d'avoir été conditionné toute mon enfance pour ne jamais avoir à me poser de questions sur elle.

– « Conditionné » ? Qu'est-ce que tu racontes ?

– La vérité. Il n'y en avait que pour papa à la maison. Et même après sa mort, tout a continué à tourner autour de lui : l'héritage, son œuvre à préserver, sa mémoire, le moulin qui était devenu un véritable sanctuaire… Et ma mère dans tout ça ?

Maud joint ses mains et les pose sur ses lèvres. On dirait qu'elle s'apprête à faire une prière. Je perçois déjà combien cette conversation va être pénible pour elle.

– Tes grands-parents sont morts alors que Nina n'avait que treize ans. Elle n'avait ni frère ni sœur. Elle a été ballottée d'une famille d'accueil à l'autre, où elle ne s'est jamais sentie chez elle. Vu le traumatisme subi, tu imagines qu'elle n'a pas gardé un souvenir très drôle de son adolescence. C'est pour cela qu'elle n'en parle jamais.

– J'ai déjà entendu ça, mais son passé s'est toujours résumé à ces quelques phrases superficielles. L'orpheline... Le fameux accident de voiture dans lequel mes grands-parents sont morts... Mais où cet accident a-t-il eu lieu ? Pourquoi n'est-on jamais allés sur leur tombe ? Pourquoi est-ce que je n'ai jamais vu la moindre photo de cette famille ? C'est comme si elle n'avait jamais existé !

– Ils sont morts, Théo, il y a plus de quarante ans. Toute sa vie Nina a essayé de tourner la page et de se construire une nouvelle existence. Tu peux le comprendre ?

– Non, pas vraiment. Quand on perd ses parents si jeune, on ne cherche pas à les faire disparaître. On ne peut pas rayer son enfance de sa vie. Le passé finit toujours par vous revenir en pleine figure.

Maud me regarde plus durement qu'elle ne l'a jamais fait.

– Qu'est-ce que tu cherches, au juste ? Tu ne crois pas que les choses sont déjà assez difficiles comme ça ? Qu'est-ce que l'enfance de ta mère a à voir avec ce qui vient de se passer ?

– Je cherche à comprendre comment on a pu en arriver là. Comment ma mère, qui n'a jamais fait de mal à une mouche, a pu essayer de tuer un homme après s'être baignée dans une piscine. Il y a quelque chose dans son passé que j'ignore, et je veux découvrir ce que c'est.

Un silence pesant tombe sur le salon. Je regarde autour de moi. Je me souviens que, lorsque j'étais enfant, les murs de cette pièce étaient couverts de photographies de mon père. Un été, elles ont toutes disparu pour être remplacées par de petits tableaux ou de vieilles cartes postales locales. Je suppose que pour Maud la vue de ces reliques devait être trop dure à supporter, comme elles le sont devenues peu à peu pour Nina.

– Est-ce que ma mère a eu dans sa vie d'autres hommes que mon père ?

– Théo ! Tu crois vraiment que j'ai envie de parler de ça avec toi ?

– Elle s'est retrouvée veuve à moins de vingt-cinq ans. Elle a toujours été d'une beauté exceptionnelle. Qui peut croire qu'elle n'a eu aucune relation avec personne depuis ?

Maud secoue la tête avec réprobation.

– Tu n'es pas un homme pour rien... Tu veux donc dire que, si ta mère avait été un laideron, tu trouverais la situation normale ?

– Tu comprends très bien ce que je veux dire. J'imagine à peine le nombre de types qui ont dû la courtiser...

– Il ne t'est jamais venu à l'esprit que Nina avait peut-être essayé de te protéger ?

– Me « protéger » ?

– C'est vrai, elle s'est retrouvée veuve à vingt-quatre ans, mais toi, tu n'en avais que cinq lorsque Joseph est mort. C'est très jeune pour perdre un père... Comment aurais-tu réagi si Nina avait ramené des hommes à la maison ? Tu sais combien les enfants peuvent souffrir de ce genre de situation.

– D'accord, je peux comprendre qu'elle ait voulu se montrer discrète quand je n'étais qu'un gosse. Mais plus tard ? Pourquoi m'aurait-elle caché ses relations ? Elle n'aurait rien fait de mal, j'aurais été heureux pour elle.

Maud penche la tête en avant en posant ses mains sur ses genoux.

– Nina a connu ton père alors qu'elle n'était qu'une toute jeune fille. Il n'y avait jamais eu aucun homme dans sa vie avant lui.

Tes parents avaient trente ans de différence ! Tu as une idée de ce qu'elle a dû supporter ? Les ragots, les médisances...

– Quelles « médisances » ?

– Puisque tu sais tout sur ton père, tu devrais comprendre de quoi je parle. Beaucoup de gens pensaient que ta mère avait mis le grappin sur Joseph... qu'elle en voulait à son argent et à sa célébrité. Et d'autres reprochaient à Joseph de s'être si rapidement consolé de la mort de sa première femme dans les bras d'une fille aussi jeune et aussi belle. Mon frère était un séducteur, inutile de chercher à le cacher, et tu ne peux pas imaginer combien de femmes lui tournaient autour. Mais c'est elle qu'il a choisie. C'est elle qui a su l'apaiser, calmer ses angoisses, lui donner l'envie de continuer la photographie. Nina aimait profondément ton père. C'était même un amour fou, comme peu de gens en connaissent dans une vie, et elle n'aurait jamais cru que Joseph disparaîtrait un jour. Du moins qu'il disparaîtrait si tôt...

Soudain, ma tante fronce les sourcils et son visage s'assombrit.

– Attends, Théo... Tu crois que Nina avait une relation avec cet homme ? C'est pour cela que tu me poses ces questions ?

– J'ai pu le croire à un moment, mais je ne suis plus sûr de rien. Est-ce que Nina a un quelconque lien avec la Suisse ?

– La Suisse ?

– Dallenbach est de nationalité suisse.

Elle secoue la tête.

– Je ne vois pas, non. J'ai souvenir que Joseph s'est rendu à Genève ou à Lausanne quelques fois pour son travail. Tes parents voyageaient quand tu étais petit et il se peut qu'ils soient allés là-bas, mais rien de plus...

Je suis déçu. J'espérais que Maud m'apprendrait davantage de choses. Mais je ne veux pas m'arrêter là.

– Est-ce que Nina voyait un psy ?

– Même si c'était le cas, je ne te le dirais pas. Tu n'as pas le droit... tu n'as pas le droit de fouiller ainsi dans la vie de ta mère.

– Maud, elle est à l'hôpital. Elle n'a pas prononcé une parole depuis l'agression, elle n'était même pas capable de faire un pas devant l'autre quand la police l'a arrêtée. Alors je crois que j'ai le droit, et même le devoir, de te poser ces questions.

– Nina et moi ne parlons pas de ce genre de choses.

– Tu es sa belle-sœur, et aussi sa meilleure amie. À qui pourrait-elle en parler à part toi ? Si Nina a des problèmes d'ordre psychologique, il faut que tu me le dises. De toute façon, la police finira par l'apprendre...

Maud tire machinalement sur les pans de son gilet et met quelques secondes pour me répondre :

– Non, elle ne voit personne.

Je pose à nouveau les mains sur la boîte. Je pousse sur le fermoir et l'entrouvre à peine. J'aperçois les trousses en feutrine, le bourre-pipe en bois de bruyère, le briquet laqué noir. Ces objets me semblent appartenir à un autre monde, un univers lointain dans lequel je n'ai plus ma place.

– Cette boîte n'a jamais quitté cette table basse, constate Maud.

– Je sais.

– On s'attache parfois à des choses... À l'époque, je détestais l'odeur de ces pipes.

– Pourquoi Camille est-il venu habiter chez toi quand il avait neuf ans ?

– Camille à présent ! Tu veux aussi le mêler à cette histoire ? Tu as l'intention de passer en revue toute notre existence ?

– Il y a bien des choses que j'aurais dû faire avant.

– Très bien, puisque c'est ce que tu veux. Il nous a semblé à l'époque que c'était mieux pour tout le monde.

– Mieux pour tout le monde ou mieux pour Nina ?

– Les années qui ont suivi la mort de Joseph ont été très dures pour elle. Nina se sentait vide, dépassée par le quotidien. Tu avais cinq ans. Un enfant de cet âge demande déjà beaucoup de temps et d'énergie. Camille était gentil, mais il était aussi turbulent. Elle n'avait pas la force de s'occuper de vous deux. Et puis...

Maud s'interrompt.

– Quoi ?

– Ton oncle et moi avons pensé que nous occuper d'un enfant nous ferait du bien.

– Vous « ferait du bien » ? Vous n'aviez jamais voulu en avoir. Je croyais que tu étais réticente à l'idée que Camille vienne s'installer chez vous.

Elle secoue la tête d'un air las.

– Si je n'ai jamais eu d'enfant, ce n'est pas parce que je n'en voulais pas. À l'âge de trente ans, j'ai été opérée d'un kyste à l'ovaire, et il y a eu des complications... De sérieuses complications. Deux ans plus tard, j'ai dû subir une ovariectomie.

Je demeure bouche bée.

– Je suis désolé, Maud. Je n'aurais jamais imaginé que...

– Tu ne pouvais pas savoir, me coupe-t-elle sèchement en se levant du canapé. N'en parlons plus. Je vais faire du thé.

Avant que je puisse ajouter un mot, elle disparaît du salon. Je me sens minable d'avoir abordé un tel sujet et de l'avoir poussée à cette confession. Pourtant, derrière la culpabilité point l'égoïste satisfaction d'avoir percé à jour quelque chose. J'ai la confirmation que ma mère était dans une telle détresse après la disparition de Joseph qu'elle était incapable de s'occuper de deux enfants. À vrai dire, je doute même qu'elle ait été seulement capable de s'occuper de moi.

Je sors fumer dehors la dernière cigarette de mon paquet. J'en profite pour appeler Mathieu qui m'a laissé deux messages.

– Un journaliste est passé à la galerie ce matin.

69

– Qu'est-ce qu'il voulait ?

– Ton numéro de portable. Je ne le lui ai évidemment pas donné. Il a essayé de me cuisiner, mais je l'ai mis illico à la porte.

– Tu vois, on va obtenir plein d'articles, mais pas ceux qu'on croyait.

– Tu es toujours à Avignon ?

– Non, je suis arrivé chez ma tante à Antibes.

Mathieu ne dit rien, mais son silence sonne comme un reproche. Ou peut-être me fais-je des idées.

– De toute façon, je ne servirais à rien là-bas. Je ne pourrais pas voir Nina et ce n'est certainement pas là que je trouverai des réponses…

– Quelles réponses ?

– J'ai besoin de connaître la vérité, d'apprendre ce que cache ma mère.

– Pourquoi veux-tu absolument qu'elle cache quoi que ce soit ?

– Parce qu'on ne cherche pas à tuer un homme sans raison. Et que son histoire familiale n'est pas claire du tout. Je ne crois plus à toutes les conneries qu'on a pu me raconter au sujet de ses parents et de son enfance. Je me demande comment j'ai pu gober tout ça… Ma tante sait des choses : je ne sais pas quoi exactement, mais je finirai bien par le découvrir.

Lorsque je reviens dans le salon, Maud est assise devant une tasse de thé, l'air encore plus accablé qu'à la fin de notre conversation. Je ressens un pincement au cœur. Être porteur d'une mauvaise nouvelle ne suffisait pas, il a fallu en plus que je rouvre de vieilles blessures. Elle me fait signe pour que je vienne m'asseoir. Au moment où je m'apprête à le faire, un bruit de moteur retentit devant la maison. Je m'approche de la fenêtre pour écarter le rideau.

Une moto – un modèle sport rouge et blanc – vient de s'engager dans l'allée de gravier et s'arrête près du bassin. Même si je n'ai jamais vu cet engin de luxe, je n'ai pas besoin que l'homme enlève son casque pour comprendre de qui il s'agit. Entre-temps, Maud s'est levée et m'a rejoint à la fenêtre.

– J'aurais dû te le dire avant : Camille est revenu. Il habite ici depuis un mois...

Je la regarde, décontenancé. Elle pose une main sur mon avant-bras et ajoute :

– Surtout, pas un mot sur ce que je t'ai dit. Il n'est au courant de rien. Ça lui ferait trop de mal...

9

Le ciel bleu s'est couvert et a viré au gris rosé. Camille et moi sommes assis sur les rochers. En contrebas se trouve une crique encerclée de pins, peu fréquentée par les touristes. Le coin est encore sauvage. On y accède par un long chemin côtier aménagé, qui fait le tour du cap. Autrefois, il nous fallait crapahuter pour l'atteindre. Avec quelques copains – qui ne le restaient bien souvent que l'espace d'un été –, nous passions des soirées entières sur cette petite plage à boire des bières et à fumer. Il me semble que cette époque-là remonte à une éternité.

Nos retrouvailles ont été artificielles. Pas plus que moi Camille ne voulait peiner Maud. Bien que gênés, nous avons essayé de donner le change. Quand ma tante a expliqué qu'elle avait besoin d'aller se reposer dans sa chambre, c'est moi qui ai proposé à mon demi-frère de retourner sur cette plage. Je ne sais pas pourquoi j'ai eu cette idée. Peut-être voulais-je une nouvelle fois me réfugier dans le passé pour ne pas avoir à affronter le présent.

Camille sort un paquet de cigarettes – une marque espagnole que je ne connais pas. Nous fumons en silence pendant quelques minutes, en regardant les vagues s'écraser contre les rochers. J'aimerais demeurer ainsi durant des heures. J'aimerais suspendre le temps. Bizarrement, je ne ressens plus aucune colère envers

Camille. Je le regarde du coin de l'œil. Je lui trouve les traits émaciés et le teint cireux, presque malade. Nous n'avons pas une grande différence d'âge, mais il appartient à cette catégorie de personnes pour lesquelles chaque année compte double. Ce n'est que maintenant que je remarque qu'il porte une profonde cicatrice, apparemment récente, à la base du cou. Bagarre ? Accident ? Je ne lui poserai pas la question. Camille s'est fourré dans tant de guêpiers au cours de sa vie que je crains trop sa réponse.

– Je suis vraiment désolé pour Nina, finit-il par lâcher.

Je sais qu'il est sincère. Chez Maud, j'ai vu combien la nouvelle l'avait accablé.

– J'aimerais te dire que les choses vont s'arranger ou une débilité dans ce genre, mais je n'y crois pas trop. Même notre avocat pense que la situation est mal barrée.

Camille écrase sa cigarette et passe une main dans ses cheveux, que je ne lui ai jamais connus aussi longs. Il sort une nouvelle cigarette mais se contente de la tapoter dans la paume de sa main.

– Tu te souviens de Cassandra ?

– Cassandra ?

– Une petite rousse, très mignonne, avec laquelle je suis sorti un été. Je devais avoir seize ans.

– Vaguement.

– Je la ramenais à la maison en cachette. Maud me fliquait à l'époque, elle n'aimait pas que je traîne avec des filles. Je me rappelle, c'était le dernier été avant la mort de mon oncle.

– Pourquoi est-ce que tu me parles de cette fille ?

– Je ne sais pas. J'essaie de me raccrocher à des souvenirs heureux. En fin de compte, je n'en ai pas tant que ça…

« Moi non plus », ai-je envie de lui répondre. En y repensant, ceux que j'ai gardés des étés à Antibes en font partie. Chez mon oncle et ma tante, je retrouvais l'insouciance qu'un enfant ne devrait jamais perdre. Les journées s'écoulaient au ralenti, oisives, sans but véritable. Nous nous levions tard. Dans ma chambre, j'écoutais des cassettes de Dire Straits, Leonard Cohen et Joan Baez. Camille remplissait à la mine de plomb d'épais carnets à dessin qui ne le quittaient jamais. Alanguis par la chaleur, nous paressions des heures dans des transats installés sous les arbres dans le jardin ou partions nous baigner. Je nageais mal, en mouvements désordonnés, mais il me semblait que l'eau me nettoyait d'une mystérieuse souillure dont l'origine m'échappait. Dans ces moments-là, pourtant terriblement banals, j'avais le sentiment qu'il aurait suffi de presque rien pour que naisse en moi une vraie aptitude au bonheur.

– Tu sais, Nina m'appelle quelquefois, continue-t-il.

Même s'il ne me regarde pas franchement dans les yeux, je sais que Camille perçoit ma surprise.

– Et de quoi est-ce qu'elle te parle ?

Il fait un geste vague de la main.

– Du moulin, des années où on vivait encore tous ensemble… En général, c'est elle qui parle et je l'écoute. Elle me raconte des anecdotes sur la famille et me demande après si je m'en souviens. Je lui réponds que oui, mais en réalité tout est flou dans ma tête. C'est comme si… (Il se met soudain à se marteler le crâne avec le poing.) C'est comme si quelque chose s'était déglingué là-dedans.

– Rien ne s'est déglingué, Camille. Moi non plus je n'ai pas tant de souvenirs que ça de cette époque.

– Tu as trois ans de moins que moi.

– Peut-être, mais ça n'explique pas tout.

Il regarde vers l'horizon et finit par allumer sa cigarette. J'ai l'impression qu'il cherche à me parler comme il ne l'a jamais fait mais qu'il ne trouve pas ses mots.

– Comment est-ce que les choses ont pu foirer à ce point ?

– Tu parles de quoi exactement ?

– De tout. Nous deux, la famille, ta mère... J'ai le sentiment d'un immense gâchis. Je n'ai jamais su trouver ma place, Théo. Je me sens comme une merde aujourd'hui... Qu'est-ce que j'aurais bien pu faire de toute façon après papa ? Qui peut rivaliser avec le grand Joseph Kircher ?

– Camille, ne dis pas ça. Tu avais un don pour le dessin et la peinture. Oui, tu avais une vraie âme d'artiste.

– On voit ce que j'en ai fait... Je n'imaginais pas l'avenir comme ça, tu sais. C'est comme si j'avais passé la moitié de ma vie à me bâtir des rêves, et l'autre moitié à les enterrer. Toi, tu ne t'en es pas si mal tiré. Théo, le photographe des stars !

– Arrête, s'il te plaît. Je me fous complètement de ces photos. N'importe qui aurait pu les faire à ma place.

– Tu parles...

– Camille, pourquoi est-ce que tu cherches à faire interdire l'exposition et la parution du livre ?

Il hausse les épaules, comme un gosse qu'on vient de prendre en faute.

– Cette histoire m'était sortie de la tête.

– Ne me prends pas pour un con.

Machinalement, il passe une main dans ses cheveux qui ne cessent de lui retomber sur le front.

– Je n'ai pas envie que des inconnus voient ces photos et viennent fourrer leur nez dans nos vies... Tu vois, j'aimerais parfois pouvoir feuilleter un album de famille avec des photos moches et mal cadrées, comme tout le monde, et pas un putain de bouquin d'œuvres d'art. Tu peux le comprendre ?

– C'est le travail de papa, on ne peut pas le garder pour nous.

– On l'a bien fait pendant plus de trente ans. Tu ne pouvais pas attendre quelques décennies de plus ? Tu crois que ta mère était folle de joie à l'idée de cette exposition ?

– Elle t'en a parlé ?

75

– Non, mais j'imagine qu'elle aurait préféré garder des souvenirs pour elle. Tu devrais faire plus attention aux autres, Théo. Le monde ne tourne pas autour de ta petite personne.

Je sens Camille nerveux. Je vois que ses mains sont parfois prises d'un tremblement qu'il essaie de camoufler en serrant les poings.

– Camille, est-ce que tu es clean en ce moment ?

Il ricane.

– *La* question. J'étais sûr que tu finirais par me la poser.

– Je m'inquiète pour toi.

– Tu t'inquiètes pour moi…, reprend-il d'un ton narquois.

– Je suis sérieux.

– Si tu veux vraiment savoir, je n'ai plus rien pris depuis un an. Je bois beaucoup, mais j'ai laissé tomber tout le reste. Tu vois, je fais des progrès : de camé, je suis devenu alcoolo.

Je reconnais bien là Camille. L'ironie est chez lui une arme pour désamorcer les situations embarrassantes. Je laisse passer un silence.

– Je n'ai pas été là pour toi, et je le regrette. J'aurais dû faire plus pour t'aider à t'en sortir.

– Je crois que si je n'ai appris qu'une seule chose dans la vie, c'est qu'on est seul responsable de ce qui nous arrive. On a toujours le choix. Personne ne m'a obligé à prendre toute cette merde…

– Tu aurais dû rester avec Nina et moi à l'époque. On aurait pu s'entraider.

Il secoue la tête d'un air désabusé.

– Non, Théo. Je n'ai rien à reprocher à Maud ou à mon oncle. Ils m'ont bien élevé. Ils ont fait ce qu'ils ont pu pour que je m'en sorte. Il y a bien des gosses qui ont été plus malheureux que moi…

Camille ne me regarde plus. Ses yeux semblent définitivement collés sur la ligne d'horizon, à laquelle s'accrochent quelques nuages fatigués.

– Je crois que j'ai envie de rentrer, finit-il par ajouter. Rester sur cette plage me déprime. Je me demande pourquoi je suis revenu à Antibes ; je me fais du mal. Mais tu sais ce que c'est... Quand on ne sait plus où aller, on revient toujours sur le lieu du crime.

Je souris, gêné, sans comprendre vraiment ce qu'il veut dire. Il se lève et ramasse son paquet de cigarettes resté sur un rocher. J'aimerais le retenir, essayer de rattraper le temps perdu, me persuader qu'il n'est pas trop tard. Mais la distance qui nous sépare est abyssale.

– Une dernière chose, Camille. Est-ce que tu sais quelque chose sur Nina ?

Il fronce les sourcils.

– Quelque chose dont elle t'aurait parlé et que je devrais savoir après ce qui s'est passé.

Je le vois agiter la tête en contre-jour.

– Non. De quoi est-ce que tu aurais voulu qu'elle me parle ?

– Je n'en sais rien, c'est pour ça que je te pose la question.

– Tu ne peux pas sauver ta mère, Théo.

– Au contraire, je vais me battre pour qu'elle n'aille pas en prison.

– Ce n'est pas ce dont je parle. Quoi qu'il ait pu arriver et quoi que tu puisses découvrir, tu ne répareras pas son passé. Non, la seule chose qu'on puisse faire, c'est tenter de vivre avec...

10

Quand je rentre, la moto de Camille a disparu. Maud est assise dans le salon devant la télé. Je crains un instant qu'elle ne soit en train de regarder les actualités, mais le poste ne diffuse qu'un jeu stupide auquel elle ne prête aucune attention.

– Est-ce que tu sais où est Camille ?

Elle me fixe d'un air éteint.

– Quand ton frère sort, je ne sais jamais où il va. Ni à quelle heure il sera de retour…

Je sens que ma tante n'a pas envie de parler. Je ne pose aucune autre question et monte à l'étage. La porte de la chambre de Camille est entrouverte. Je ne résiste pas à la tentation de la pousser et d'entrer. Le lit n'est pas fait. Sur la table de chevet se trouve un recueil de René Char. Une édition ancienne qui faisait sans doute partie de la bibliothèque de notre père. Je la feuillette. Plusieurs pages ont été cornées, quelques vers soulignés au crayon à papier : « Comment vivre sans inconnu devant soi » ou « Signe ce que tu éclaires, non ce que tu assombris ».

Au sol est posé un sac de voyage. Quoique conscient de mal agir, je l'ouvre et me mets à le fouiller. Je sais parfaitement ce que je recherche – car je ne crois pas vraiment que Camille ait décroché –, mais je sais aussi qu'il est assez retors et expérimenté pour avoir dissimulé sa came dans un endroit impossible à trouver. Au milieu d'un tas d'habits en vrac, je fais une tout autre découverte : celle d'un carnet à spirale. Il est rempli aux trois quarts d'esquisses à la mine de plomb et de dessins au crayon. J'ignore quand ils ont été réalisés, mais mon instinct me dit que la plupart sont récents – pourquoi, sinon, Camille se trimballerait-il avec ce carnet ? J'en ai la confirmation grâce à quelques dates inscrites dans le coin inférieur droit des pages.

Ce ne sont pas à proprement parler des dessins figuratifs, mais j'aurais du mal à les qualifier d'abstraits. Des hachures sombres, chaotiques, grossières, desquelles émergent çà et là quelques formes reconnaissables, en particulier celle d'un escalier difforme, aux marches irrégulières, qui semble ne mener nulle part et se dissout chaque fois dans un fond noir. Il provoque en moi le même trouble que l'escalier de Penrose, découvert enfant dans un bouquin de paradoxes visuels qui est longtemps resté mon livre de chevet. Je reste figé au milieu de la chambre. Ces dessins sont remarquables. Ils montrent que Camille a atteint une maturité que je ne lui aurais jamais soupçonnée. J'éprouve en les regardant un pincement au cœur. Je pense à toutes ces années perdues, à la carrière qu'aurait pu accomplir mon frère, à cette formidable énergie créatrice qui aurait pu l'empêcher de se détruire à petit feu. Plus je tourne les pages, plus je suis saisi par son talent et happé par ses tourments. L'escalier constitue un motif obsessionnel chez lui. Sur certains dessins, il l'a représenté en couleurs, mais il n'a choisi que des teintes rouges et orangées, criardes, agressives – de celles que l'on obtient en photo en augmentant exagérément la saturation.

Par peur d'un retour impromptu de Camille, je remets le carnet à sa place et quitte la chambre. Je tourne en rond cinq minutes dans la mienne, incapable de chasser de mon esprit les dessins torturés de mon frère, avant de me décider à redescendre. Maud n'a pas bougé du canapé. C'est à peine si elle me voit passer. J'aimerais l'interroger sur Camille, lui parler de ses dessins, en apprendre plus sur sa vie actuelle, mais je me sens trop coupable de l'avoir mise sur la sellette quelques heures plus tôt au sujet de ma mère.

Je file droit dans la cuisine où je bois de longues gorgées d'eau directement au robinet. À travers la fenêtre, je constate que la moto n'est pas réapparue. J'ai la certitude que je ne reverrai pas Camille de la journée et que notre discussion sur la plage restera lettre morte.

Sentant la présence de Maud derrière moi, je me retourne. Je la vois déposer sur la table deux grosses boîtes recouvertes de motifs floraux un peu vieillots. Je me souviens de l'époque où, pour passer le temps, Camille et moi l'aidions à fabriquer ces boîtes et d'autres objets décoratifs.

– Qu'est-ce que c'est ?

Elle inspire profondément tout en posant ses mains sur les couvercles.

– Tout ce que j'ai conservé de mon frère et quelques affaires que ta mère a laissées ici au fil des ans. Il y a des lettres, des photos, des documents... Tout est là. Ce n'est pas grand-chose mais c'est la seule aide que je puisse t'apporter. Tu peux en faire ce que tu veux.

– Merci, Maud, tu n'étais pas obligée.

– Si, je l'étais. Ces affaires ne m'appartiennent pas, en fin de compte. Mais tu ne trouveras rien. Il n'y a pas de secrets cachés, Théo. Ou, s'ils existent, je ne suis au courant de rien. Parfois, dans la vie, il n'y a rien à comprendre. Les choses arrivent sans qu'on sache pourquoi.

Elle tourne les talons et disparaît de la cuisine avant que j'aie pu la contredire.

Malgré l'heure déjà avancée, je me prépare un café corsé avant de m'attabler devant les boîtes. C'est avec anxiété et excitation que je les vide entièrement sur la table. Je commence par mettre de côté quelques objets sans intérêt – des bijoux fantaisie, un vieux porte-clés, un carnet d'adresses –, puis m'attaque à la pile de lettres et de cartes postales. Maud et mon oncle en sont les principaux destinataires. Il n'y a que cinq lettres écrites par mon père, entre 1962 et 1967. Récits d'un voyage en Espagne et en Italie, allusions à des travaux en cours au moulin ou à une exposition qui à ma connaissance n'a jamais vu le jour : je n'en tire rien qui soit en rapport avec Nina.

Les lettres de ma mère, elles, sont beaucoup plus nombreuses et s'étalent sur presque trois décennies. Je reconnais immédiatement son écriture, ses caractères minuscules et ses jambages délicats. Au début, je prends tout mon temps, par peur de passer à côté d'un détail qui pourrait me mettre sur une piste. Mais au fil de ma lecture mon attention se relâche et ma déception grandit. Pas la moindre allusion à la Suisse ni à son passé, pas de sous-entendus particuliers, pas d'éléments concrets susceptibles de me laisser penser que Nina cache quelque chose. En les lisant, j'éprouve même une impression bizarre due au décalage entre la forme, élégante et parfois même précieuse, et le fond, terriblement banal et ennuyeux. Ces lettres sont superficielles : ma mère ne s'y livre jamais vraiment, même lorsqu'elle y évoque ses inquiétudes, ses moments de fatigue ou de solitude.

Grâce aux enveloppes, qui ont presque toutes été conservées, je m'aperçois qu'il existe d'importantes interruptions dans cette correspondance, parfois longues de plusieurs années. Y a-t-il d'autres lettres ? Ont-elles été perdues ? Maud les a-t-elles rangées ailleurs ? Ne m'a-t-elle livré sciemment qu'une partie infime de cette correspondance, en écartant tout ce qui lui paraissait gênant ?

Je me prépare un deuxième café et passe en revue les multiples photos que contiennent les boîtes. Sans surprise, la plupart sont l'œuvre de mon père. Celles prises à Paris ou à Saint-Arnoult me sont connues – ce sont sans doute des seconds tirages qu'il avait réalisés pour Maud. Mais je découvre aussi de nombreux clichés que je vois pour la première fois, pris l'été sur la Côte d'Azur, à Nice, Antibes ou Cannes. Il y a beaucoup de Polaroid, qui couvrent une dizaine d'années si je me fie à l'âge que nous avons dessus. Ce sont de simples photos de vacances, sans intérêt artistique, mais qui me donnent à voir quelques moments simples et heureux de notre existence.

Au moment où je commence à perdre tout espoir, une photo différente arrive entre mes doigts. Elle est en noir et blanc, dentelée sur les bords et d'un format réduit, plutôt inhabituel. Elle m'apparaît immédiatement comme un intrus au milieu des autres clichés et il me faut quelques secondes pour identifier clairement la scène.

Au premier plan, deux jeunes filles qui portent la même tenue, une robe simple et grisâtre aux allures d'uniforme. Elles doivent avoir peu ou prou le même âge – seize, dix-sept ou dix-huit ans – et regardent fixement vers l'appareil en souriant discrètement. En arrière-plan, un bout de bâtiment massif et terne, percé de nombreuses fenêtres, en partie dissimulé par une rangée d'arbres. Je demeure interdit, le cœur battant. Je me penche sur la photo et scrute le visage des deux filles. En raison de la taille du tirage, leurs traits sont difficilement identifiables, mais je suis presque certain que la fille sur la droite est ma mère. Oui, c'est elle, mais une Nina plus jeune que sur les plus anciens portraits que je possède d'elle. Une Nina qui n'a pas encore la complexion ni les traits que je lui ai toujours connus.

Où et quand cette photo a-t-elle été prise ? Je la retourne mais le verso est vierge de toute indication. Dans une école ? Un pensionnat ? C'est la première idée qui me traverse l'esprit. Et comment a-t-elle pu se retrouver mêlée à des souvenirs de vacances ?

Dans le salon, je rejoins Maud, qui perçoit aussitôt mon trouble.

– Tu as trouvé quelque chose ?

Je viens lui mettre ma trouvaille sous le nez.

– Est-ce que tu reconnais cette photo ?

Elle ajuste ses lunettes et l'observe durant de longues secondes.

– Non, je ne l'ai jamais vue.

– C'est ma mère, n'est-ce pas, juste ici ?

– On dirait bien.

– Quel âge a-t-elle à ton avis ?

– Dix-sept ans peut-être…

– C'est ce que je pensais aussi. Et cette fille à côté, elle te dit quelque chose ?

– Non.

– Regarde bien, s'il te plaît.

Elle ne jette un coup d'œil que pour la forme.

– Je suis sûre que je ne la connais pas.

– Et les bâtiments à l'arrière ?

– Non plus.

– D'où cette photo sort-elle, Maud ?

– Je n'en sais strictement. Je te l'ai déjà dit, j'ai accumulé toutes ces affaires au fil des ans. J'avais même oublié que je possédais autant de photos…

J'ai l'impression que ma tante me ment. Quelle raison aurait-elle pourtant de le faire dans la mesure où elle aurait pu ôter sans difficulté cette photo de la boîte ? Peut-être suis-je en train de devenir paranoïaque. Et si elle avait raison ? Si parfois, dans la vie, il n'y avait rien à comprendre ? À l'exception de ce cliché, je n'ai rien trouvé de concret, et lorsqu'on ne trouve rien, on est enclin à se raccrocher à des choses insignifiantes, à tout voir à travers le prisme de ses obsessions, pour ne pas perdre espoir.

– Je me fais peut-être des idées, finis-je par lui répondre. Cette photo n'a sans doute aucune importance…

*

Me Guez me contacte une heure plus tard, alors que j'ai essayé de le joindre en vain à plusieurs reprises. Je sens de la fatigue dans sa voix, tout comme une certaine irritation.

– Désolé de ne pas vous avoir rappelé, mais j'étais sur le pied de guerre.

– Quelles sont les nouvelles ?

– Votre mère n'a toujours pas prononcé le moindre mot mais son état est stable, elle ne court aucun danger. En revanche, elle a subi une nouvelle expertise : les médecins vont encore la garder une nuit à l'hôpital, mais plus rien ne s'oppose à ce qu'elle soit déférée devant un juge, probablement demain matin. Vu le dossier, il y a tout à parier qu'elle sera mise en examen pour tentative d'homicide.

Je laisse passer un silence. Je m'en veux de ne plus être à Avignon, même si je sais que je n'aurais rien pu y faire d'utile.

– Et Dallenbach ? Dans quel état est-il ?

– Stationnaire. Ses blessures sont graves et, même s'il s'en tire, il se peut qu'il en garde de lourdes séquelles.

– Vous avez trouvé quelque chose sur lui ?

– Oui.

– Attendez, je prends de quoi écrire.

Je saisis un bloc-notes et un stylo qui traînent sur le bureau de ma chambre.

– Allez-y.

– Il est né à Genève en 1932. Marié depuis près de quarante ans à la même femme : Claire Dallenbach, née Fournier. Tous deux domiciliés à Lausanne. Pas d'enfants. Ils étaient en vacances à Avignon, arrivés à l'hôtel la veille du drame. Mme Dallenbach a assuré à la police qu'elle ignorait totalement qui était votre mère. Visiblement, elle ne comprend rien à ce qui s'est passé et ça n'a pas l'air d'être dû uniquement au choc qu'elle a subi... Dallenbach était médecin, il a pris sa retraite il y a cinq ans. D'après ce que nous savons, il a exercé en libéral durant la plus grande partie de sa carrière, dans le quartier de la Cité. Mais avant cela il a travaillé pendant six ans dans une sorte d'institution pour jeunes filles.

– Une institution ? Vous savez laquelle ?

– Le foyer d'éducation Sainte-Marie, dans le canton de Vaud, à la périphérie de Lausanne. Cet établissement n'existe plus aujourd'hui.

Je sens les battements de mon cœur s'accélérer en repensant à la photo. Sans doute devrais-je en parler à Guez, mais une force obscure me retient. Je ne me sens pas prêt à lui confier ma découverte pour l'instant. Tout est encore trop flou dans ma tête.

– Autre chose ?

– Son casier judiciaire est vierge : il n'a jamais eu aucun problème avec la justice. Dallenbach est un notable, quelqu'un de respecté, qui s'implique dans plusieurs associations depuis qu'il a pris sa retraite. J'espérais pouvoir dénicher des éléments compromettants sur lui mais... S'il y a des squelettes dans le placard, nous ne les avons pas encore trouvés.

Guez me donne ensuite des précisions sur la procédure à venir, mais je suis désormais pressé de mettre un terme à la conversation.

Dès que j'ai raccroché, je me connecte à Internet pour entrer tout ce que j'ai griffonné sur le bloc-notes. Les occurrences se comptent sur les doigts d'une main. Avant même d'explorer les sites, je clique sur l'onglet « Images » du moteur de recherche. Sur la mosaïque qui apparaît, je m'aperçois après quelques vérifications qu'une seule image correspond au foyer d'éducation Sainte-Marie dont m'a parlé notre avocat. La photo en noir et blanc, d'assez basse qualité, se trouve sur le site des Archives cantonales vaudoises. C'est un long et imposant bâtiment à deux étages surmontés d'œils-de-bœuf, organisé tout en symétrie autour d'un porche massif et prétentieux. Il a été photographié de biais : l'enfilade des fenêtres, qui finissent par se perdre derrière une rangée d'arbres, semble interminable.

Je prends la photo trouvée dans les affaires de mes parents et la place à côté de l'ordinateur. Je ne veux pas m'emballer, il me faut rester parfaitement objectif. Mes yeux passent lentement de la photo à l'écran, puis de l'écran à la photo.

Je ne peux que me rendre à l'évidence : il s'agit du même lieu. Je reste stupéfait devant les deux images jumelles, persuadé au plus profond de moi qu'elles vont changer le cours de ma vie.

DEUXIÈME PARTIE

La vie est un voyageur qui laisse
traîner son manteau derrière lui pour
effacer les traces.

Louis Aragon,
Les voyageurs de l'impériale

1

J'ouvre le site des Archives cantonales vaudoises et tombe sur le document suivant :

Foyer d'éducation Sainte-Marie
Ouverture : 1892
Fermeture : 1973
Capacité : 50-100
Sexe : femmes
Type d'établissement : foyer d'éducation
Confession : interconfessionnel

Suit un descriptif d'environ deux pages qui retrace l'historique du foyer. J'apprends que c'était à l'origine une maison de force, de détention et de discipline, qui accueillait aussi bien des garçons que des filles, placés dans des sections séparées. Les pensionnaires y étaient amenés à la suite d'une condamnation pénale ou à la demande de parents ou tuteurs ayant des sujets de mécontentement très graves sur la conduite d'un enfant, dont ils ne pouvaient « réprimer les écarts ». Les mineurs, qui avaient entre huit et dix-huit ans, recevaient une instruction religieuse et participaient à des travaux agricoles. Au fil du temps, la dimension carcérale de l'établissement fut atténuée au profit de la prise en charge « psychologique et pédagogique » des pensionnaires. Durant la Seconde Guerre mondiale, sous l'effet d'une réforme du code pénal suisse, l'établissement devint maison d'éducation. Au mitan des années 1950, le foyer n'accueillit plus que des adolescentes entre quatorze et dix-huit ans et passa de la tutelle du Département de justice et de police à celle de la Protection de la jeunesse. D'après le site, l'établissement se spécialisa alors dans l'accueil de jeunes filles présentant des troubles du comportement ou en rupture avec leurs familles. Les informations se font ensuite plus vagues. J'apprends seulement que le foyer a fermé au début des années 1970 pour des raisons budgétaires et a été transformé en centre d'apprentissage professionnel.

Je retourne sur la page de recherche. Quelques rares autres sites évoquent le foyer, mais je n'y glane guère de renseignements supplémentaires. Ma trouvaille la plus significative apparaît sur une page du site de l'université de Lausanne consacrée à une équipe de recherche interdisciplinaire. Elle relate brièvement le travail d'une commission d'experts nommée en 2007 dont le but est de réaliser une étude scientifique sur « les internements administratifs et les mesures de coercition décidés en Suisse avant 1981 ».

Je suis encore incapable de tisser un lien rationnel entre ce que je lis et l'histoire de ma mère. Je déroule la page : du début du XXe siècle jusqu'au début des années 1980, des dizaines de milliers de personnes de plus de seize ans ont été privées de liberté, sans que la détention soit ordonnée par un juge. Les internés l'étaient par simple décision de l'administration et n'avaient aucune possibilité de faire appel. Je comprends que je suis tombé sur cette page parce que le foyer éducatif Sainte-Marie faisait partie des établissements d'internement des cantons de Neuchâtel, de Vaud et du Valais.

Je demeure perdu devant mon écran. Ma mère est française et je ne lui connais aucune attache avec la Suisse – à part bien sûr la nationalité de l'homme qu'elle a cherché à tuer. J'essaie de me persuader qu'il doit s'agir d'une erreur, mais la photo posée sur le bureau ne ment pas : Nina s'est bien retrouvée à un moment de sa vie dans cet établissement.

L'équipe scientifique mentionnée est réduite : trois chercheurs et deux étudiants de la faculté. Je trouve facilement une adresse mail de contact, celle de Ludovic Berthelet, historien et archiviste à l'université de Lausanne, qui dirige la commission.

Sans trop réfléchir, je rédige une dizaine de lignes qui expliquent que je recherche des renseignements sur le foyer Sainte-Marie. J'évite de dévoiler l'identité de ma mère, mais j'indique qu'elle a sans doute séjourné dans cette institution quand elle était adolescente et qu'elle pourrait avoir fait l'objet d'un internement administratif. Je demande à Berthelet de me contacter et lui laisse même mon numéro de téléphone.

Les messages se sont accumulés dans ma boîte mail. Des connaissances plus ou moins proches qui souhaitent avoir de mes nouvelles mais auxquelles je n'ai pas le courage de répondre. Je fais en revanche l'effort d'envoyer quelques SMS en reprenant invariablement les mêmes formules.

Contre toute attente, Berthelet me répond dans la demi-heure.

> Cher Monsieur Kircher,
> Je vous remercie pour votre message. La commission que je dirige est à la recherche de témoignages de personnes ayant fait l'objet, de la part de l'État, de mesures ressenties comme une violation grave de liberté. Si nous étudions les processus et mécanismes qui ont conduit à ces mesures de coercition, nous avons aussi pour mission de comprendre comment les personnes concernées ont vécu leur enfermement et de relayer à terme leur expérience. Si vous résidez à Lausanne, je serai ravi de vous rencontrer à l'université dans les prochains jours. Dans le cas où vous posséderiez des documents laissés par votre mère, nous serions très intéressés

de pouvoir les consulter, voire, avec votre autorisation bien sûr, de les intégrer dans nos futures publications.

Dans l'attente de votre réponse…

Évidemment, Berthelet croit que je réside en Suisse et la formulation de mon message lui a peut-être laissé penser que ma mère était morte. Je sais que je dois agir sans plus me poser de questions. Je lui réponds dans la foulée que je serais moi aussi ravi de pouvoir le rencontrer rapidement, sans lui préciser que je suis français et que je n'ai jamais mis les pieds à Lausanne.

*

Il est près de 1 heure du matin quand Camille rentre chez Maud. Je ne dors pas. J'entends l'escalier craquer et sors sur le seuil de ma porte. Je le vois dans la pénombre : il a du mal à marcher droit. Son visage apparaît dans le faible rai de lumière en provenance de ma chambre. Il ne semble pas surpris de me voir.

– Tu ne dors pas ? demande-t-il d'une voix un peu plus claire que sa démarche.

– Non.

– Normal, avec tout ce qui s'est passé…

Il monte la dernière marche, s'arrête à quelques centimètres de moi. Je sens son haleine chargée d'alcool. Il ricane, l'air penaud.

– Ben moi, je tiens plus debout !

– Camille, je pars demain matin.

– Quoi !

– Je m'en vais.

– Tu t'en vas ? Pour aller où ?

J'aimerais lui dire la vérité. Que, quelques heures plus tôt, j'ai réservé un billet pour la Suisse. Que je pars à la recherche de ma mère, de la jeune fille qu'elle fut autrefois et dont je ne sais rien.

Mais je n'ai pas envie de continuer cette conversation alors qu'il est soûl.

– Je retourne à Avignon. L'avocat m'attend là-bas.

Il baisse les yeux et secoue lentement la tête.

– Je suis vraiment désolé pour Nina...

– Je sais, tu me l'as déjà dit.

Mon ton était un peu trop cassant. Il se mord les lèvres, comme si, malgré son ébriété, il avait parfaitement senti mon hostilité.

– Bon, on se voit demain matin, alors ?

– C'est ça.

Triste et en colère, je le regarde s'éloigner dans la pénombre et disparaître dans sa chambre. Non, on ne se verra pas le lendemain. Mon vol pour Genève est prévu à 8 heures du matin. Il faudra que je parte tôt pour Nice, et je suis presque certain que, vu son état, Camille ne sera pas encore levé quand je quitterai la maison.

2

Canton de Vaud, 1967

Il faisait froid le soir où elle arriva à la ferme. Picotement au bout des doigts. Lèvres bleues. Ses chaussures, trop petites et trop légères pour la saison, lui faisaient mal. Elle avançait, le regard fixé sur le chemin boueux dans lequel elle s'embourbait à chaque pas. Dans le ciel traînaient les dernières lueurs du crépuscule. Les arbres en bordure du chemin formaient une barrière opaque et impénétrable.

Son tuteur marchait quelques pas derrière elle. Elle entendait son souffle court, embarrassé, régulièrement ponctué de toussotements et de raclements de gorge. Elle sentait encore son haleine fétide pleine de l'odeur du tabac, qu'elle avait dû supporter durant tout le voyage en auto. Tout comme elle avait dû supporter le sourire rogue qui ne quittait jamais ses lèvres, les poils noirs et épais qui dépassaient du col de sa chemise, et la peau grêlée, couverte de petites plaques rougeâtres, qu'il ne pouvait s'empêcher de gratter sans même s'en rendre compte, au point de se faire saigner. Le tuteur avait préféré laisser le véhicule au bord de la grand-route, après s'être trompé deux fois de chemin.

« C'est là », l'entendit-elle murmurer au moment où elle distinguait la silhouette d'une ferme au toit de guingois. Nina sentit son cœur se serrer et enfonça plus profondément les mains dans ses poches.

On entra. Il planait dans l'air des effluves de potage cuit et recuit. L'intérieur, aux plafonds bas, rempli de meubles massifs et rustiques, était mal éclairé. Un feu brûlait dans la cheminée, projetant des lueurs ambrées sur les murs.

On fit rapidement les présentations avant de s'installer autour d'une table. Le père était un homme de grande taille, aux membres rachitiques et au visage creusé, le dos si voûté qu'il donnait l'impression de supporter sur ses épaules tous les malheurs du monde. La mère, potelée et robuste, avait l'œil vif et perçant ; ses mains vigoureuses ne tenaient pas en place. Une petite fille d'une dizaine d'années se tenait en retrait, regardant ces étranges hôtes avec méfiance.

Le tuteur parla. Les parents écoutaient, se contentant de quelques hochements de tête ou de paroles monosyllabiques. Tout semblait à l'économie ici, même les mots. Le tuteur s'adressait à eux comme si Nina eût été absente de la pièce ou incapable de comprendre que son propos la concernait. « Nous avons fait preuve de beaucoup de patience et de bienveillance à son égard. Plus personne ne sait quoi faire d'elle. Dieu sait où elle finira… » Le père et la mère continuaient de hocher la tête de façon mécanique et trop déférente.

Le tuteur parlait de plus en plus vite. Tout, dans ses gestes comme dans sa voix, montrait qu'il voulait en finir et quitter cette maison au plus tôt. Il sortit de sa pochette des papiers qu'il déposa sur la table, devant le père. Il lui tendit un stylo et indiqua du doigt l'endroit où signer. L'homme promena un regard un peu perdu sur la feuille, puis apposa sa signature d'une main mal assurée.

Ensuite, tout s'enchaîna. Le tuteur prit congé après avoir adressé à Nina une ultime recommandation sur le seuil de la porte : « Et surtout, ne crée plus de problèmes ou tu finiras au pénitencier en compagnie de filles dans ton genre. »

Sans plus faire attention à elle, le père s'isola près du feu qui faiblissait et alluma une pipe dont l'odeur âcre se mêla aux relents de cuisine. La mère, l'air embarrassé, flanquée de sa gamine, examina Nina de la tête au pied, puis, avisant sa maigre valise, s'exclama :

– C'est tout ce que tu as !

Le visage fermé, les poings à l'aine, Nina ne répondit pas.

– Tu as soupé ou bien ?

Elle fit non de la tête.

– Et elle a perdu sa langue en plus de ça ! Viens avec moi.

La mère l'installa à la table de la cuisine, recouverte d'une toile cirée à carreaux fanée, puis s'affaira aux fourneaux.

– Anne-Marie, grommela-t-elle à l'adresse de sa fille, mets-lui le couvert.

La petite s'exécuta, sans lâcher du regard la nouvelle venue. Nina demeurait immobile, les yeux fixés sur les carreaux de la fenêtre d'un bleu profond, presque noir. La mère lui servit un potage fumant et une grosse tranche de pain recouverte d'une pellicule de beurre jaune paille.

– Et mange ! Il faut nourrir la bouche pour que les bras travaillent. Ici, on n'aime pas les tire-au-flanc…

Anne-Marie ricana. Sa mère lui fit les gros yeux.

Après le repas, tandis que le père fumait toujours près de l'âtre presque éteint, on la fit monter à l'étage. La chambre était minuscule sous les toits, avec pour simple ouverture une étroite lucarne qui formait une tache sombre. La pièce était froide et pauvrement meublée : il y avait une chaise, un coffre en bois et une table de nuit. Au-dessus du lit au montant en fer gris était accrochée une croix grossièrement taillée dans du buis.

– C'est là que tu dormiras. Le linge est dans le coffre.

Nina déposa la valise sur le lit. Soudain, elle sentit sourdre en elle un désir de pleurer. Quand la mère s'approcha et lui fit face, elle prit sur elle pour retenir ses larmes et soutenir son regard bleu.

Elle devait se montrer forte, ne rien céder aux autres, ne pas leur donner ce qu'ils attendaient d'elle.

– Il y a une bible dans le tiroir. Surtout, n'oublie pas de faire ta prière. Tu en as plus besoin qu'une autre…

La mère leva la main dans un geste théâtral et désigna le toit en soupente – mais Nina devait vite comprendre qu'elle visait en réalité le ciel.

– Souviens-toi d'une chose : Dieu observe tout, on ne peut rien lui cacher.

*

Ce n'est que le lendemain matin que Nina rencontra le fils de la maison, Christian, un grand échalas de dix-huit ans aux mains larges comme des battoirs. Il était doux et timide, aussi taiseux que son père. Au petit déjeuner, il lui lança des regards amicaux et compatissants par-dessus son bol de café : ce manège n'échappa d'ailleurs pas à la mère, qui en parut contrariée.

Le rituel des journées, auquel elle dut vite s'accoutumer, était immuable. On se levait aux aurores ; le petit déjeuner et la toilette étaient rapides, presque envisagés comme des corvées. Sitôt les hommes partis au travail et la petite Anne-Marie à l'école du village, les tâches domestiques pouvaient commencer : le nettoyage, la lessive et le reprisage, le repassage, la préparation des repas, l'entretien du potager.

La mère s'agitait, parlait beaucoup, mais travaillait peu. Elle se contentait le plus souvent de lancer des directives, trop heureuse de trouver dans cette pensionnaire une main-d'œuvre jeune, énergique, docile et surtout gratuite. L'essentiel de ses paroles se résumait à des récriminations, dans lesquelles Nina voyait moins de la méchanceté que l'expression d'une revanche sur sa condition de femme solitaire ayant passé une vie entière au foyer. Elle semblait tirer une amère jouissance à côtoyer et commander une fille d'un rang inférieur au sien. La mère aimait particulièrement l'invectiver à la troisième personne – « Et elle n'oubliera pas de faire la poussière à l'étage ! » –, si bien qu'en maintes occasions Nina en vint à douter qu'elle s'adressât vraiment à elle. Elle usait d'expressions toutes faites et de banalités, béquilles sans lesquelles elle était incapable d'exprimer la moindre pensée. Se tenant debout devant Nina quand celle-ci récurait le sol, elle lui lançait, en feignant de reprendre son souffle comme après un trop violent effort : « Ce que c'est quand même que de tenir une maison... » Ou, quand Nina s'occupait du linge : « Il faut bien que, nous les femmes, on se tue à la tâche, sinon qui le fera ? » Parfois, quand le labeur était trop lourd à supporter et qu'on la réprimandait, Nina se mettait à pleurer, mais elle regrettait aussitôt les larmes qui coulaient sur ses joues. La mère la toisait alors et disait : « Des larmes de crocodile... Profites-en pour remplir le seau avec tant que tu y es ! »

Plus que pieuse, la maîtresse des lieux était bigote. Elle paraissait connaître par cœur les Saintes Écritures, mais était d'un esprit superstitieux et borné, prenant au pied de la lettre les récits de déluge, d'anges et de démons, de villes détruites par le soufre et le feu. Elle soupçonnait Nina de ne pas avoir reçu une instruction religieuse digne de ce nom. On allait bien sûr à la messe le dimanche, mais aussi quelquefois à l'office du soir. On fréquentait les fêtes de la paroisse et participait à des collectes. Entre deux corvées, si le jour n'était pas trop avancé, elle la forçait à s'agenouiller devant un fauteuil qui faisait pour l'occasion office de prie-Dieu et à réciter les prières à Marie, au Père et à l'Esprit-Saint ; ou, les rares fois où elle n'était pas trop fatiguée, lui lisait des versets des Évangiles et s'aventurait même à ânonner des phrases en latin auxquelles, visiblement, elle ne comprenait goutte.

Quant au père – Nina l'avait senti dès le premier jour –, c'était un homme bon mais faible, qui ne se laissait pas aller aux jugements hâtifs. Lorsque la mère, après une journée déjà trop longue, continuait de la disputer, cherchait des prétextes pour se plaindre d'elle, il osait un timide : « Ce n'est pas une si mauvaise fille. » À quoi elle répondait, en haussant les épaules : « Qu'est-ce que tu en sais ? Tu n'es pas enfermé avec elle toute la journée. » Alors il préférait se réfugier dans un silence pusillanime et, après avoir lancé à Nina un regard quelque peu coupable, il se retirait au coin du feu avec sa pipe, dont elle aimait l'odeur de terre et de foin brûlé.

Aux repas, où la nourriture était chiche mais d'une qualité supérieure à tout ce que Nina avait connu, c'étaient force chuintements et bruits de bouche qui la répugnaient. Le père, fidèle à lui-même, parlait peu, mâchait longuement et promenait son regard sur la tablée en gardant pour lui les réflexions qu'elle lui inspirait. S'il prenait la parole, c'était uniquement pour évoquer des problèmes d'argent. Il vivait dans la crainte de manquer, expliquait combien de francs lui avait coûté telle fourniture, s'inquiétait de telle autre dépense future et répétait qu'il fallait veiller à ne rien gaspiller. Et, pour donner l'exemple, il balayait les miettes de pain jusqu'au bord de la table, les faisait tomber dans sa main avant de les porter à sa bouche d'un geste sec et précis. La petite Anne-Marie riait – c'était à se demander si elle savait rien faire d'autre –, tandis que la mère décochait un regard acerbe à Nina, comme pour se plaindre de cette nouvelle bouche à nourrir.

Christian, lui, tirait des plans sur la comète et parlait du jour où il partirait de la ferme. Non dénué d'une certaine instruction, qui détonnait dans cette maisonnée aux manières frustes, il évoquait des « projets » sans rien en préciser, prenait pour exemple des jeunes de son âge, moins intelligents que lui, qui réussissaient en ville. Blessé dans sa condition, le père regardait ailleurs et affectait l'indifférence. Sa femme levait les yeux au ciel en répétant : « C'est bien connu, l'herbe est plus verte ailleurs. » Nina était touchée par ces piques, comme si elle en eût été la cible, car Christian avait toujours un mot gentil pour elle et n'hésitait pas à l'aider dans certains travaux trop éreintants. Il était la seule main secourable du foyer, la seule oreille à laquelle elle osait parfois se confier.

L'obsession du père pour l'argent semblait avoir insidieusement contaminé le reste de la famille. Tout en colère rentrée, Christian y voyait un frein insurmontable à ses résolutions, la mère une occasion de plus de chercher querelle à Nina – oubliant au passage que les tâches ménagères étaient accomplies sans bourse délier et qu'elle percevait une somme non négligeable pour l'accueillir chez elle.

Il y avait, cachée dans un placard de la cuisine, une boîte en métal qui contenait de la monnaie. Nina ne pouvait en ignorer l'existence, car le père la sortait souvent pour y mettre quelques pièces, par souci d'économie, ou plus rarement pour en retirer. Un jour, sans raison particulière, la mère versa le tas de pièces sur la table et entreprit de les compter à voix haute. Dès qu'elle eut terminé, elle s'exclama, du ton alarmé qu'elle savait prendre pour dramatiser la moindre situation :

– Il manque trois francs !

Nina venait d'entrer dans la cuisine après avoir essoré une salade sur le pas de la porte.

– Tu entends ? Il manque trois francs dans la boîte.

Nina contempla les piles de pièces en secouant la tête.

– Je ne les ai pas pris...

– Pourquoi te défends-tu si tu n'as rien à te reprocher ?

– Je n'ai rien fait ! Il y a peut-être... une erreur.

Telle une harpie, la mère fondit sur elle.

– Une « erreur » ! Veux-tu recompter ? Est-ce qu'elle prétendrait avoir plus d'instruction que moi ? Je sais parfaitement combien il y avait de pièces dans cette boîte.

– Quelqu'un d'autre les a peut-être prises.

– Tu accuses les autres à présent ? Il n'y a personne ici à part toi et moi.

– Ce n'est pas ce que j'ai dit.

– Elle me traiterait de menteuse en plus de ça...

Le visage déformé par un rictus, la mère lui saisit alors les cheveux à pleine main et se mit à les secouer dans tous les sens.

– Dis la vérité !

– Vous me faites mal !

– Tu es une voleuse. Et ce n'est pas la première fois que de l'argent disparaît. Ton tuteur nous avait pourtant prévenus !

– Fouillez ma chambre si vous ne me croyez pas ! cria Nina.

– Tu auras pu le cacher ailleurs. Rien n'était plus facile.

Montrant soudain des signes d'essoufflement, la mère lui lâcha les cheveux, dont une touffe blonde lui resta dans la main. Elle empoigna un torchon qui traînait sur le dossier d'une chaise et s'acharna avec sur elle. Nina tentait de se protéger en faisant écran de ses deux mains.

– Vous êtes folle !

– « Folle » ! Comment oses-tu ?

Les coups redoublèrent.

– C'est le diable qui est en toi ! Oui, c'est le diable qui est en toi !

Cette fois, loin de pleurer, Nina eut plutôt envie de s'esclaffer à la voir gesticuler et répéter cette phrase ridicule. De guerre lasse, elle baissa les bras et s'offrit aux coups de torchon, ce qui eut pour effet de surprendre la mère, qui s'arrêta net.

– On dit qu'une faute avouée est à moitié pardonnée. Mais toi... tu pourrais accomplir le chemin de croix du Seigneur lui-même qu'il ne te pardonnerait pas. Disparais de ma vue !

Le soir, quand son mari fut rentré, elle lui raconta l'incident, non sans broder pour faire paraître Nina plus coupable qu'elle ne l'était selon elle.

– Elle n'a peut-être rien fait. Je ne sais plus combien il y avait d'argent.

– Toi, râpe comme tu es, tu ne saurais pas combien il y avait ?

– Non.

– Une mauvaise graine n'a jamais donné de beaux arbres. Cette fille a le mal dans la peau. Il lui faut une correction.

Le visage du père se rembrunit. Il n'avait que trop compris ce qu'elle lui demandait.

– Je ne porterai pas la main sur elle, tu t'en es déjà chargée.

La mère s'apprêtait à protester lorsqu'elle se rappela l'indifférence de la jeune fille aux coups de patte. Cette petite peste prenait peut-être même plaisir à être frappée. Oui, qui sait si le ceinturon du père ne lui procurerait pas jouissance plus grande encore ?

– Bien, répondit-elle. De toute façon, une chose est sûre : elle ne fera pas long feu chez nous.

3

Cela se passa à la fin du deuxième mois de son séjour à la ferme. La mère était absente ce jour-là, partie faire des courses au village : depuis l'épisode de la boîte en métal, et quoiqu'elle sût parfaitement que Nina était innocente de tout crime, elle refusait de lui confier la moindre somme d'argent.

Christian n'avait plus quitté la maison depuis deux jours. En transportant une charge trop lourde, il avait basculé en arrière et s'était foulé la cheville. Il avait continué à travailler comme si de rien n'était, mais, le soir venu, son pied avait doublé de volume ; le médecin, qu'on avait été obligé de quérir au grand dam du père, l'avait forcé au repos complet sous peine de voir les choses empirer. Depuis, il passait ses journées dans son lit à lire de mystérieux ouvrages censés lui apporter fortune et réussite.

Nina avait pour charge, en cette matinée, de changer tous les draps de la maison. Alors qu'elle s'affairait dans la chambre des parents, Christian apparut dans l'embrasure de la porte, piteusement appuyé contre le chambranle.

– Tu n'as pas le droit de te lever, le réprimanda-t-elle gentiment. C'est un ordre du médecin.

– Il peut bien raconter ce qu'il veut, celui-là…

Il entra en boitillant dans la chambre, tout en laissant échapper de petites plaintes. Nina le regarda du coin de l'œil : elle lui trouva un air sombre, qui ne semblait pas provoqué seulement par la douleur. Elle n'interrompit pas pour autant son travail et essaya de faire la conversation pour l'égayer un peu. Mais Christian demeurait maintenant immobile, l'observant en silence tandis qu'elle allait et venait devant lui.

– En fait, tu n'as nulle part où aller, fit-il quand elle ne trouva plus rien à dire.

– Quoi ?

– Que ferais-tu si on te fichait dehors ?

Nina s'arrêta net, décontenancée. Jamais elle ne lui avait connu un ton aussi agressif ni une telle assurance.

– Qu'est-ce qui t'arrive ? Pourquoi est-ce que tu me parles comme ça ?

– Réponds à ma question.

– Je... je ne sais pas. J'imagine que je saurais me débrouiller seule.

– Te « débrouiller seule » ? Tu finirais à la rue, oui...

Nina lui tourna le dos et se dirigea vers la fenêtre, qu'elle ouvrit en grand. À l'arrière de la propriété, on voyait s'étendre jusqu'à l'horizon un pays verdoyant et plat. Les yeux perdus sur les vastes prairies, elle cherchait un prétexte quelconque pour quitter la chambre.

– On dit que ta mère est de mauvaise vie, reprit le garçon, et que c'est pour ça qu'on t'a enlevée à elle.

Nina se retourna, hors d'elle.

– Ce ne sont que des mensonges ! Personne ne m'a enlevée à ma mère ! C'est une honnête femme.

– Autant que toi, j'imagine !

Christian contourna le lit et, prenant appui contre le montant inférieur, s'approcha d'elle pour lui saisir les poignets. Elle sursauta, lâcha le drap qu'elle tenait. Les mains du garçon étaient moites. Il sentait la transpiration tenace et rance des alités. Pour la première fois depuis leur rencontre, c'est elle qui n'osa pas soutenir son regard.

– Je ne sais pas ce qui te prend aujourd'hui, Christian... Tu devrais retourner dans ta chambre.

– Ne me donne pas d'ordre !

– Ta mère va rentrer d'un moment à l'autre.

Il accentua la pression sur les poignets au point de la faire grimacer.

– Tu mens. Je viens juste de la voir partir.

Il approcha son corps du sien, tout près, jusqu'à ce que leurs poitrines se touchent. Dégoûtée, elle détourna la tête.

– Nina, dès que tu es arrivée chez nous...

– Arrête !

– Ne fais pas de manières avec moi, n'oublie pas d'où tu viens... Je suis sûr que toi aussi tu en as envie.

Il plongea son visage tout entier dans son cou. Nina sentit sa bouche humide et les poils drus de sa barbe naissante qui lui râpaient la peau. Sans réfléchir, elle lui saisit à son tour le poignet et lui mordit la main jusqu'au sang. Il poussa un hurlement de douleur, avant de l'agonir d'injures.

Elle voulut se précipiter vers la sortie, mais Christian sauta pardessus le lit comme un diable sur ressort et l'attrapa par le bras. Il lâcha un nouveau cri de douleur, cette fois à cause de son pied qui s'était pris dans les barreaux. Nina fut violemment ramenée vers le lit. Il se jeta sur elle et l'écrasa de tout son poids, comme si elle n'était plus qu'un vulgaire matelas, puis il tira brutalement sur la jupe qu'elle essayait en vain de ramener vers ses genoux.

Elle regarda en direction de la fenêtre ouverte. Si elle criait, peut-être pourrait-on l'entendre... Le fils suivit son regard. Comme s'il lisait dans ses pensées, il leva une main en l'air et lui assena une gifle si violente qu'elle en fut tout étourdie. Puis il recommença du revers de la main, qui heurta l'os de sa mâchoire. Des points noirs constellèrent les yeux de Nina. Elle lâcha les pans de sa jupe et ne fut plus capable d'offrir la moindre résistance. À la commissure de ses lèvres, elle sentit le goût métallique du sang.

Quand il en eut fini, le fils rajusta sa chemise de grosse toile et se leva sans dire un mot. Nina était étendue, inerte, fixant le plafond couvert de grosses taches d'humidité. Une autre tache, rouge, maculait le drap blanc entre ses cuisses.

Avant de sortir de la chambre, il se tourna vers elle et lui lança :

– Tu as intérêt de nettoyer tout ça avant que la mère ne rentre. Si tu en parles à qui que ce soit, on t'enverra chez les dingues. Et, fais-moi confiance, tu y resteras jusqu'à la fin de tes jours.

Le soir, au repas, alors que Christian avait préféré souper dans sa chambre à cause de la douleur qui le reprenait, le père regarda Nina de manière appuyée et, après un moment d'hésitation, porta une main à sa propre joue.

– Qu'est-ce que tu t'es fait, là ?

Nina l'imita par réflexe. Sa joue droite était marquée d'un bleu profond. Heureusement, sa lèvre ne saignait plus.

– Rien, répondit-elle en baissant les yeux dans son assiette. Je me suis cognée en faisant les lits.

La mère, qui n'avait pu ignorer son état en revenant des courses mais s'était bien gardée de lui poser la moindre question, souffla bruyamment par les narines.

– Et maladroite en plus de ça…

*

Enfant, elle avait appris au catéchisme que l'homme était péché ; qu'il était souillé dès la naissance d'une souillure originelle, et que

106

même les êtres les plus vertueux étaient coupables devant Dieu, car chaque homme faisait partie de l'humanité, et l'humanité tout entière était enfermée dans Adam.

Dans un album illustré de chromos, l'un des rares livres qu'elle eût jamais possédés, on voyait un serpent enroulé autour d'un arbre qui pointait sa langue rouge en direction d'une Ève nue, chastement dissimulée derrière un buisson. La légende, tirée de l'Évangile selon Matthieu, disait : « Ne nous induis pas en tentation mais délivre-nous du Malin. » Cette image, aux couleurs vives destinées à retenir l'attention des enfants, l'avait longtemps terrifiée. Elle imaginait parfois dans ses cauchemars qu'elle se retrouvait nue comme un ver à l'école, forcée de se réfugier derrière son pupitre, sous les huées de ses camarades, tandis que l'instituteur, qui ne la portait pas dans son cœur et la houspillait pour la moindre broutille, hurlait en la montrant du doigt : « Tu n'as donc pas honte ? Avoue tes péchés. Seigneur, venez en aide à ceux qui sont sans Dieu ! »

Quoiqu'elle ne fût pas certaine de l'existence dudit Seigneur, Nina avait toujours vécu dans sa crainte – que les perpétuelles menaces de la mère avaient fini ces dernières semaines par exacerber. Le samedi suivant, elle se confessa. Agenouillée dans le confessionnal devant une image pieuse, après avoir demandé la bénédiction, elle raconta la scène la voix pleine de terreur, ne sachant comment évoquer en termes décents l'agression qu'elle avait subie, doutant même que le comportement du fils eût quoi que ce soit de répréhensible ou d'anormal pour un homme. Car, en fin de compte, que savait-elle de la vie ? N'avait-elle pas été instruite de ces choses uniquement par les animaux ?

Dans l'isoloir, le prêtre l'écouta, sans l'interrompre autrement que par de profonds soupirs qui rappelaient le flux et le reflux des vagues. Elle s'épargna seulement la scène humiliante où elle avait dû en catastrophe frotter la tache de sang dans une bassine avant le retour de la mère. Quand elle eut terminé, l'homme derrière la petite grille observa un long silence. Nina s'imaginait qu'il allait annoncer que le fils et elle brûleraient dans les feux de l'enfer pour un si grand péché, mais, avant de prononcer la formule sacramentelle, il se contenta de murmurer d'une voix lasse :

– La tentation de la chair est un ennemi plus dangereux que le démon, ma fille...

Les paroles laconiques du prêtre la jetèrent dans un grand trouble. Ne s'était-elle pas montrée trop confuse ? N'avait-elle pas, par une sorte de soumission propre aux gens coutumiers des injustices, minimisé le rôle du fils et grossi le sien ? Laissé entendre qu'elle n'avait pas résisté comme elle l'aurait dû ?

À la maison, les jours qui suivirent laissèrent la place à une étrange accalmie. La mère était moins après elle, la rudoyait avec moins de hargne, comme si son plaisir sadique s'était émoussé – et Nina, dans sa grande naïveté, n'imaginait pas que ce changement pût avoir un lien quelconque avec ce dont Christian s'était rendu coupable. Ils ne se retrouvèrent plus jamais seuls tous les deux, soit que la mère fût dans les parages, soit que Nina se montrât sur ses gardes : par précaution, comme la porte de sa chambre ne possédait pas de verrou, elle tirait le gros coffre en bois pour en barrer l'accès, ce qui ne l'empêchait pas de veiller tard, la couverture remontée jusqu'au menton, terrifiée, guettant le moindre bruit suspect dans la ferme.

*

Puis la tempête arriva. Un soir, en revenant du village, la mère devint folle furieuse. Nina ne l'avait jamais vue ainsi : pâle comme la mort, elle tremblait à chaque parole qui sortait de sa bouche.

– Tu es une traînée, je l'ai su dès le début ! Les filles comme toi portent le vice sur leur visage. Je n'aurais jamais dû te laisser entrer dans cette maison.

Stupéfaite, Nina s'écarta d'elle pour se prémunir des coups qui, c'était certain, allaient pleuvoir sur elle.

– Qu'ai-je fait ?

– Ce que tu as fait ? Tu oses le demander ?... Le prêtre m'a tout raconté, tu entends ? Il l'a fait pour nous mettre en garde et peut-être aussi dans l'espoir que tu puisses encore racheter ton âme.

Nina éclata en sanglots.

– C'est lui qui m'a... Il s'est jeté sur moi et m'a frappée. Je ne mens pas : regardez !

Elle désigna le bleu encore bien visible sur sa joue.

– Tu ne t'es donc plus cognée ? Tu mentais alors l'autre fois ?

– Je n'avais pas le choix.

– Dieu nous a fait libres de choisir entre le bien et le mal. La vérité, c'est que tu l'as séduit. Tu as profité de sa faiblesse alors qu'il était malade. Crois-tu que dans son état il aurait été capable de te contraindre à de telles saletés ?

– Je vous jure que je n'ai rien fait.

– Tu n'as jamais rien fait ! La faute est toujours pour les autres ! Et ne jure plus... Combien de garçons as-tu pervertis durant ta courte vie ? Tu veux donc attirer la honte sur cette maison ?

Excitée par sa propre fureur, elle ramena le fils au rez-de-chaussée. Sans chercher à entendre sa version à lui, elle donna la sienne, qu'elle avait dû mûrir sur le chemin du retour après avoir parlé au prêtre. Après tout, l'histoire s'écrivait d'elle-même : Christian se reposait tranquillement dans sa chambre quand Nina était entrée sous prétexte de changer les draps ; elle s'était livrée au manège des filles de rue et l'avait corrompu. Oui, une fois de plus, le Malin avait fait son œuvre...

Le fils acquiesçait benoîtement à chaque phrase, soulagé de voir la situation se retourner à son avantage, malgré une vague lueur de componction dans le regard. Nina, elle, continuait de pleurer – et les larmes qui glissaient sur ses joues, tandis que la mère hurlait, faisaient d'elle la parfaite pécheresse repentie.

Un peu plus tard, le père chercha à faire entendre raison à sa femme :

– Calme-toi donc ! Crois-tu qu'il soit parfaitement innocent ? On n'a jamais vu un homme être forcé de faire ces choses-là ! Il l'a frappée, c'est certain. Tu as vu la marque qu'elle avait au visage ?

– Tu douterais de ton propre enfant ? Je l'ai porté, je l'ai élevé et je le crois. Il n'est pas méchant. De toute façon, cette marque ne prouve rien ! Veux-tu voir tous les bleus que j'ai sur la peau ? On a mille occasions de se les faire en travaillant ! Cette fille a le diable au corps. Il faudrait Jésus lui-même pour la délivrer des sept démons, comme il l'a fait pour Madeleine. Nous l'avons accueillie chez nous par charité chrétienne, et voilà comment elle nous remercie !

La mère tenait un chapelet dont elle faisait passer les grains entre ses doigts. Le balancier de la grande horloge de la salle à manger ponctuait de ses coups le silence qui s'était installé. Le père se grattait la joue, moins à cause d'une démangeaison que parce que ce geste l'aidait à réfléchir.

– Le prêtre a brisé le secret de la confession, ce n'est pas un homme de Dieu.

– C'est donc de ça que tu te préoccupes ? S'il m'a parlé, il pourrait bien aller raconter ailleurs les cochonneries qu'elle a faites...

– Qui croira à une pareille histoire ?

– Justement, personne n'y croira ! Les gens imagineront que... Tout le monde rira bien de nous, tu peux en être sûr !

La mère joignit les mains. La croix argentée se balançait au bout du chapelet.

– Nous ne pouvons pas la garder, conclut-elle. Je ne supporterai pas une telle honte.

Le père soupira, déjà résigné.

— Tu sais dans quel genre d'endroit ils risquent de l'envoyer...

— Ça n'est plus notre problème. Ils peuvent bien l'envoyer où ils veulent !

Le lendemain, on téléphona au tuteur, qui ne manifesta aucune surprise particulière. Il fut convenu que Nina finirait la semaine à la ferme, le temps de décider ce que l'on ferait d'elle. La mère, par peur que la jeune fille ne recommence ses jérémiades ou ne refuse de continuer à travailler, ne voulut pas qu'on l'en informe.

Bien que constamment sur ses gardes, Nina crut que les choses étaient rentrées dans l'ordre. Elle travaillait sans relâche, sans se plaindre, un œil toujours inquiet posé sur la mère pour anticiper ses demandes et éviter de provoquer son courroux. Quant à Christian, désormais remis, il ne la regardait plus qu'avec dédain.

Le dimanche arriva. À 10 heures, sans explications, la mère, la fille et le fils s'absentèrent. Seul le père resta. Il faisait les cent pas, guettait quelque chose à travers la fenêtre, agitant nerveusement sa pipe éteinte. Bien qu'il ne lui eût jamais inspiré de crainte, elle n'osa pas poser de questions et prépara le repas dans la cuisine.

À 11 heures, la voiture du tuteur apparut devant la ferme.

— Que fait-il là ? demanda-t-elle, alarmée.

Le père se rembrunit. Son regard devint fuyant.

— Je suis vraiment désolé, nous ne pouvions pas faire autrement après ce qui s'est passé. Tu seras plus heureuse ailleurs... Tu devrais monter dans ta chambre préparer tes affaires.

Nina sentit le sol se dérober sous ses pieds. Elle avait toutes les raisons du monde de vouloir quitter ce foyer, mais une panique indicible s'empara pourtant de tout son être. Au moins avait-elle là un endroit à elle ; au moins ne vivait-elle plus dans la peur de l'inconnu. Elle se rappela une parole que sa mère, la vraie, répétait souvent : « On sait ce qu'on perd, on ne sait jamais ce qu'on va trouver. » Des mots de pauvres gens qui ne lui avaient jamais paru aussi vrais.

Le tuteur était contrarié d'avoir dû refaire le voyage aussi vite. Il ne lui adressa pas de bonjour, s'empara de la petite valise pour hâter les choses. Les larmes de la jeune fille ne provoquèrent chez lui qu'une grimace agacée dans l'ombre du couloir.

– Tu en as assez fait comme ça, tu ne crois pas ? Allons !

Nina se jeta dans les bras du père. Respira une dernière fois l'odeur terreuse de la pipe, sentit les mailles rêches mais rassurantes du chandail. Embarrassé, il ne savait plus où mettre ses mains.

– Il faut y aller maintenant, dit-il en la repoussant doucement.

Et ce fut tout. On monta dans l'auto. Une nuée d'oiseaux fendit le ciel au-dessus de la maison. Un chien aboya au loin.

Le père demeura sur le seuil de la porte. À travers la vitre arrière du véhicule, alors que la ferme rapetissait lentement au bout du chemin, Nina eut l'impression qu'il pleurait lui aussi.

4

Mon avion atterrit par temps clair à Genève peu après 9 heures. Dans une boutique du hall d'arrivée, j'achète un paquet de cigarettes et trois journaux que je lirai plus tard, pour voir si l'« affaire » a dépassé la frontière.

Afin de rester totalement libre de mes déplacements, je loue une citadine dans une agence de l'aéroport. Plutôt que d'emprunter la rocade vers l'autoroute, je prends la direction de la route principale qui longe le lac. Je ne suis pas pressé : mon rendez-vous à l'université de Lausanne avec Berthelet est prévu à 14 heures. Je n'ai dormi que quelques heures la nuit précédente. Je n'ai cessé de penser à la photo, au foyer, tentant d'imaginer ce qu'avait pu être la vie de Nina avant qu'elle rencontre mon père. Comment a-t-elle pu cacher cette partie de son existence à tous ses proches pendant plus de quarante ans ? C'est incompréhensible. Parce que je n'en sais pas suffisamment et que je n'ai pas voulu la tourmenter inutilement, je n'ai encore rien dit de mes découvertes à Maud.

Le lac apparaît sur ma droite, légèrement laiteux, avant d'être dérobé au regard par des maisons et de longues haies d'arbres. La route, qui relie de petits bourgs dispersés le long du rivage, est agréable. Il me faut moins d'une heure pour rejoindre Lausanne. Je me gare dans un parking sur le port d'Ouchy et vais traîner sur les quais. L'air est doux et transparent. Le lac ressemble à une vaste surface d'acier poli. Quelques nuages s'effilochent au-dessus des montagnes, sans parvenir encore à occulter les rayons du soleil. Il y a du monde sur les quais : des familles, des cyclistes, des adolescents à rollers... Je m'assois près d'une fontaine. J'essaie de profiter du soleil et d'oublier l'espace d'un instant tout ce qui me préoccupe, mais je ne peux m'empêcher de sortir la photo de la poche de ma veste. Les questions se mettent à tourner dans ma tête. Ma mère était-elle suisse ? Vivait-elle à Lausanne avant d'entrer dans ce foyer ? A-t-elle arpenté ces quais où je me trouve ? Et surtout, qu'est-ce qui a pu la conduire à Sainte-Marie ?

Je me trouve encore sur les quais quand le nom de Guez s'affiche sur mon téléphone. Je pressens immédiatement que l'avocat est porteur de mauvaises nouvelles. Ma mère a été présentée devant un juge dans la matinée et, comme il s'y attendait, elle s'est vu notifier sa mise en examen. Lors de l'interrogatoire, elle a continué de garder le silence et n'a répondu à aucune question. Guez non plus n'a rien pu tirer d'elle. « Si votre mère continue de se murer dans son mutisme avec moi, son avocat, les choses vont vraiment être très compliquées. » Sans que j'aie besoin de le lui demander, Guez m'informe qu'elle refuse de me parler. « Pour l'instant », ajoute-t-il pour me réconforter, même s'il n'en sait au fond strictement rien. Malgré son état, le juge d'instruction a ordonné sa détention provisoire, ce qui signifie qu'elle dormira le soir même en prison, avec une assistance médicalisée. Je sais que ma mère ne fera rien pour sa défense. Qu'elle n'expliquera pas ce qui la relie à Dallenbach ni ce qui l'a poussée à cette violence. Si je ne fais aucune découverte pendant mon séjour à Lausanne, personne d'autre ne pourra lui venir en aide et lui éviter de longues années de prison.

*

L'université se situe dans l'ouest de la ville, à proximité immédiate du lac. J'ai préféré m'y rendre en métro pour éviter de reprendre la voiture. Le campus est gigantesque : les bâtiments sont disséminés dans d'immenses espaces verts et reliés entre eux par de petits chemins qui donnent par moments l'impression de se retrouver en pleine campagne.

Malgré les indications de Berthelet et la signalétique plutôt bien faite, je mets du temps à localiser la section histoire de la faculté de lettres. Après avoir demandé ma route, je me retrouve devant un long édifice en forme de croissant de lune au deuxième étage duquel se trouve le bureau du professeur.

Berthelet est un quinquagénaire sémillant qui m'accueille avec bonne humeur. C'est un colosse et il fait une bonne tête de plus que moi. Son bureau, bien que croulant sous les livres et les dossiers, ne donne pas l'impression d'un désordre particulier. Pour éviter tout malentendu, je lui explique que je suis français et que ma mère est toujours vivante mais à l'hôpital. Il n'est pas question pour moi d'évoquer Dallenbach pour l'instant.

– Vous êtes venu de France simplement pour me voir ? Je suis un peu confus : vous auriez dû m'avertir, nous aurions pu discuter par téléphone.

– Je tenais vraiment à venir à Lausanne. Et, rassurez-vous, je ne vais pas abuser de votre temps. Vous devez être très occupé.

Il fronce légèrement les sourcils. Sans doute comprend-il que ce qui m'amène dépasse de loin la simple curiosité.

– Vous ne m'importunez pas du tout, bien au contraire. Donc, vous êtes français mais votre mère est suisse, c'est cela ?

– La situation est un peu compliquée. Ma mère est française, mais je ne peux pas exclure qu'elle soit née en Suisse. À Lausanne ou ailleurs…

– Je vois. Ce n'est donc pas elle qui vous a parlé du foyer Sainte-Marie ?

– Non. Pour être franc, j'ignore presque tout de sa jeunesse. Elle ne l'a jamais évoquée devant moi. C'est ma tante qui m'a parlé de ce foyer de manière très évasive, et c'est elle aussi qui m'a donné cette photo.

Je sors le vieux cliché en noir et blanc et le lui tends. Il le regarde attentivement pendant une trentaine de secondes, son grand corps penché au-dessus du bureau.

– Très intéressant, dit-il en hochant la tête plusieurs fois. Vous savez, monsieur, vous devez penser que votre situation est exceptionnelle, mais… (Il se laisse aller en arrière contre le dossier de son fauteuil.) Il est très fréquent que des personnes ayant vécu une enfance ou une adolescence compliquées soient incapables d'en parler, surtout à des proches, et en particulier à leurs propres enfants. En ce qui concerne les institutions sur lesquelles je travaille, j'ai remarqué que la plupart de celles et ceux qui avaient été internés l'avaient caché à leur famille durant des décennies – et le cachent même peut-être encore… Mais je crois que cela vaut pour tous les secrets de famille, non ?

Berthelet marque une pause.

– Est-ce que vous permettez que je scanne cette photo ?

– Bien sûr, faites.

Il se lève et allume un scanner posé près de son ordinateur. Sur un mur à côté d'une bibliothèque, je remarque une grande carte de la Suisse parsemée d'une myriade de pastilles de couleur. Dans certains cantons, les points forment des grappes compactes alors que d'autres sont presque vierges. Tout en faisant ses manipulations, Berthelet a suivi mon regard.

– Cette carte recense toutes les institutions qui ont accueilli des personnes internées administrativement. Il y a là des établissements pénitentiaires, psychiatriques, des maisons de travail ou d'éducation, qui pouvaient recevoir entre vingt et deux cents résidents.

– Les couleurs représentent les types d'établissements ?

116

– Oui, mais j'ai également établi des cartes sur la base de leur capacité d'accueil ou de la confession religieuse. Voilà un an que nous les recensons pour pouvoir les cartographier. Nous nous sommes surtout basés sur les registres conservés, des années 1930 jusqu'à 1981. Notre équipe s'occupe essentiellement des cantons de la Suisse romande mais nous travaillons avec des collègues d'autres universités pour arriver à couvrir tout le pays.

– Pourquoi certains cantons sont-ils presque vides ?

– Oh... à l'exception des centres pénitentiaires, il existait une grande disparité dans la répartition des établissements. Il était extrêmement coûteux d'ouvrir et de gérer ce type d'institutions. Tous les cantons n'en avaient pas les moyens ; les autorités pouvaient donc à leur guise interner des personnes loin de chez elles. Certains établissements étaient multifonctionnels et accueillaient aussi bien des détenus condamnés – et parfois vraiment dangereux – que des personnes internées sur simple décision administrative.

J'ai du mal à me concentrer sur la conversation. Je ne fais que penser au coup de fil de Guez et à ce qui attend ma mère dans les prochains jours. Je sais pourtant que tout ce que pourra m'apprendre Berthelet sera décisif.

Le professeur revient s'asseoir en face de moi.

– Qu'avaient fait toutes ces personnes exactement ?

– Parfois rien. Strictement rien. On trouve dans les archives et les registres tout un tas de formules creuses : « conduite immorale », « fainéantise », « alcoolisme », « dépravation », « mendicité », « inversion »... La vérité, c'est que ces mesures de contrainte permettaient aux autorités d'éloigner de la société des personnes dont le comportement déplaisait ou s'écartait de la norme. Tous les prétextes étaient bons. La plupart du temps, ce qu'on reprochait à ces gens ne constituait aucun délit à proprement parler et n'aurait jamais pu engendrer la moindre condamnation. Il était même fréquent qu'ils ignorent durant des mois le motif de leur internement.

Il ouvre un tiroir sous son bureau et en tire une épaisse pochette grise fermée par une sangle.

– J'ai ici des centaines de lettres qui ont été adressées par les internés à leur famille, à un directeur d'établissement ou à la justice. Elles montrent toutes le même désarroi, la même angoisse, les mêmes sentiments d'injustice et de honte.

Berthelet détache la sangle et se met à feuilleter le dossier.

– Écoutez cette lettre, par exemple, envoyée par une détenue en 1955 : « J'ai été arrêtée par la police à Fribourg, où je me trouvais à ce moment-là, et j'ai été conduite à la prison de Berne. Après y avoir passé quinze jours, j'ai été internée au pénitencier de Hindelbank, sans qu'aucune décision ne m'ait été notifiée. Me voilà à présent détenue dans un pénitencier depuis deux mois sans que je sache pourquoi. Je proteste contre cette mesure et vous supplie de considérer ma lettre comme un recours contre la décision arbitraire qui me frappe. »

Il continue de tourner les pages, desquelles dépassent de petits post-it colorés.

– Ou encore celle de ce détenu à la prison de Sion : « Le 8 février, on m'a enfermé au cachot. Je n'ai pas vu de parents ni d'amis. Je ne sais si mon employeur à l'usine est informé de ma situation : je ne sais pas ce qu'il pense de moi qui ai quitté mon travail il y a quinze jours. Je ne sais pas qui m'a condamné, ni combien de temps je resterai en prison. En quinze jours, on ne m'a donné aucune possibilité de me justifier. M'y laissera-t-on languir jusqu'à ma mort ? Ou me transportera-t-on plus loin, dans un cachot plus noir encore ? »

Berthelet s'interrompt un moment et me regarde fixement pour voir ma réaction.

– Certaines de ces lettres sont déchirantes. Voyez l'appel à l'aide de cette mère : « Je suis désemparée que l'on ait pris ma fille sans lui avoir permis de me faire savoir où elle était. Elle peut aujourd'hui travailler chez ma sœur, comme couturière. Je suis décidée à m'occuper d'elle pour lui permettre de se relever. S'il vous plaît, permettez-moi d'intercéder auprès de vous et de vous demander d'accorder une chance à ma fille. »

– C'est terrible.

– Oui. Le plus cruel, c'est que les proches de ces personnes étaient parfois à l'origine du processus d'internement. Mais ils ne tardaient pas en général à s'affoler devant les mesures disproportionnées qu'avaient engendrées leurs demandes. Une femme, par exemple, s'alarme de ce qu'elle a déclenché en sollicitant l'aide des autorités… « Mon frère buvait depuis plusieurs mois de façon immodérée. Au mois de février 1962, je suis intervenue, croyant de bonne foi qu'on lui ferait suivre une cure de désintoxication. Malheureusement, quelques jours plus tard, j'ai appris qu'on l'avait emmené à Crêtelongue. Vous dire le chagrin que nous avons eu est impossible. Je peux vous dire que mon frère n'a fait de tort à personne, sauf à lui-même. C'est l'homme le plus pacifique qu'on puisse rencontrer. »

Berthelet referme le dossier d'un geste sec.

– Nous sommes face à un véritable scandale d'État, qui s'étale sur des décennies. La façon dont les autorités ont traité ces personnes va au-delà de ce que nous imaginions jusqu'à présent. Si ce que je vous raconte s'était produit uniquement avant guerre, on pourrait encore le comprendre, mais cette réalité a perduré dans tous les cantons jusqu'en 1981, date à laquelle la détention administrative a été abolie.

– Comment est-ce possible ? Pourquoi personne n'a réagi avant ?

– C'est ce que nous cherchons à comprendre, monsieur. Il est inimaginable qu'il n'y ait pas eu plus de résistance. Mais hélas il est parfois plus simple de fermer les yeux et d'ignorer les choses. La lâcheté, l'indifférence, le conformisme… bien des facteurs peuvent expliquer comment on a pu en arriver là. Personne ne voulait voir ce qui se passait. Il ne faut pas oublier que la plupart des internés étaient issus de milieux pauvres et précarisés. Rares sont ceux qui ont contesté les décisions d'internement. En général, ils préféraient collaborer dans l'espoir de voir leur peine aménagée ou de bénéficier de traitements de faveur. Lorsqu'ils sortaient, ils éprouvaient trop de honte pour évoquer publiquement ce qu'ils avaient vécu. Ces formes de détention ont provoqué des ravages dont on a du mal à mesurer l'étendue.

Des ravages jusque dans ma propre famille. Je suis sous le choc. Qu'est-ce qui a pu justifier que ma mère, adolescente, soit enfermée dans un de ces sordides établissements ? Je repense aux motifs évoqués par Berthelet : dépravation, alcoolisme, immoralité… Je ne peux pas croire qu'un seul d'entre eux puisse concerner Nina.

Le professeur reprend entre ses mains la photo aux bords dentelés.

– De quand date-t-elle ?

– Je pense qu'elle a été prise entre 1965 et 1967 – pas après en tout cas.

– Vous n'avez aucune information sur le passage de votre mère là-bas ?

– Non, et je ne possède aucun autre document. Ma mère n'est malheureusement plus en état de parler. Et je crois qu'elle ne m'en dirait rien même si elle le pouvait. En fait, j'aurais tout aussi bien pu ne jamais découvrir cette photo.

Un ange passe. Berthelet, un peu ailleurs, continue d'observer le cliché. Je tente de relancer la conversation :

– Que pouvez-vous m'apprendre sur le foyer Sainte-Marie ?

– Eh bien, en un an, je me suis surtout occupé des établissements pénitentiaires de cantons latins : Vaud, Genève, Fribourg, Neuchâtel et le Valais… Je ne vous cache pas que la tâche est immense. Je vais vous mettre en contact avec notre collègue qui travaille sur les foyers et les établissements d'éducation pour jeunes filles, vous en apprendrez bien plus de sa bouche.

Berthelet me tend la photo par-dessus le bureau, en m'adressant un sourire.

– J'ai déjà informé le docteur Dussaut de votre visite. Son bureau est au bout du couloir, vous n'aurez pas de mal à le trouver. Évidemment, vous pourrez repasser me voir quand vous le voudrez, ma porte vous est ouverte. Comptez-vous rester longtemps à Lausanne ?

J'hésite un instant.

– Je ne le sais pas encore. La durée de mon séjour ne dépendra sans doute pas de moi...

5

La porte du bureau du docteur Dussaut est entrouverte. Dans l'entrebâillement, j'aperçois une jeune femme d'environ trente-cinq ans, cheveux auburn, plutôt petite, juchée sur un escabeau. Elle est en train de ranger d'épais dossiers sur le dernier rayon d'une bibliothèque. Je toque légèrement.

– Excusez-moi, je cherche le docteur Dussaut.

La jeune femme tourne la tête dans ma direction.

– J'arrive. Laissez-moi juste le temps de…

Elle se débat quelques secondes avec ses dossiers avant de descendre de l'escabeau et de venir ouvrir la porte en grand.

– Monsieur Kircher ?

– Oui, dis-je, étonné.

Elle me tend la main. Elle a des yeux bleu-vert tout à fait charmants et de petites taches de rousseur qui lui parsèment le haut des joues. Sa lèvre supérieure est marquée par une légère cicatrice qui se confond avec l'empreinte du doigt de l'ange.

– Marianne Dussaut, enchantée. Ludovic m'avait prévenue de votre visite. Entrez, je vous en prie.

Je demeure un peu bête, car je m'attendais à me retrouver face à un homme, de l'âge de Berthelet qui plus est. J'essaie de dissimuler ma surprise autant que je le peux.

Le bureau, beaucoup plus étroit que celui du professeur, est aussi moins impersonnel : je remarque une reproduction de Chagall au mur – un couple enlacé volant au-dessus d'une ville –, de jolis bibelots qui ornent les étagères, un vase et des fleurs en verre soufflé sur un chariot à livres.

– Vous cherchez des informations sur le foyer Sainte-Marie, à ce que j'ai compris.

– C'est exact.

Sans plus faire attention à moi, elle écarte des papiers répandus en vrac sur son bureau.

– Où est-ce que je l'ai mis, bon sang ? Je suis tout le temps en train de le perdre... Ah ! le voilà. (Je la vois récupérer son téléphone portable sous une liasse.) Ça vous dirait, un café ? Je n'ai même pas déjeuné à midi et je n'ai pas eu ma dose de caféine pour tenir la journée.

– Volontiers.

– La seule machine de l'étage est en panne ; ça ne vous dérange pas si on va à la cafétéria ? Elle est très calme à cette heure, nous pourrons discuter tranquillement.

Je la suis et lui livre en chemin quelques informations sur les raisons de ma venue à Lausanne. Tout en m'écoutant avec intérêt, elle marche d'un pas rapide et énergique : tout montre en elle un caractère décidé.

À la cafétéria, qui se trouve à l'extrémité du bâtiment en croissant de lune, nous prenons tous deux un café long, puis nous nous installons à une table de style scandinave tout près d'une baie vitrée donnant sur une terrasse et une grande pelouse verdoyante.

– Ce campus est vraiment magnifique.

– C'est une chance et un plaisir de travailler ici. J'ai fait toutes mes études dans cette université. C'est un peu une seconde maison pour moi...

– Vous êtes donc historienne, comme le professeur Berthelet ?

– Oui, mais spécialisée en anthropologie sociale. Ludovic a d'ailleurs été mon directeur de recherche. C'est moi qui ai demandé il y a un an à intégrer la commission d'experts sur les internements administratifs. Comme il vous l'a sans doute précisé, je travaille essentiellement sur les établissements ayant accueilli des adolescentes et des jeunes femmes.

Je hoche la tête en ouvrant un sachet de sucre, que je vide entièrement dans mon café. Comme pour la cigarette, je suis en train de retomber dans mes péchés mignons.

– Il m'a expliqué quel était le but de la commission. J'ai déjà fait quelques recherches sur Internet avant de venir, mais je n'imaginais pas l'ampleur du phénomène.

– Comment l'auriez-vous pu ? Les internements administratifs n'ont jamais fait la une des médias, et même les historiens ne s'y sont guère intéressés. Nous sommes un peu des pionniers, dans notre genre : cette tâche a d'ailleurs de quoi nous occuper pendant des années. Et encore ces internements ne représentent-ils qu'une partie du sombre passé de notre pays. Il y aurait beaucoup à dire sur les milliers d'enfants qui ont été contraints de travailler dans des fermes dans des conditions abominables... Votre mère est donc passée par Sainte-Marie ?

– Oui, et je ne l'ai découvert que tout récemment. En fait, tout est parti de cette photo...

Je sors à nouveau ma précieuse découverte. Marianne Dussaut l'observe tout en tournant machinalement sa cuillère en plastique dans son gobelet.

– Il n'y a aucun doute, il s'agit bien de Sainte-Marie. Je reconnais les lucarnes circulaires du bâtiment. Cette photo me fait penser à...

– Oui ?

– Non, ce n'est rien ; il faudra que je vérifie quelque chose. Vous avez là un document très intéressant. Nous possédons peu de photographies de cette époque. Laquelle de ces deux jeunes filles est votre mère ?

– Elle est à droite.

– Vraiment très belle... Quel âge avait-elle ?

– Environ dix-sept ans.

– Et je suppose que vous ignorez qui est l'autre jeune fille ?

– Totalement.

Elle avale une gorgée de café.

– Je connais particulièrement bien ce foyer. Quand j'ai intégré la commission, j'ai commencé à travailler en concentrant mes recherches sur les cantons de Vaud et de Genève, ce qui représente une dizaine d'établissements hébergeant des jeunes filles. Bien avant d'être un foyer, Sainte-Marie était une maison d'éducation... un euphémisme pour désigner en réalité une prison.

– C'est ce que j'ai lu dans le peu de documentation que j'ai trouvé.

– Jusqu'en 1950, cette maison de détention a même accueilli des enfants de six à quatorze ans, considérés par la chambre pénale des mineurs comme, je cite, « notoirement dangereux et pervertis ». Vous imaginez ? Des enfants de six ans ! Par la suite, ils ont été envoyés dans une institution distincte à quelques kilomètres de Lausanne, et Sainte-Marie est devenu un centre pour « jeunes à difficultés », qui n'avaient pourtant jamais eu maille à partir avec la justice. Ludovic vous a expliqué que ces détentions n'étaient pas décidées par le pouvoir judiciaire ? Et qu'il ne s'agissait pas de punir des crimes mais d'interner des personnes jugées suspectes ou moralement condamnables ?

– Oui, il m'a lu des lettres d'internés qui ne comprenaient rien à ce qui leur arrivait.

– Il y a eu plus de six cents établissements concernés dans les cantons helvétiques, de tailles très différentes. Malgré ses bâtiments imposants, Sainte-Marie n'a jamais été une grosse structure :

après 1950, je doute qu'il y ait jamais eu plus d'une trentaine de résidentes. Mais je ne vous cache pas que les archives de ces établissements sont la plupart du temps très parcellaires. Un nombre important de documents ont été volontairement supprimés ou dissimulés.

– « Volontairement » ?

– Au nom du droit à l'oubli – qui se heurte au devoir de mémoire pour lequel nous œuvrons aujourd'hui –, les dossiers des enfants mineurs pris en charge par la Protection de la jeunesse ont parfois été détruits, mais je suis certaine qu'il y avait derrière cette décision une volonté d'enterrer un passé honteux. À partir des années 1970, les critiques à l'égard des mesures d'internement se sont faites de plus en plus fortes dans le pays et des directeurs d'établissement ont alors essayé de faire le ménage et d'effacer ce qui pouvait être trop compromettant pour eux.

– Même à Sainte-Marie ?

– Oui, même là-bas. En apparence, cet endroit n'avait rien d'une prison. On parlait de foyer permettant de remettre des jeunes filles dans le droit chemin, de leur donner une instruction domestique et religieuse pour en faire de respectables femmes au foyer.

– Tout un programme...

– Comme vous dites. Ça, c'était pour la façade. Mais les conditions d'internement y étaient extrêmement difficiles, les privations et les brimades constantes. Les pensionnaires, toutes mineures, n'avaient aucun droit. Elles se retrouvaient coupées du monde, avec une bonne trentaine d'années de retard sur le reste de la société. Inutile de vous dire que les revendications et contestations qui ont émergé à partir de 1968 n'ont jamais franchi les portes de ces institutions.

Je bois le reste de mon café d'un trait puis écrase avec anxiété le gobelet en carton.

– Comme je vous l'ai dit, je n'ai aucune information sur la jeunesse de ma mère. Pas le moindre indice qui puisse expliquer comment elle s'est retrouvée à Sainte-Marie. D'où ces jeunes filles venaient-elles ?

– Le schéma est assez classique et se retrouve un peu partout. C'étaient en général des adolescentes très pauvres, qui n'avaient plus de parents pour certaines et étaient passées par d'innombrables familles d'accueil. Bref, comme dans les établissements pour adultes, des individus dont personne ne se préoccupait et que la société préférait voir enfermés plutôt que livrés à eux-mêmes dans la nature. Mais il pouvait arriver que des filles viennent de milieux favorisés. Leurs familles cherchaient à se débarrasser d'elles pour tout un tas de raisons : une relation avec un homme plus âgé, un comportement jugé trop rebelle ou frivole, une simple tentative de fugue… Elles préféraient renoncer à toute autorité et s'en remettre aux cantons ou à l'État fédéral. Certains documents et témoignages nous apprennent même que des jeunes filles intégraient le foyer alors qu'elles étaient enceintes.

– Enceintes ?

Elle hoche la tête d'un air plus sombre.

– Et elles étaient parfois très jeunes. Pour éviter la honte et les médisances, les parents envoyaient leur fille dans un foyer le temps de la grossesse. Sitôt le bébé né, on le lui enlevait pour qu'il soit adopté de force, à moins que la famille ne le réclame… ce qui, vous l'imaginez bien, n'arrivait presque jamais.

De quel type de milieu ma mère est-elle issue ? Était-elle une orpheline dont la société ne savait que faire ? Ou une petite fille de riches dont la famille, Dieu sait pourquoi, a eu honte au point de la faire enfermer ? Comment ai-je pu ne jamais me poser de questions au sujet de mes grands-parents maternels ? Si on m'a à l'évidence caché beaucoup de choses, je n'ai pas manifesté la moindre curiosité ni cherché à faire parler Nina à ce sujet.

Marianne Dussaut doit saisir à ce moment mon trouble, mais elle évite de s'aventurer sur un terrain trop personnel et poursuit :

– Le foyer Sainte-Marie a connu des difficultés financières dès la fin des années 1960. Il n'accueillait que des adolescentes issues du canton de Vaud, trop peu nombreuses donc pour une structure aussi lourde à gérer. Mais ce n'est là que la partie émergée de l'iceberg. En réalité, en 1971, les autorités ont nommé une commission de restructuration du foyer...

– Pour quelle raison ?

– Officiellement, pour réaliser un bilan sur sa situation financière. Officieusement, pour enquêter sur des rumeurs de graves maltraitances et de sévices sexuels sur des jeunes filles.

Mon visage doit être en train de se décomposer. Elle ne me regarde plus dans les yeux et fixe son gobelet, laissant passer un silence qui me paraît interminable.

– Au cours du xxᵉ siècle, le canton de Vaud a connu quatre lois permettant l'internement administratif. Quand le Conseil fédéral a voulu ratifier la Convention européenne des droits de l'homme au début des années 1970, ces mesures coercitives sont devenues un problème et ont commencé à attirer l'attention. Ce qui se passait à Sainte-Marie, comme dans tant d'autres endroits, est remonté jusqu'aux autorités. Nous ne savons pas exactement comment : peut-être y a-t-il eu des plaintes de la part de certaines familles, peut-être des jeunes filles ont-elles parlé à la sortie de l'établissement. Toujours est-il que le foyer a fermé ses portes en 1973 avant d'être transformé deux ans plus tard en centre professionnel proposant des apprentissages à des jeunes en difficulté.

Ma mère... Dallenbach... Je commence malgré moi à échafauder des hypothèses qui me révulsent. Tout se met progressivement en place.

– Qui, à Sainte-Marie, a pu commettre ces violences ?

– Nous ne le savons pas. Ce n'est pas un secret que dans nombre de ces institutions les violences sexuelles étaient monnaie courante : commises par des gardiens dans les prisons, des membres de la direction, des internés eux-mêmes contre leurs semblables... Mais nous n'avons quasiment pas de traces de ces violences dans les dossiers ou les lettres d'internés, ce qui peut facilement s'expliquer. D'une part, les internés n'ignoraient pas que leur correspondance était surveillée et censurée ; d'autre part, beaucoup de femmes avaient été soupçonnées de mauvaises mœurs et de dépravation : elles savaient que leur parole ne serait pas prise au sérieux et même qu'elles risquaient de lourdes sanctions en cas de dénonciation. Nous sommes devant des cas classiques de culpabilisation des victimes, accentuée par le fait que ces personnes fragiles n'avaient aucun moyen de se défendre.

Marianne Dussaut reprend la photo entre ses doigts.

– Comment votre mère s'appelle-t-elle ?

– Nina. Nina Kircher. Mais ce n'est pas son nom de jeune fille. C'est le nom de mon père, Joseph Kircher.

Elle fronce les sourcils. J'imagine un instant qu'elle a eu vent de l'affaire, mais elle ne tarde pas à me détromper :

– Joseph Kircher... le photographe ?

– Oui.

– Oh... je n'avais pas du tout fait le rapprochement. J'admire énormément le travail de votre père. J'ai vu une exposition de ses photos il y a quelques années à Genève, il avait un immense talent.

– Merci, dis-je, un peu gêné. Le nom de jeune fille de ma mère est Jansen. Mais je ne suis pas sûr qu'il s'agisse de son vrai nom.

Nouveau froncement de sourcils de sa part, plus prononcé cette fois.

– Pourquoi dites-vous cela ?

Je ne peux plus reculer. À force de vouloir dissimuler les vraies raisons de ma venue à Lausanne, je risque de passer à côté de l'essentiel. Et cette femme m'a mis en confiance : je n'ai absolument aucune raison de me méfier d'elle.

– Je vais être franc avec vous : si je suis ici, c'est que ma mère a été arrêtée il y a deux jours pour avoir tenté d'assassiner un homme.

La stupeur s'affiche sur son visage. Je sors mon téléphone, ouvre un article en ligne conservé dans mon historique, puis le glisse sous ses yeux.

– Je pensais que vous en aviez peut-être entendu parler... Les médias ont largement couvert cette affaire.

Elle secoue la tête tout en fixant l'article de journal.

– Non, j'étais noyée sous le travail ces derniers jours. Je n'ai pas suivi l'actualité... Que s'est-il passé ?

J'entreprends de lui résumer les événements, du moment où j'ai appris la nouvelle par téléphone jusqu'à mon passage au commissariat à Avignon.

– Je suis vraiment désolée de ce qui vous arrive, c'est affreux. Mais pourquoi êtes-vous ici ? Quel est le lien avec Sainte-Marie ?

– L'homme qu'elle a voulu tuer est un médecin suisse. J'ai appris par notre avocat qu'il avait travaillé dans ce foyer, sans doute à l'époque où ma mère y était.

– C'est incroyable...

– Personne d'autre n'est au courant. Même la police ignore ce qui peut rattacher ma mère à cet homme. Il s'appelle Grégory Dallenbach et il est originaire de Lausanne.

Le visage de la jeune femme se fige.

– Ce nom vous dit quelque chose ?

– Je... Peut-être. Il se peut que je l'aie lu quelque part, probablement dans un dossier, mais je ne suis sûre de rien.

– Dallenbach est à la retraite aujourd'hui. Les médecins ignorent s'il s'en sortira. Ma mère risque de passer le reste de sa vie en prison.

Elle secoue la tête, l'air désemparé.

– Je ne sais pas quoi vous dire...

– J'ignore comment ma mère s'est retrouvée dans le même hôtel que cet homme, mais je suis certain qu'il s'est passé quelque chose à Sainte-Marie il y a quarante ans. Et je dois découvrir ce que c'est. J'imagine que vous êtes très prise par votre travail, mais j'aimerais que vous m'aidiez : vous êtes sans doute la personne qui connaît le mieux ce foyer. Je n'arriverai à rien sans vous.

– Bien sûr, je ferai tout ce que je pourrai.

Elle jette un coup d'œil à sa montre.

– Écoutez, j'ai un cours dans un quart d'heure et je vais devoir vous laisser. Mais je vous promets de me replonger dans toutes les archives que nous possédons sur Sainte-Marie pour essayer de trouver quelque chose et je peux déjà vous envoyer certains documents que nous avons numérisés. Vous pourriez me noter votre adresse mail ? Je vous fais parvenir ça dès que possible.

Elle me tend son mobile. J'entre mon adresse sur la fiche de contact qu'elle vient de créer et en profite pour y inscrire aussi mon numéro de téléphone.

– Que sont devenus les bâtiments de Sainte-Marie ?

– Ils sont restés à l'abandon pendant une décennie avant d'être rachetés par un groupe hôtelier. C'est devenu un établissement plutôt coté. Tout a été entièrement restauré. On a du mal à imaginer que cet hôtel a pu être une maison d'éducation autrefois…

– J'aimerais beaucoup y faire un tour. Vous pourriez me dire comment m'y rendre ?

Elle hésite un instant et se mordille la lèvre.

– Je peux faire mieux que ça. Est-ce que ça vous dirait qu'on y aille ensemble ? Je suis libre demain en fin de matinée. Nous pourrions déjeuner là-bas – je me charge de la réservation. J'en profiterai pour vous apporter tout ce que j'aurai trouvé d'intéressant.

– D'accord. Ce sera avec plaisir.

– Je ne voudrais pas vous donner de faux espoirs. Tout cela remonte à si loin... Comme je vous l'ai dit, beaucoup d'archives ont été détruites.

– Ne vous inquiétez pas. Tout ce que vous faites représente déjà beaucoup pour moi.

Elle se lève tout en rangeant son téléphone dans son sac à main.

– Vous devriez peut-être dire ce que vous savez à la police, ça pourrait aider votre mère.

– Merci pour le conseil, mais je préfère attendre un peu... Ma mère va de toute façon être incarcérée dès aujourd'hui dans une prison à Marseille. La justice ne se lancera jamais dans des recherches comme les miennes : la seule chose qui l'intéresse pour l'instant est d'avoir un coupable.

– Je comprends.

Elle me sourit et me tend la main par-dessus la table. Je me sens détendu auprès de cette femme. Il est rare que je baisse autant la garde avec une personne que je connais à peine.

– Vous croyez vraiment que l'on peut se venger de quelqu'un au bout de tant d'années ?

– Je ne l'aurais pas cru jusqu'à aujourd'hui. Mais après tout ce que vous m'avez dit, je suis persuadé que c'est possible, si vous considérez que cette personne a détruit votre vie...

6

Comme pour faire durer le supplice d'un trajet déjà trop long, le tuteur roulait au pas depuis qu'ils avaient franchi les grilles de l'institution. Ce qui frappa d'abord Nina, ce fut le contraste entre les jardins bien entretenus et l'horrible façade grise aux fenêtres à barreaux qui se dévoilait devant elle. Sur une pelouse, elle remarqua un groupe de trois jeunes filles de son âge qui arrachaient des mauvaises herbes. Elle croisa fugacement leurs regards à travers la vitre sale. Elle fut bien incapable d'y lire quoi que ce soit.

– Tu as de la chance qu'ils t'aient acceptée aussi vite, remarqua le tuteur en se garant. Tu n'auras pas d'autre occasion de te racheter.

Valise à la main, elle gravit à ses côtés les massives marches du perron. Elle leva les yeux vers le ciel, comme si elle le voyait pour la dernière fois. Ils arrivèrent dans un hall vaste et froid, aux murs nus.

– Attends là, ordonna-t-il en se dirigeant vers un couloir sur la droite.

Elle attendit debout, les mains croisées sur la poignée de sa valise, aussi figée qu'une statue. Elle se sentait seule comme jamais. Au bout de cinq minutes, les trois filles qu'elle avait aperçues firent irruption dans le hall. Elles portaient toutes une robe grise, avec un tablier blanc et des bas noirs. La plus âgée – du moins à ce qui lui sembla – avait une chevelure noir de jais coiffée en nattes, qui tranchait avec ses yeux bleus transparents. Elle se tenait en tête du groupe.

– Tu es là pour quoi ? demanda-t-elle en avançant le menton, un pli amer au coin de la bouche.

Nina fut prise de court. Que pouvait-elle répondre ? Qu'elle avait été abusée et qu'on l'avait fait passer pour coupable des turpitudes d'un homme ?

– On ne sait plus quoi faire de moi, répondit-elle pour ne pas rester silencieuse.

La fille ricana, imitée bientôt par ses acolytes.

– Tu es bien à ta place, alors.

Puis, avisant la valise, elle ajouta :

– Tu n'auras pas besoin de ça ici.

Nina patienta encore dix bonnes minutes avant qu'on vienne la chercher. Le tuteur prit rapidement congé en lui indiquant qu'elle ne le reverrait pas « avant longtemps ». Nina eut le sentiment que cela signifiait en fait « jamais ».

Une femme entre deux âges, à la figure sévère, qui se présenta à elle sous le nom de Mlle Koch, prit le relais et l'entraîna dans le couloir.

– Ici, nous aimons l'ordre et la discipline. Peu importe ce que tu as pu faire par le passé, ce qui compte est ce que tu feras à partir d'aujourd'hui. Obéis et tout se passera bien pour toi.

Elle n'ajouta rien et la fit entrer dans un bureau aussi chargé et décoré que le hall était nu. Le directeur était un homme aux gros favoris et au torse proéminent.

– Asseyez-vous, dit-il sans lui jeter un regard, le nez plongé dans ses papiers, son dossier peut-être.

Elle s'exécuta.

– Vous vous appelez Nina Jansen, est-ce exact ?

– Oui.

– Née à Épalinges en 1950 ?

– Oui.

Il daigna enfin lever les yeux vers elle.

– Notre foyer est une institution respectable, mademoiselle. Nous avons pour mission d'accueillir des jeunes filles en difficulté, que la vie n'a pas épargnées ou qui ont emprunté un mauvais chemin. Avez-vous vu notre jardin ?

Elle acquiesça, sans comprendre pourquoi il sautait ainsi du coq à l'âne.

– L'être humain est semblable à une jeune pousse : au sauvageon il faut un tuteur ; si la plante génère des bourgeons parasites qui l'affaiblissent, on les lui retire. La nature seule ne produit que le chaos, elle a besoin de la main de l'homme. Comprenez-vous ? Nous sommes cette main et vous êtes la jeune pousse. (Il replongea le nez dans le dossier.) Votre mère a donné son accord pour que vous restiez chez nous aussi longtemps que cela sera nécessaire ; nous avons toute autorité sur vous. J'ai appris que votre séjour à la campagne n'avait pas été sans provoquer des remous. Vous avez conscience que vous n'avez pas été capable de demeurer deux mois entiers chez ce couple charitable qui vous avait accueillie comme sa propre fille ?

Nina baissa la tête.

– Sachez que, dans la vie, tous les efforts sont vains si l'on ne commence pas par reconnaître ses torts. Les reconnaissez-vous ?

– Oui, fit-elle timidement, je les reconnais.

– C'est un début. Mlle Koch s'occupera de vous. Elle vous apprendra tout ce que vous devez savoir. Vous pouvez disposer.

La femme, qui attendait dans le couloir, l'entraîna avec elle d'un pas alerte. Elle lui prit sa valise – la fille avait raison, tout ce qui provenait de l'extérieur restait aux portes du foyer – et la conduisit à l'étage du bâtiment. Nina crut qu'elles prenaient la direction de la chambrée, mais Mlle Koch la fit entrer dans une grande salle de bains au sol recouvert d'un carrelage aux motifs géométriques : sur la droite, une enfilade de lavabos ; sur la gauche, des baignoires sur pied presque collées les unes aux autres, devant lesquelles on avait installé de petites chaises rondes sans dossier.

– Nous sommes particulièrement attentifs à l'hygiène ici. Certaines filles arrivent chez nous dans un état lamentable, aussi, la première chose que l'on exige est que vous vous récuriez de la tête aux pieds.

– Je suis propre.

– C'est peut-être vrai, mais tout le monde est logé à la même enseigne. Déshabille-toi.

Tandis que Mlle Koch ouvrait un robinet, Nina enleva son gilet, puis sa robe, et demeura en sous-vêtements. Le carrelage était glacé sous ses pieds. Elle se mit à grelotter.

– Entièrement ! Crois-tu que l'on se lave avec quelque chose sur le dos ?

Nina sentit une bouffée de honte lui monter au visage. Même devant un miroir, elle n'avait jamais osé se regarder complètement nue. Sous l'œil insistant de Mlle Koch, elle retira lentement ses sous-vêtements. Lorsqu'elle n'eut plus rien sur elle, elle dissimula son intimité de ses deux mains. La femme se gaussa en haussant les épaules :

– Ne fais pas la prude. Depuis le temps que je suis ici, j'en ai vu d'autres ! Enlève-moi ces mains !

Nina ne fit pas un mouvement.

– Enlève-moi ces mains ! cria-t-elle en lui attrapant les bras. Nous venons tous au monde dans le plus simple appareil. Crois-tu qu'il y ait quelque chose de dégradant à cela ? Allez, entre là-dedans !

Les mains toujours ramenées sur son corps, Nina pénétra dans la baignoire, dont l'eau était encore plus glacée que le carrelage. Une décharge électrique lui traversa les membres.

– L'eau froide vivifie le corps et fera de toi une fille robuste. Fais-moi confiance, ma petite, nous allons t'endurcir !

*

Après la scène humiliante du bain, Mlle Koch lui donna sa tenue réglementaire et son linge, puis lui expliqua dans les grandes lignes le mode de fonctionnement du foyer. Mais Nina, ailleurs dans ses pensées, ne l'écoutait pas vraiment.

Elle ne parla quasiment pas aux autres internées ce jour-là, et celles-ci ne firent nul effort pour lier conversation. On ne la regardait qu'avec indifférence ou amusement. Seule la fille aux nattes noires qui lui avait parlé dans le hall – et dont elle allait bientôt apprendre qu'elle se prénommait Édith – paraissait la scruter et la jauger. Elle essaya comme elle put de suivre le mouvement général. Lorsqu'elle semblait perdue, Mlle Koch soupirait et lui indiquait d'un geste irrité ou d'une parole succincte la marche à suivre.

À 18 heures, tout le monde fut réuni dans le réfectoire. Trois filles avaient été chargées de faire le service. On soupa en silence, comme c'était la règle. La nourriture était chiche et rudimentaire. Quoiqu'elle n'eût guère d'appétit, Nina regretta celle de la ferme.

Le dortoir était une salle tout en longueur qui contenait une cinquantaine de lits parfaitement alignés. Mlle Koch lui en assigna un, au bout de la salle, sous une haute fenêtre à barreaux. Sa voisine était une fille malingre, à la figure pâle et à l'air constamment apeuré. Elle hésitait depuis quelques minutes déjà à lui parler.

– Je m'appelle Danielle. Et toi ?

– Nina.

– Tu étais où avant ?

– Chez une famille… dans une ferme. Mais les choses ne se sont pas bien passées.

Danielle sourit et promena son regard sur le grand dortoir, où les filles papotaient avant l'extinction des feux.

– Pour les gens comme nous, les choses ne se passent jamais bien, alors, ici ou ailleurs... Tu verras, on finit par s'y habituer. Parfois, je me dis que je suis mieux ici que je ne l'étais chez moi.

– Depuis combien de temps est-ce que tu es là ?

– Six mois. Mais j'ai l'impression que cela fait une éternité.

Nina leva les yeux vers la fenêtre.

– Dis, pourquoi est-ce qu'il y a tous ces barreaux ? Ils ont vraiment peur qu'on cherche à s'enfuir ?

– Oh, ça... On raconte que c'était une prison avant, mais je ne sais pas si c'est vrai. Personne de toute façon ne cherche à s'échapper. (Elle haussa les épaules.) Où voudrais-tu qu'on aille ?

Sur le lit d'à côté, une autre fille qui avait entendu leur conversation dit d'un ton goguenard :

– Comme s'il y avait besoin de barreaux pour se sentir en prison !

Soudain, Mlle Koch apparut à l'entrée. Toutes les lumières s'éteignirent et elle cria à travers la salle :

– C'est l'heure, mesdemoiselles !

On entendit quelques gloussements et chuchotements, puis le silence tomba. Nina demeura les yeux fixés sur la fenêtre, dont les barreaux découpaient de petits rectangles plus clairs.

Alors qu'elle commençait à s'habituer un peu à l'obscurité, elle distingua deux silhouettes qui s'approchaient du lit, puis, avant qu'elle ait pu esquisser un mouvement, deux coussins s'abattirent sur elle. Nina chercha à se débattre mais les filles lui immobilisèrent les mains. Elle ressentit la même panique que lorsque Christian lui avait sauté dessus pour l'agresser. Elle perçut des ricanements. La pression du coussin s'accentuait sur son visage, sur sa bouche, sur son nez. Elle n'arrivait déjà presque plus à respirer. Quand elle parvint à dégager l'une de ses mains, des coups se mirent à pleuvoir sur sa poitrine et sur son ventre. Elle put reprendre brièvement son souffle, poussa des gémissements, qui furent aussitôt étouffés par les coussins. Au bout d'une trentaine de secondes, le supplice s'arrêta enfin. Les filles retirèrent les coussins de son visage et disparurent dans l'obscurité en continuant à ricaner. Nina se releva sur un coude et inspira longuement par la bouche, en haletant. Il n'y avait désormais plus le moindre mouvement dans la grande salle. Son corps était endolori. Elle était terrorisée.

Autant par crainte d'une nouvelle attaque que parce que les lieux nouveaux l'avaient toujours effrayée, Nina dormit peu cette nuit-là. Dans le silence du dortoir, elle écouta les sanglots et les gémissements des autres filles, qui semblaient tout droit sortis d'affreux cauchemars.

7

Au petit matin, alors que le soleil n'était pas encore levé, les lumières du dortoir s'allumèrent. Nina vit toutes les filles bondir du lit comme des petits soldats et courir vers la salle de bains pour s'asperger le visage d'eau. Danielle profita d'un moment après la toilette pour lui parler.

– Tu sais, pour hier soir… Édith fait ça à toutes les nouvelles. J'y ai eu droit moi aussi. Je crois quand même qu'elle y est allée un peu fort cette fois. Je ne sais pas ce qui lui a pris. Cet endroit la rend dingue, mais au fond elle n'est pas si méchante…

– Ça n'est pas grave, je n'y pensais même plus, mentit Nina.

Après le petit déjeuner, tout aussi frugal que le souper de la veille, Mlle Koch lui indiqua qu'elle devait rencontrer le docteur pour une visite médicale.

Son bureau au rez-de-chaussée n'était guère éloigné de celui du directeur. Mlle Koch frappa et il s'écoula bien une dizaine de secondes avant qu'un « Entrez ! » retentisse derrière la porte. L'homme devait avoir dans les trente ans. Il avait les traits fins mais le visage un peu trop émacié, et un front haut dû à une calvitie naissante.

Nina s'avança dans la pièce, tout comme Mlle Koch, qui resta néanmoins un peu en retrait derrière elle. Le médecin d'abord demeura silencieux, puis, remarquant que la femme ne bougeait pas, il lui dit avec une politesse agacée :

– Merci, mademoiselle, vous pouvez nous laisser.

Nina lança à Mlle Koch un regard inquiet, et il lui sembla que celle-ci n'avait aucune envie de quitter le bureau. Elle finit néanmoins par s'éclipser en lâchant un « Bien » à peine perceptible.

– Vous vous habituez à votre nouvelle vie ?

– Je ne suis arrivée qu'hier, monsieur.

– Les autres pensionnaires vous ont-elles fait bon accueil ?

Nina repensa fugacement aux coups qu'elle avait reçus dans son lit.

– Oui.

Le médecin lui posa ensuite quelques questions générales pour remplir le dossier ouvert sur son bureau. Il écrivait rapidement, avec un gros stylo à plume noir. Alors qu'elle croyait l'interrogatoire enfin terminé, il releva la tête et lui demanda :

– Avez-vous eu récemment des relations intimes avec un homme ?

Son bas-ventre se contracta : la douleur que lui avait infligée le fils était intacte, la souillure toujours présente en elle.

– Non, dit-elle en baissant les yeux.

– Avez-vous déjà eu ce type de relations avec quelqu'un ?

Elle secoua la tête.

– Très bien. Je vais vous demander de vous déshabiller.

Nina demeura figée, repensant au bain de la veille. Cette nouvelle demande, qui, tout médecin qu'il fût, émanait d'un homme, la mortifia plus encore que la première. Elle ôta toutefois ses habits. Quand elle fut en sous-vêtements – ceux que Mlle Koch lui avait fournis, car elle ignorait où étaient passées ses propres affaires –, elle craignit que le médecin ne lui ordonne de les enlever. Mais, debout devant elle, il la scruta de haut en bas, un sourire imperceptible au coin des lèvres, avant que ne passe sur son visage une

ombre qui pouvait exprimer quelque chose comme de la déception ou du désintérêt.

– Vous avez l'air de bonne constitution.

L'homme, ensuite, l'ausculta. Nina tressaillit lorsqu'il posa sa
main sur son épaule nue et appliqua le stéthoscope sur son dos.
Elle ferma les yeux. Elle avait envie d'être ailleurs, aurait préféré
se retrouver sous les coups de ses camarades plutôt que d'être seule
dans ce bureau avec un inconnu. Heureusement, l'auscultation fut
superficielle et rapide.

– Vous êtes en bonne santé, conclut-il en retournant à son
bureau. Vous pouvez vous rhabiller.

*

Le foyer fonctionnait comme une petite société coupée du reste
du monde. Durant l'essentiel de la journée, les pensionnaires étaient
sollicitées pour accomplir toutes les tâches qui auraient pu incom-
ber à des domestiques. En général, Mlle Koch formait des groupes
de trois filles, rarement plus, pour éviter les excès de bavardages.
Le travail était mécanique et éreintant mais, comparé à celui qu'on
lui avait imposé à la ferme, Nina le trouvait presque supportable.

Les premiers jours, Mlle Koch lui apparut comme une femme
certes rude mais juste. Cette impression ne fut pourtant pas longue
à être dissipée. Jamais Nina n'avait connu de personne à l'humeur
aussi versatile : elle pouvait passer d'une attitude protectrice,
presque maternelle, à une terrible cruauté. Quand elle était dans
un de ses mauvais jours et qu'elle surprenait une fille à râler ou
à ralentir la cadence, elle arrivait par-derrière et lui tirait violemment l'oreille, n'hésitant pas à la traîner sur un mètre ou deux si
elle était accroupie à nettoyer un sol. Danielle lui montra une fois
une horrible cicatrice qu'elle gardait derrière une oreille après avoir
subi pareil châtiment. Si le résultat de leur travail n'était pas à son

142

goût, elle prenait plaisir à souiller un sol, défaire un lit, déplier des piles de linge et les éparpiller avant de leur ordonner de reprendre leur ouvrage à zéro. Si une fille avait été surprise à voler du pain en cuisine ou à proférer une grossièreté, Mlle Koch n'hésitait pas à l'enfermer durant des heures dans la chaufferie du foyer, un espace exigu plein de vapeurs surchauffées où l'on risquait de graves brûlures. Lorsqu'elle était d'humeur clémente, c'était pour mieux fermer les yeux sur les agissements de surveillantes qui prenaient son relais et jouissaient de leur éphémère et enivrante autorité. Alors que les sanglots retentissaient toutes les nuits dans le dortoir, Nina ne vit jamais aucune fille pleurer le jour. Mlle Koch répétait que les larmes étaient contagieuses et les filles savaient que celles qu'elles auraient versées à la suite d'une punition auraient pu en entraîner de bien pires encore.

À l'arrière du foyer, il y avait des cabanes de jardin, un verger et un grand potager, dont on s'occupait activement l'après-midi, mais dont l'abondante production ne finissait jamais sur les tables du réfectoire. Si Nina n'avait jamais eu un gros appétit, beaucoup de filles souffraient de la faim, et il arriva plus d'une fois qu'elles se partagent en cachette un légume cru, quoique ce « vol » pût entraîner une privation de repas.

L'instruction, délivrée par des éducatrices, était sommaire, à l'exception de l'économie domestique, qui donnait lieu, trois fois par semaine, à d'interminables et ennuyeuses leçons. La tête baissée dans un manuel qui sentait le remugle des vieilles pièces jamais aérées, les pensionnaires s'entendaient répéter que la bonne administration du ménage, que celui-ci fût opulent ou modeste, devait être la priorité de toute jeune femme, et que l'ordre, sans lequel on ne pouvait espérer ni sécurité ni prospérité, était aussi nécessaire au sein du foyer qu'au sein de la société. Conservation du mobilier, choix et entretien des vêtements et des tissus, blanchissage, dégraissage, recettes cosmétiques préparées conformément aux prescriptions de l'hygiène, tout y passait – et cet enseignement était aux yeux de Nina d'autant plus absurde qu'il semblait s'adresser à des jeunes filles de bonne famille n'ayant jamais tenu un panier de linge ou une serpillière entre leurs mains.

Les contacts avec l'extérieur étaient rares, pour ne pas dire inexistants. Comme on ne sortait pas, un prêtre venait chaque semaine célébrer un office et confesser les pensionnaires dans une pièce nue et triste comme une cellule de prison. N'ayant rien à confesser mais craignant qu'on lui reprochât son silence, Nina se repentait de blasphèmes imaginaires et s'inventait des pensées impures, en s'inspirant de celles que les autres filles avouaient en cachette, le soir dans le dortoir.

Les livraisons de denrées étaient assurées le vendredi par un jeune homme d'une vingtaine d'années, du nom de Markus, à bord d'une grosse camionnette blanche. Comme il était beau garçon, sa venue provoquait des gloussements et des regards appuyés de la part de nombre de filles. Une surveillante, ancienne sœur originaire de Zurich, s'était rendu compte du manège et houspillait le garçon dans un mélange d'allemand et de mauvais français, l'obligeant à s'éloigner de la bâtisse et à aller fumer une cigarette au fond du parc le temps qu'on décharge les marchandises.

La plupart des pensionnaires ne recevaient jamais de visites. Et quand cela arrivait – uniquement à date fixe, deux fois par mois –, les familles vivaient ce moment soit comme une corvée, soit comme un psychodrame. Mlle Koch distribuait le matin de la poudre rouge à appliquer sur les joues à toutes celles dont elle jugeait qu'elles avaient mauvaise mine. « Et surtout, n'oubliez pas de sourire », intimait-elle à la cantonade. Dans la salle attenante au réfectoire où l'on recevait les familles, on sortait alors des jeux de cartes et de dominos, et l'on diffusait des chansons folkloriques sur une platine au tempo trop rapide. Un jour, au moment d'être séparée de sa fille, une mère entra dans une agitation terrible et supplia à genoux le directeur de lui rendre son enfant. On tenta de la calmer comme on put et elle ne repartit que lorsque le directeur eut menacé d'alerter les autorités sur son comportement, qui pouvait avoir des « répercussions psychologiques graves » sur les pensionnaires. Face à ce genre de scènes, Nina était soulagée de ne pas recevoir de visites.

Les jours s'écoulaient, lents et monotones. Nina se résigna à sa nouvelle existence. Prise dans des tâches et des rituels immuables, elle avait peu l'occasion de penser. Il lui semblait même que la vie de groupe, qu'elle n'avait jamais connue auparavant et qui ne lui autorisait aucun moment d'intimité, lui avait ôté toute existence propre. Elle en oublia presque son séjour à la ferme. Les anciennes blessures, chassées par les préoccupations de la vie courante, se firent moins poignantes : la mère et le fils ne lui apparaissaient plus que comme des figures lointaines, semblables aux traces indécises que laissent dans la mémoire les rêves interrompus.

En général, les filles étaient comme elle soumises et dociles, mais Nina n'avait pas tardé à remarquer qu'Édith, qui l'avait rouée de coups dans son lit, était la forte tête du foyer et se démarquait des autres. Bien qu'elle ne l'appréciât guère, Mlle Koch semblait lui témoigner une certaine estime, comme si le fait d'avoir trouvé une adversaire à sa taille était venu rompre l'ennui de son quotidien. Si elle ne levait jamais la main sur elle, elle la surveillait en revanche en permanence, la provoquait, lui lançait des remarques acerbes qui avaient pour seul but de la faire sortir de ses gonds afin de mieux pouvoir ensuite l'humilier et la punir. Malgré ce qui s'était passé la première nuit, Nina en vint à éprouver de la pitié pour elle.

Un soir, au réfectoire, alors qu'elle faisait partie des filles qui assuraient le service, Édith trébucha en remontant une travée et s'étala par terre. Le plat de pommes de terre bouillies qu'elle portait valsa et se répandit sur le sol. Des rires fusèrent. Le ramdam attira une surveillante ; puis Mlle Koch, qui soupait comme le reste du personnel dans une petite salle contiguë, apparut à la porte du réfectoire. Elle avança lentement vers les tables, chacun de ses pas résonnant dans un silence de cathédrale. Édith avait commencé à se relever et paraissait embarrassée par le plat qu'elle tenait en main. Nina remarqua que sa lèvre saignait. Mlle Koch se planta devant elle et tapa violemment sur une table, qui s'ébranla.

– Il est inutile de ramasser, mademoiselle. Ce qui est à terre reste à terre. Vous servirez vos camarades, puis vous aurez droit ensuite à la copieuse portion qui est à vos pieds. Il ne sera pas nécessaire que vous preniez place à table. Vous savez combien j'ai horreur du gaspillage. Je veillerai à ce que vous la mangiez jusqu'à la dernière bouchée.

Pendant quelques secondes, Édith parut mortifiée. Puis quelque chose passa dans son regard – de la haine et du dégoût qui venaient de prendre le pas sur la honte. Nina crut qu'elle allait les ravaler et exécuter les ordres, mais la jeune fille s'agenouilla, attrapa à pleines mains les pommes de terre qui étaient tombées et les pro-jeta en direction de Mlle Koch. Comme celle-ci ne se tenait pas à plus de deux mètres, le tir l'atteignit en pleine face. Aveuglée par le tubercule écrasé, elle poussa un cri retentissant, suivi d'une rumeur qui monta comme une vague dans le réfectoire.

Édith demeurait bien droite, la poitrine un peu bombée, un sou-rire de satisfaction aux lèvres. Comme la plupart des autres filles, Nina aurait aimé l'applaudir et la porter en triomphe à travers la salle. Passé le moment de sidération, la surveillante se jeta sur Mlle Koch pour l'aider à s'essuyer, mais celle-ci la repoussa dans des gestes désordonnés.

On emmena Édith. Elle ne réapparut pas de la soirée, ni dans le réfectoire bien sûr, ni même dans le dortoir. Ce soir-là, par mesure de rétorsion, comme si la faute d'une seule devait rejaillir sur tout le groupe, l'extinction des feux eut lieu plus tôt que d'habitude.

– Elle va le payer très cher…, dit Danielle en se mettant au lit.

– Qu'est-ce que tu crois qu'ils vont lui faire ?

– Je n'en sais rien, mais la vieille a eu enfin ce qu'elle méritait. Tu sais, quand je suis arrivée ici, une fille était malade et a vomi son repas dans son assiette : Koch a demandé qu'on le garde au frais et on le lui a resservi le lendemain. Si on avait toutes le courage d'Édith, peut-être que les choses se passeraient autrement.

Le jour suivant, en début d'après-midi, à travers une fenêtre de l'étage, Nina et quelques autres filles aperçurent une auto inconnue garée devant le perron du foyer. De façon vague, elles comprirent que sa présence avait un lien avec Édith. Quelques secondes plus tard, celle-ci sortit de l'établissement, accompagnée par le directeur. Elle portait des habits de ville – sans doute ceux qu'on lui avait confisqués à son arrivée.

– Où est-ce qu'elle va ? Ils la renvoient chez elle ? demanda Nina.

Une fille haussa les épaules.

– « Chez elle » ? Pfff ! Je vous parie qu'ils l'emmènent à la colonie pénitentiaire de Rolle. Ça ne sera pas la première qui finira là-bas… ni la dernière, d'ailleurs. Après ce qu'elle a fait, on va devoir se tenir à carreau, c'est moi qui vous le dis.

Édith leva les yeux vers la fenêtre derrière laquelle se tenait le petit groupe. Danielle agita la main, en un signe amical. Nina l'imita. L'air désemparé, la jeune fille en bas eut à peine le temps d'esquisser un geste avant que le directeur la pousse dans le véhicule et qu'elle disparaisse.

*

Nina était assise face au médecin. L'homme la regardait avec un air vaguement réprobateur. Après l'avoir trouvée pour la deuxième fois de la journée la tête au-dessus de la cuvette des toilettes, Danielle l'avait persuadée d'aller voir le docteur. Bien qu'elle redoutât de franchir la porte de son bureau, Nina se sentait si fatiguée depuis quelques jours que les tâches quotidiennes étaient devenues trop pénibles pour elle et qu'il lui était impossible de rester dans cet état, au risque de s'attirer les foudres de Mlle Koch. Mais, à présent qu'elle était dans cette pièce, elle regrettait d'être venue.

– En dehors de cette fatigue, depuis quand ces vomissements durent-ils ? demanda l'homme en tirant sur les pans de sa blouse.

– Un peu moins d'une semaine.

– D'autres symptômes ?

Nina se tortilla sur sa chaise. Elle désigna sa poitrine d'un geste hésitant.

– J'ai comme des picotements ici, des démangeaisons, répondit-elle, sans oser avouer que ses seins avaient anormalement grossi et qu'elle souffrait rien qu'en les effleurant.

Le visage du médecin s'assombrit. Il soupira et plissa les yeux, comme si un problème grave le préoccupait.

– Début de l'aménorrhée ?

– Pardon ?

– Depuis quand n'avez-vous plus vos règles ? Car vous n'avez plus d'écoulement menstruel, n'est-ce pas ? C'est surtout pour cela que vous êtes ici.

Nina rougit, baissa les yeux.

– Répondez, je vous prie !

– Non. J'aurais dû les avoir il y a deux semaines...

– C'est bien ce que je pensais. Je vais devoir vous ausculter. Ôtez le bas et installez-vous sur la table d'examen.

Vingt minutes plus tard, Nina passait du bureau du médecin à celui du directeur, après que les deux hommes se furent entretenus en privé. Son esprit n'était plus qu'un brouillard opaque. À l'issue de l'examen, les paroles du docteur lui avaient paru irréelles. Non, elle ne pouvait pas y croire. C'était impossible. Elle repensait au visage du fils, figé dans un rictus, haletant au-dessus d'elle. Au lit qui brimbalait sous leurs corps. À l'insupportable douleur dans son bas-ventre. Ça n'était arrivé qu'une fois, une seule...

Assis derrière son bureau, le directeur était en proie à une complète agitation. Sous l'effet de la colère, son visage était devenu rouge comme une pivoine.

– Avez-vous conscience de la situation ? À voir la désinvolture qui est la vôtre, vous n'en avez pas l'air.

Nina était vidée de toute force. Qu'importait à présent de chercher à se défendre ? Le mal était fait. Personne ne l'avait jamais crue et ce n'était certainement pas cet homme qui allait faire exception.

– La dépravation ne reste jamais sans conséquences ! Toutes les fautes que nous commettons finissent un jour ou l'autre par se payer. Qu'allons-nous faire de vous ? Mais qu'allons-nous donc faire de vous ?

Il secouait la tête de manière mécanique, en pianotant sur son bureau avec anxiété. Malgré sa fatigue, Nina ne voulait plus baisser les yeux ni supporter davantage cette culpabilité qu'on avait toujours voulu faire peser sur ses épaules. Elle regarda le directeur avec défi, puis les paroles sortirent de sa bouche sans qu'elle y ait réfléchi :

– Je m'occuperai de cet enfant, je saurai l'élever.

La colère du directeur se transforma en stupeur.

– « L'élever » ! Mais vous n'êtes vous-même qu'une enfant ! Que seriez-vous devenue si nous ne vous avions pas recueillie ? Imaginez-vous seulement la maturité et le sens des responsabilités qu'il faut pour prendre soin d'un nouveau-né ?

– J'en serai capable. Je n'aurai pas le choix, de toute façon.

L'homme tapa du poing sur le bureau.

– Taisez-vous, jeune fille, n'aggravez pas votre cas ! Vous êtes une charge pour la société, et cet enfant ne sera qu'un malheureux de plus s'il reste avec vous. Voulez-vous vraiment qu'il suive votre voie ? Qu'il soit condamné à la perversion ?

Nina se mordit la lèvre inférieure, qui s'était mise à trembler. Elle se sentait salie, incapable désormais de lui répondre.

– Vous n'aurez aucune décision à prendre, en dépit de ce que vous croyez. Dans la situation où elle se trouve, votre mère n'acceptera jamais de vous recueillir, vous et ce bébé. La vie est mal faite. Il y a tant de couples qui, malgré leur désir de donner la vie, en sont empêchés par la nature ; tandis que vous...

Son visage se tordit, affichant une expression de dégoût.

– Nous trouverons une famille à cet enfant. Le mieux qui puisse lui arriver, c'est qu'on l'emmène très loin de vous. Et même que vous ne le teniez jamais dans vos bras...

8

La chambre de mon hôtel, moderne et fonctionnelle, offre une vue magnifique sur le lac et la place du Vieux-Port ombragée de platanes. Même si je n'ai presque rien vu de cette ville, j'en apprécie l'atmosphère simple, reposante et chaleureuse ; j'aurais aimé y venir dans d'autres circonstances. Après avoir vidé mon sac et rangé mes affaires, j'ai pris un verre au bar de l'établissement, les yeux rivés sur mon portable dans l'attente d'un message de Marianne Dussaut.

En fin d'après-midi, je reçois de sa part un e-mail qui contient un dossier sur Sainte-Marie. Je m'installe au petit bureau de ma chambre, devant mon ordinateur. Par la fenêtre s'immiscent les échos de l'animation des quais d'Ouchy.

Il y a en tout une trentaine de documents numérisés. Je découvre d'abord dans le dossier six photos, de bien meilleure qualité que celle que j'ai trouvée sur Internet. Toujours la même bâtisse massive et austère en pierre de taille, avec ses œils-de-bœuf qui semblent vous toiser. Une seule représente des pensionnaires. On y voit un groupe d'une vingtaine d'enfants et d'adolescents, en uniforme, réunis à l'arrière du bâtiment, qui paraît encore plus triste que la façade. Le cliché n'est pas daté, mais, si j'en crois ce que m'a dit la jeune historienne, il est forcément antérieur à 1950, date à laquelle les enfants n'ont plus été accueillis à Sainte-Marie.

Le document le plus volumineux est un scan du « Règlement général du foyer ». Une vingtaine de pages jaunies que je survole, m'arrêtant çà et là sur quelques passages qui retiennent mon attention. « Pendant la durée de leur séjour, les internés sont habitués au travail, à la discipline, et formés à l'honnêteté et à la droiture. On vouera aux mineurs une sollicitude particulière. Tout en travaillant à la réforme de leur caractère, on se préoccupera de préparer leur avenir en leur donnant une formation religieuse, civique et professionnelle. » Suit une interminable liste de devoirs – adopter une attitude respectueuse, éviter le bruit, faire preuve de bon esprit, renoncer à toute tentative d'« évasion » –, que ne compense qu'un seul droit : celui de plainte au directeur contre les camarades ou le personnel en cas de voies de fait, d'injures ou de « réprimandes injustifiées ».

Le règlement intérieur est décliné en une cinquantaine d'articles évoquant pêle-mêle l'habillement, l'alimentation, le travail, les services religieux, les visites, la correspondance... Sur ce dernier point, l'article stipule que deux dimanches par mois sont réservés à la rédaction de lettres, sur du papier « fourni par l'établissement », et que celles qui se révéleraient « non conformes aux instructions » seront versées au dossier de l'expéditeur, qui sera avisé des motifs de cette décision. Je repense à la censure dont m'a parlé Berthelet, à ces lettres qui n'arrivèrent jamais à leurs destinataires, à celles qui ne furent tout simplement jamais écrites ni envoyées par peur de représailles et de sanctions.

Un autre dossier recèle des rapports rédigés entre les années 1940 et 1960 : contrôle comptable de la maison, administration générale, documents relatifs à la protection des mineurs ou à la réforme des établissements suisses pour la jeunesse... Ces documents sont beaucoup trop généraux pour que je puisse en tirer quoi que ce soit. Je suis déçu. Peut-être Marianne Dussaut a-t-elle raison. Peut-être cette histoire est-elle beaucoup trop ancienne pour qu'on puisse espérer découvrir un jour la vérité.

Découragé par mes lectures et rompu par la fatigue accumulée, je m'allonge sur mon lit, allume la télé et zappe machinalement de chaîne en chaîne. Je finis par m'arrêter sur une rediffusion
de *Rencontres du troisième type*, un film que Camille et moi ado-
rions voir en boucle en VHS quand nous étions chez Maud. Je ne
regarde pas vraiment, mais la nostalgie m'envahit.

Mon téléphone sonne vers 23 heures, alors que je commence à
m'assoupir. Bien que le numéro soit inconnu, je préfère répondre,
redoutant une mauvaise nouvelle.

– Monsieur Kircher ? C'est Marianne Dussaut. Pardon de vous
appeler aussi tard...

Je me rappelle que, si je lui ai laissé mon numéro, elle a oublié
de me donner le sien.

– Vous ne me dérangez pas du tout, je suis content de vous
entendre. Au fait, vous pouvez m'appeler Théo...

– D'accord.

– Merci pour ce que vous m'avez envoyé, c'est très intéressant.

J'ai un peu de mal à dissimuler ma déception de n'avoir rien
trouvé de concret dans son dossier. Je me lève et vais prendre l'air
à la fenêtre.

– J'ai rapporté chez moi la documentation que nous possédons
sur Sainte-Marie. Je viens de passer deux heures à tout reprendre...

– Désolé, je ne voulais pas vous gâcher la soirée. Vous aviez
sans doute mieux à faire.

– Vous n'avez rien gâché du tout. J'ai bien fait de m'y atte-
ler sans attendre : je n'avais plus touché à ces dossiers depuis des
mois et j'étais loin de tout avoir en tête.

Le ton de sa voix est différent de cet après-midi – plus grave,
plus sérieux.

– Vous avez quelque chose ?

– Oui. J'ai retrouvé trace de Nina Jansen dans les archives.

Un silence s'ensuit. Je reste immobile, le regard perdu vers la masse obscure du lac, sans savoir si cette nouvelle me réjouit ou me terrifie.

– Vous avez retrouvé ma mère ?

Je perçois un soupir dans le téléphone.

– Non, Théo. Nina Jansen ne peut pas être votre mère : elle est morte à Sainte-Marie en décembre 1967...

TROISIÈME PARTIE

Mais que peut valoir la vie, si la première répétition de la vie est déjà la vie même ?

Milan Kundera,
L'insoutenable légèreté de l'être

1

Marianne Dussaut habite dans le quartier du Rôtillon, au cœur de la ville, mélange surprenant d'une Lausanne historique et d'une autre plus contemporaine avec ses immeubles colorés, ses petites boutiques et sa profusion de restaurants. Je reste en stationnement au bas de son immeuble, dans une rue pavée tranquille que j'ai eu un peu de mal à trouver. « Je descends, je suis là dans deux minutes », m'indique-t-elle par SMS.

Je n'ai pas vraiment fermé l'œil la nuit précédente. Je suis anxieux et n'arrive toujours pas à croire ce qu'elle m'a révélé au téléphone. J'ai eu beau tourner le problème dans ma tête durant des heures, il n'existe que deux possibilités : soit les archives de Sainte-Marie comportent une erreur, soit ma mère – pour une raison que j'ignore – a emprunté l'identité d'une autre fille qui a vécu au foyer à la même époque qu'elle.

La porte de l'immeuble safrané s'ouvre avec un bruit électrique. Marianne apparaît, un dossier sous le bras. Je lui fais signe à travers la vitre. Elle porte une tenue plus décontractée que la veille – pantalon en lin ample et chemisier à fleurs. Elle est aussi rayonnante que j'ai l'air fatigué.

– Je ne vous ai pas fait trop attendre ? demande-t-elle en montant dans le véhicule.

– Non, je viens d'arriver.

Elle me dévisage d'un air préoccupé.

– Vous n'avez pas bonne mine.

– Je n'ai pas beaucoup dormi cette nuit, mais ça va.

Elle ouvre sans tarder le dossier et en extirpe deux photocopies agrafées.

– Voici le document dont je vous ai parlé. Malheureusement, nous ne possédons pas les registres et dossiers des internés de la fin des années 1960, ils ont été probablement détruits. En revanche, j'ai trouvé une partie du répertoire d'infirmerie de l'année 1967.

Je lis attentivement les deux feuilles. Elles font état du suivi de trois internées, l'une pour une infection urinaire, une autre pour une toux et une fièvre persistantes. Marianne a surligné les passages concernant Nina Jansen, la troisième des patientes.

5 décembre
Nina Jansen, 17 ans, alitée depuis plusieurs semaines. 38e semaine de grossesse supposée. Fatigue et vertiges sans gravité. État général stable et satisfaisant. Efforts et déplacements néanmoins proscrits.

8 décembre
N. J. admise à l'infirmerie. Premières contractions. Possible travail dans la nuit.

9 décembre
Nina Jansen : Accouchement pratiqué par le médecin et la sage-femme. Enfant de sexe féminin en bonne santé (3,2 kilos).

Augmentation du rythme cardiaque et baisse de tension de la patiente constatées deux heures après la délivrance. Hémorragie postnatale abondante causée par l'inertie de l'utérus. Pertes externes et internes.

Perte de conscience. Dégradation très rapide de l'état de la patiente. Exploration à la main de l'utérus ; frictions, applications froides sans effet.
Décès constaté à 12 h 15.

Je pose les feuilles sur mes genoux. Je n'ai rien appris que Marianne ne m'ait déjà révélé la veille, mais la lecture de ce document, avec ses formules lapidaires et cliniques, me bouleverse plus que je ne l'aurais imaginé. Je me dis que cette jeune fille disparue à seulement dix-sept ans, sans aucun proche à ses côtés, aurait pu être ma mère.

– Morte en couches…, dis-je après un silence. Quelques lignes froides sur un registre. C'est tout ce qui reste de cette fille ?

– Oui, j'ai continué à chercher après vous avoir appelé hier soir, mais je n'ai trouvé trace d'elle nulle part. Nous ne savons pas à quelle date elle est entrée au foyer, ni pour quelle raison, même si on peut supposer que sa grossesse n'y est pas étrangère.

– Une fille dont les parents auraient eu honte qu'elle soit tombée enceinte et qui auraient voulu éviter les ragots ?

– Peut-être.

– Pourquoi a-t-elle accouché là-bas ? Pourquoi ne l'ont-ils pas conduite à l'hôpital ?

– C'étaient les années soixante, Théo. Il n'était pas du tout rare que des femmes accouchent chez elles à cette époque. Et il en était de même dans la plupart des institutions, notamment les établissements pénitentiaires pour femmes.

– L'enfant… cette petite fille était en vie. Qu'est-ce qu'elle a pu devenir ?

– Adoptée, probablement, ou placée comme tant d'autres dès sa naissance dans un établissement pour orphelins.

– Comment est-il possible que ma mère porte le prénom et le nom de cette fille ?

– Je n'ai pas d'explications. C'est incompréhensible.

Un coup de klaxon retentit derrière nous. Dans le rétroviseur, je distingue un camion qui n'a visiblement pas la place de passer.

– On ferait mieux d'y aller, dis-je en allumant le moteur.

Je remonte la rue au pas. Le faîte de la cathédrale émerge un peu plus loin au-dessus des immeubles bigarrés.

– Vous prendrez la prochaine à gauche. Je vais vous guider.

– D'accord. Et Dallenbach, vous avez trouvé quelque chose sur lui ?

Marianne continue de farfouiller dans son dossier.

– Je savais que son nom ne m'était pas inconnu. Il apparaît dans le registre des personnels. Il était bien à Sainte-Marie quand votre mère y était enfermée et il y a donc tout lieu de croire que c'est lui qui a accouché Nina Jansen. Mais je n'ai aucune information concrète : pas de plaintes d'internées à son sujet, aucun rapport administratif le concernant... Si son comportement a pu être répréhensible, ce n'est pas dans les archives que nous l'apprendrons.

Nous quittons le cœur de Lausanne pour nous diriger vers le nord. L'ancien foyer se situe sur les hauteurs de la ville, m'apprend Marianne, non loin du lac artificiel et du bois de Sauvabelin, un lieu encore sauvage très apprécié des familles lausannoises.

Le trajet ne dure guère qu'une dizaine de minutes. Après avoir traversé un quartier densément construit, alternance d'immeubles modestes et d'habitations plus bourgeoises, nous empruntons un chemin calme et en retrait. Un panneau indique l'hôtel Bellevaux. Derrière un grand portail en fer forgé, j'aperçois déjà un morceau de la bâtisse.

– Nous y sommes, se contente de dire Marianne.

Je m'engage dans l'allée de gravier. Le long bâtiment est parfaitement reconnaissable – la façade, d'un blanc immaculé, a peu changé, à l'exception du porche et des barreaux aux fenêtres qui ont naturellement disparu –, pourtant on a du mal à croire qu'il ait jamais pu être autre chose qu'un hôtel. Sur une belle terrasse en bois ont été installés des parasols et des tables où se trouvent déjà quelques clients. Je gare la voiture sur un parking aménagé devant une jolie dépendance aux fenêtres en ogive.

Je demeure silencieux et immobile, le regard accroché à l'édifice. Sur la droite, je reconnais l'endroit précis où a été prise la photo trouvée chez Maud, même si les arbres ont disparu, sans doute abattus pour dégager la vue et donner une perspective à l'ensemble. J'ai l'impression d'avoir fait un saut brutal dans le temps.

– Théo, ça va ? Vous ne regrettez pas d'être venu ?

Je me tourne vers Marianne et lui souris.

– Non, au contraire.

Nous faisons quelques pas dans le parc qui entoure l'hôtel, sans dire un mot. Des sentiments contraires se bousculent en moi. Je suis triste d'imaginer ce qu'a dû subir ma mère dans ce lieu, triste aussi d'être resté si longtemps insensible à sa souffrance, de ne pas avoir compris plus tôt quel vaste mensonge a été sa vie. Et en même temps je me sens soulagé de ne pas me trouver en France et de ne pas être venu seul.

Au bout de dix minutes, nous nous redirigeons vers l'hôtel.

– J'aurais pu ne jamais rien savoir du passé de ma mère. Ce qui est arrivé à Avignon va détruire nos vies, mais, sans ce drame, je suis persuadé qu'elle aurait emporté son secret avec elle.

– C'est probable, et c'est sans doute ce qu'il y a de plus dur à accepter. Il faut parfois de grands malheurs dans une vie pour qu'émerge ce genre de secret.

On nous installe à une table sur la terrasse. La température est idéale. Même si je ne peux me défaire d'un profond sentiment de culpabilité, je suis heureux d'être auprès de Marianne, qui paraît me comprendre et ne me juge pas. Malgré les circonstances, je crois que j'ai envie de lui plaire. Après m'être séparé de Juliette, j'avais retrouvé mon penchant ancien pour les relations superficielles, agissant avec les femmes de façon mécanique, sans désir profond. J'ai l'impression d'avoir vécu ces dernières années sans voir les autres, replié sur mon égoïsme, aveugle à ce qui m'entourait. Avec Marianne, les choses me semblent différentes, plus simples, comme si nous nous connaissions depuis longtemps. Je ne joue pas la comédie avec elle.

Alors que nous buvons un verre, elle perçoit à l'évidence quelque chose dans mon regard.

— Qu'est-ce qu'il y a ? me demande-t-elle avec un battement de cils appuyé.

— Rien, je réfléchissais.

Nous gardons le silence jusqu'à ce qu'on vienne prendre notre commande.

— Vous n'avez jamais rien soupçonné au sujet du passé de votre mère ?

— Non – à moins que je n'aie rien voulu voir. Bien sûr, il est facile de refaire l'histoire et de remarquer après coup de petites choses qui auraient pu éveiller nos soupçons… Ma mère a toujours été distante avec moi, tout comme avec les autres. Je comprends aujourd'hui qu'elle n'a en fait jamais été heureuse.

— Vous en avez souffert, j'imagine.

— Je n'en avais pas vraiment conscience. Quand on n'a pas de point de comparaison, on finit par tout trouver normal. C'est peut-être pour ça que je ne me suis jamais beaucoup inter-rogé sur ma famille. Je suppose que la plupart des gens trou-veraient fou que j'en sache aussi peu sur la femme qui m'a mis au monde.

— Vous êtes fils unique, Théo ?

— Non. J'ai un frère : il s'appelle Camille. C'est pour lui que les choses ont été les plus compliquées. Camille était très doué, il avait un véritable don pour le dessin : c'est lui qui a vraiment hérité du talent artistique de notre père.

— Ne vous dévalorisez pas comme ça.

— C'est la pure vérité. Camille aurait pu faire une brillante car-rière, mais il est tombé très tôt dans la drogue, il s'est gâché…

— J'en suis désolée.

– Vous ne pouvez pas savoir à quel point je le suis moi aussi. J'ai toujours eu l'impression que la vie s'était montrée terriblement injuste avec lui.

– Nous payons tous les dettes du passé : il est difficile de vivre sa propre existence et non celle de ses parents.

– En fait, Camille est mon demi-frère. Nina n'est pas sa mère, même si nous avons vécu une partie de notre enfance sous le même toit.

– Je comprends, mais ça ne change rien au fond. Votre frère a sans doute été plus sensible que vous à ce que votre mère a dissimulé toute sa vie. Les secrets ne sont pas destructeurs par ce qu'ils cachent, mais par l'angoisse qu'ils provoquent chez les parents. Et cette angoisse peut se transmettre au fil des générations, comme un fantôme qui resurgirait et agirait en nous sans qu'on s'en rende compte. Mais voilà que je joue les psys, à présent...

Je lui souris.

– Vous croyez que le « fantôme » de Camille pourrait être Sainte-Marie, même s'il ignore tout de ce lieu ?

– Son fantôme... et aussi le vôtre, Théo.

Marianne laisse s'écouler un silence, le temps de boire une gorgée de son jus de fruits.

– Jusqu'à quel âge a-t-il vécu avec vous ?

– Huit ans. Il est ensuite parti chez ma tante, la sœur de mon père, qui s'était installée sur la Côte d'Azur.

– Il n'était donc pas si jeune que ça. À huit ans, la personnalité d'un enfant est déjà formée. Durant mes études, j'ai beaucoup travaillé sur la psychogénéalogie, la transmission des traumatismes entre générations. Je ne sais pas si le mal-être de votre frère a un lien avec Sainte-Marie, mais ce que je sais, c'est que les non-dits empêchent un fonctionnement psychique normal, et qu'un secret sur le long terme fait beaucoup plus de ravages qu'une vérité, si cruelle soit-elle.

Je désigne d'un geste du menton la façade de l'hôtel.

– Vous croyez vraiment que ma mère aurait pu nous raconter ce qu'elle a vécu ici alors que nous n'étions que des gosses ?

– Non, bien sûr, c'était impossible. De toute façon, il n'y a jamais de bon moment. Mais, vous savez, les enfants devinent que leurs parents leur cachent des choses… Vous auriez pu ne pas tomber sur cette photo. Si vous l'avez trouvée, ce n'est pas un hasard : c'est que vous cherchiez des réponses à des questions – et ces questions, vous ne vous les posez pas seulement depuis quelques jours, contrairement à ce que vous semblez croire.

Marianne a raison. J'ai toujours su que quelque chose clochait dans notre famille, mais j'ai imaginé durant des années que seule la disparition précoce de mon père était la cause de l'état de Nina.

Le téléphone de la jeune femme, posé sur la nappe, émet un léger tintement.

– Ne vous gênez surtout pas pour répondre, lui dis-je.

Elle le consulte rapidement, puis le repose sur la table, l'air un peu agacé.

– Non, c'est juste un message de la nounou de ma fille. Elle est d'un naturel anxieux et me tient au courant de tout. C'était bien au début, mais je dois avouer que ça devient parfois un peu pesant.

J'essaie de dissimuler ma déception, due moins au fait qu'elle ait un enfant qu'à celui qu'elle soit en couple.

– Comment s'appelle-t-elle ? Votre fille, je veux dire, pas la nounou.

– Emily, sans accent et avec un i grec… en hommage à Emily Brontë. *Les Hauts de Hurlevent* est mon roman préféré.

– J'aime beaucoup ce livre moi aussi, tout comme ce prénom. Quel âge a-t-elle ?

– Elle a eu trois ans au mois de mai.

J'ai besoin d'en apprendre davantage sur Marianne, quitte à devoir y aller avec mes gros sabots. Je n'aurais jamais imaginé que ce voyage en Suisse me conduirait à une telle rencontre. Pourquoi a-t-il fallu un drame pour que je croise enfin la route d'une femme comme elle ?

– Vous êtes donc mariée ?

– « Donc » ? répète-t-elle avec une moue amusée. Vous ne seriez pas un peu vieux jeu, Théo ? Avoir des enfants n'implique pas que l'on soit marié... En fait, le papa et moi sommes séparés. Même si légalement nous sommes toujours mariés : Dussaut n'est pas mon nom de jeune fille.

– Excusez-moi, je me montre indiscret.

– Il n'y a pas de mal... Je vous ai bien embêté avec mes questions. Et vous, marié ?

– Je l'ai été. Avec une femme très bien, que j'ai rencontrée aux États-Unis.

– Une Américaine ?

– Non, une Française expatriée. Les choses n'ont pas si mal fonctionné entre nous mais...

– « Fonctionné » ? Vous parlez de votre couple comme d'une montre suisse.

– C'est peut-être pour ça que ça n'a pas duré.

Ma remarque a l'air de l'amuser. Elle l'incite en tout cas elle aussi à la confidence.

– Au début, j'ai beaucoup souffert de ma séparation d'avec Stéphane, le père d'Emily. Mais aujourd'hui je trouve qu'il n'y a rien de dramatique à ce qu'un couple ne dure pas. Plus j'étudie le passé, plus je me dis que nous avons de la chance de vivre à une époque comme la nôtre. Je ne supporte plus les gens qui ne cessent de vous expliquer que tout était mieux avant. (Elle se tourne vers la façade de l'hôtel.) Vous imaginez comment était la vie autrefois, à l'époque de ces instituts... Des couples passaient une existence ensemble juste pour se soumettre aux conventions et ne pas heurter une morale hypocrite. Et je ne parle même pas de nos droits, je veux dire, à nous les femmes. On ne peut pas dire que la Suisse ait été à l'avant-garde des combats féministes... Vous vous en êtes mieux sortis que nous en France.

– Vraiment ?

– Vous savez en quelle année les femmes ont obtenu le droit de vote chez nous ?

– Non.

– 1971. Et il a fallu attendre 1978 pour que l'autorité parentale sur leurs enfants leur soit accordée. Ce n'est pas glorieux, n'est-ce pas ?

– Vous savez, je crois bien que ce n'est que dans les années soixante que les femmes ont eu en France le droit d'ouvrir un compte en banque et de travailler sans l'autorisation de leur mari, alors...

Marianne sourit à nouveau. J'aime ce sourire franc et lumineux, ouvert sur les autres. Mais il ne dure pas : après un instant de silence, son visage prend une expression plus grave qui me surprend.

– Je n'ai pas été tout à fait honnête avec vous, Théo.

– Que voulez-vous dire ?

– Je ne savais pas quand aborder le sujet avec vous... Hier, lorsque vous m'avez parlé de Dallenbach, j'ai prétendu que son nom me disait vaguement quelque chose, que j'avais dû le lire dans un dossier.

– Oui. Et... ?

– Je savais parfaitement qui était Grégory Dallenbach. Ce n'est pas un hasard si j'ai demandé à intégrer la commission il y a un an. Ce n'était pas seulement en lien avec mon travail. Il y a des années de cela, mon père a lui aussi travaillé à Sainte-Marie...

2

– Votre père ?

– Laissez-moi vous expliquer, Théo. J'aurais vraiment dû vous en parler avant...

Je regarde Marianne avec stupéfaction. Jamais je n'aurais cru qu'elle puisse être personnellement liée à Sainte-Marie. Que cet établissement ne soit pas simplement un objet d'étude pour elle mais qu'il fasse partie de son histoire familiale. Je vois à son air contrit que le sujet qu'elle vient d'aborder lui coûte beaucoup.

– Mon père, Henry, est mort d'un cancer foudroyant du pancréas quand je n'avais que treize ans. Vous voyez, j'ai moi aussi perdu un de mes parents très jeune.

– J'en suis désolé, Marianne.

Une ombre de tristesse passe dans son regard. Je me sens soudain étonnamment proche d'elle.

– Il avait une formation de pédopsychiatre mais a très peu exercé la médecine. Il s'est vite retrouvé avec d'importantes responsabilités au Service de l'enfance, qui est devenu plus tard Protection de la jeunesse. Il donnait aussi des cours à l'université ou rédigeait des rapports d'expertise pour les tribunaux. Mon père travaillait beaucoup, j'ai souvenir qu'il était rarement à la maison. Ma mère était femme au foyer mais elle passait pas mal de temps à l'aider, à relire ses conférences, à effectuer des recherches ou à lui soumettre des idées. Elle l'admirait énormément.

Marianne tourne les yeux vers le parc et inspire profondément avant de poursuivre :

– Je sais très peu de choses sur son passage à Sainte-Marie. Et le peu que je sais, je le tiens évidemment de ma mère, car j'ignorais tout de son travail à l'époque. Vous vous souvenez de ce que je vous ai dit hier ? En 1971, une restructuration du foyer a été décidée...

– Oui, à cause de soupçons de maltraitances et d'agressions sexuelles.

– Il n'y a pas eu d'enquête très fouillée ni de condamnations, mais le directeur a été poussé vers la sortie et muté. Sainte-Marie était alors désorganisé et le personnel désemparé, on avait besoin en urgence d'une personne solide et d'expérience. J'imagine que mon père a hésité avant d'accepter un poste aussi contraignant, qui allait forcément mettre fin à toutes les autres activités qui le passionnaient. Mais il avait le sens du devoir, et surtout un gros défaut : il ne savait pas dire non. Au départ, il ne devait assurer l'intérim que de manière très provisoire, mais finalement il y est resté deux ans, jusqu'à la fermeture de Sainte-Marie. Je ne voudrais pas que vous vous mépreniez, Théo. J'imagine que ce que je vous apprends là doit vous surprendre, et vous vous dites sans doute que j'ai eu tort de vous mentir...

– C'était un mensonge par omission. Je comprends qu'il était difficile pour vous de m'en parler hier alors que je ne savais presque rien des internements administratifs.

– Je vous remercie. Mon père était un homme bon, résolument tourné vers les autres. C'était un progressiste qui se méfiait de l'autoritarisme et des méthodes répressives d'éducation : il m'a d'ailleurs élevée avec beaucoup de bienveillance et m'a toujours laissé une grande liberté. Il a toute sa vie cherché à aider des jeunes en difficulté, en se demandant comment les traiter de la manière la plus humaine et la plus efficace possible. D'après ma mère, quand il est arrivé à Sainte-Marie, il a été profondément choqué par le caractère archaïque et brutal de l'éducation qui était dispensée aux jeunes filles. Cet institut, comme tant d'autres, avait trop longtemps fonctionné en vase clos, et je ne suis même pas sûre que les gens qui y travaillaient avaient réellement conscience de ce qu'ils faisaient.

– La triste banalité du mal...

Elle hoche la tête.

– Toutes proportions gardées, je crois en effet que le concept de Hannah Arendt pourrait s'appliquer à cette routine de violence qui s'était installée dans ces établissements. Mon père a tenté de changer les choses. Il a découvert que les dossiers des internées ne prenaient presque pas en compte leurs antécédents familiaux et qu'ils se contentaient d'énumérer les fautes qu'on leur reprochait. Grâce à sa formation de pédopsychiatre, il a constitué de nouveaux dossiers individuels, établi de vrais diagnostics qui appréciaient l'évolution des jeunes filles. Il a modifié autant qu'il l'a pu le règlement intérieur pour permettre des sorties hebdomadaires aux pensionnaires et augmenter le nombre de visites et de lettres auxquelles elles avaient droit. Il a fait aménager des pièces en chambres de quelques lits pour leur procurer un peu d'intimité, leur a permis l'accès à des loisirs jusqu'alors inexistants. Pour des questions de coût, il n'a malheureusement pas réussi à faire retirer tous les barreaux des fenêtres qui donnaient à ce lieu un vrai aspect carcéral.

Je sens combien Marianne a à cœur de me présenter son père sous un jour positif, surtout après le sombre tableau qu'elle a peint de ces institutions.

– Votre père résidait-il à Sainte-Marie ?

– Non. S'il partait tôt le matin et rentrait tard le soir, il a toujours voulu dormir à la maison, quels que soient les postes qu'il ait occupés. Il savait qu'il devait à tout prix se préserver une sphère personnelle pour tenir le coup. Être confronté toute une vie à des adolescents en difficulté est dur à supporter psychiquement.

– Êtes-vous venue ici quand vous étiez enfant ?

– Non, c'est impossible, je suis née en 1971. De toute manière, ma mère n'aimait pas que nous soyons mêlées à son travail.

Je ne peux m'empêcher de faire un rapide calcul : Marianne a donc trente-sept ans. Je lui aurais donné quelques années de moins en raison de son air encore juvénile.

– Mon père a fait ce qu'il a pu ici, mais la tâche était titanesque et vaine. Sainte-Marie était condamné à fermer, malgré tous les changements qu'on aurait pu mettre en œuvre.

– C'est donc le passé de votre père qui vous a poussée à vous intéresser à ces établissements d'internement ?

– En partie, oui. J'avais l'impression d'avoir un devoir à accomplir, un peu comme s'il me fallait racheter une faute.

– « Racheter une faute » ? Mais votre père n'avait rien à se reprocher, et vous encore moins…

– Je le sais. Mais nous parlions tout à l'heure du poids des transmissions familiales entre générations : ma famille n'a visiblement pas échappé à ce phénomène. Au fond, je pense que mon père regrettait d'avoir accepter la direction de Sainte-Marie. Il s'est battu toute sa vie contre les maltraitances envers les enfants et les adolescents : il a mal vécu d'avoir été associé à ce lieu où tant d'horreurs ont été commises.

– C'est votre mère qui vous l'a dit ?

– Elle ne l'a pas dit avec ces mots, mais c'est ce que j'ai compris entre les lignes. D'après elle, il était particulièrement anxieux et préoccupé durant toute la période où il a dirigé cet établissement.

– Je comprends.

– Personne n'est au courant de ce que je viens de vous dire, Théo. Le professeur Berthelet ignore qui était mon père. Dans la mesure où il s'est surtout occupé des établissements pénitentiaires, il n'a jamais eu vent de cette histoire. Je regrette aujourd'hui de ne pas l'avoir mis dans la confidence, mais vous savez ce que c'est : quand on ne crève pas l'abcès rapidement, il est très difficile de revenir en arrière.

J'imagine aisément le sentiment de culpabilité qu'elle a dû éprouver. En se chargeant elle-même des institutions de jeunes filles du canton de Vaud, sans doute espérait-elle que personne ne tomberait sur le nom de son père dans les archives.

– J'ai parfois l'impression que tout était écrit à l'avance, poursuit-elle.

– Que voulez-vous dire ?

– Eh bien, c'est comme si le destin m'avait mise sur la route de Sainte-Marie, comme si je n'avais pas pu échapper à cette situation. Mon directeur de thèse prend la tête d'une commission sur les internements administratifs : c'est une drôle de coïncidence, vous ne trouvez pas ? J'aurais tout aussi bien pu ne jamais rien apprendre sur ce lieu.

– Comme j'aurais pu ne pas tomber sur cette photo de ma mère qui m'a amené en Suisse…

– Oui.

Je secoue la tête d'un air dubitatif.

– Je crois que ce qu'on appelle « destin » n'est en fait qu'une série d'événements qui sont intimement liés les uns aux autres, de manière logique.

– Vraiment ?

– Vous êtes historienne, vous avez fait des études d'anthropologie sociale, et vous avez toujours vécu à Lausanne. Ce sont votre métier et votre passion qui vous ont conduite à cet institut, pas le poids d'une espèce de dette familiale. Même si cette commission n'avait pas été créée, il y aurait eu de fortes chances que vous vous intéressiez un jour à ces internements. Et Sainte-Marie est l'établissement le plus proche de l'endroit où vous vivez.

– Peut-être bien, répond-elle. (Mais je sens que mon hypothèse ne la convainc pas totalement.) Et pour votre photo, quelle explication rationnelle avez-vous trouvée ? Vous avez dit vous-même qu'il était incroyable que vous soyez tombé dessus.

J'hésite un instant. À la vérité, depuis que je suis arrivé en Suisse, je ne crois plus du tout à une quelconque coïncidence.

– Eh bien, plus j'y pense et plus je suis persuadé que ma tante ne m'a pas tout dit au sujet de ma mère.

– Qu'est-ce qui vous fait dire ça ?

– Elles sont plus que des belles-sœurs l'une pour l'autre, la mort de mon père les a énormément rapprochées. Il est tout à fait possible qu'elle ait oublié cette photo, mais je ne peux pas croire qu'elle ignore l'existence de cet endroit et le passé de Nina. Je me demande même si elle n'a pas volontairement glissé le cliché dans les cartons qu'elle m'a confiés.

– Pour quelle raison aurait-elle fait cela ?

– Elle voulait peut-être que je découvre les choses par moi-même, sans porter la responsabilité de m'avoir tout révélé.

– C'est possible en effet, mais elle aurait alors pris le risque que vous passiez à côté. Vous réalisez que ce que vous savez pourrait grandement aider votre mère ?…

– Oui. Mon avocat va chercher à jouer la carte du principe d'atténuation. Il pense que si l'on peut prouver que ma mère avait des raisons d'en vouloir à cet homme et qu'elle n'était pas consciente de ce qu'elle faisait, elle pourrait bénéficier de sérieuses circonstances atténuantes. Le problème…

– Oui ?

– Le problème est qu'on ne pourra rien prouver. Nous n'avons que des hypothèses fragiles et tous les faits qui se sont déroulés à Sainte-Marie sont aujourd'hui prescrits. Dallenbach est un vieil homme, il a une réputation irréprochable.

– Je vous trouve trop pessimiste, Théo. Si nous arrivons à trouver ne serait-ce que quelques éléments concrets, cela pourrait suffire...

– Mais comment ?

– Je ne le sais pas encore.

– Même si ma mère finissait par parler, on pourrait ne pas la croire. Ces faits remontent trop loin. Beaucoup d'experts pensent que la résurgence tardive de souvenirs anciens n'est pas fiable. Vous connaissez le syndrome des faux souvenirs, qui seraient occasionnés par les effets du temps ou par un état mental perturbé ? Eh bien, dans le cas de ma mère, on peut cocher les deux cases.

– J'en ai entendu parler, oui, mais il n'y a aucune preuve scientifique derrière ce syndrome. Le temps peut bien sûr altérer nos souvenirs, mais je doute que les jeunes gens qui ont subi des violences dans ces instituts aient pu les imaginer ou même les exagérer.

– Je ne le crois pas non plus, mais ce n'est malheureusement pas nous qu'il faut convaincre.

Je regarde les serveurs aller et venir devant l'hôtel. J'imagine que pas un seul client, à part nous, ne sait ce qu'était ce lieu autrefois – je doute que les brochures publicitaires de l'établissement en fassent état. Combien de vies Sainte-Marie a-t-il détruites ou bouleversées ? Combien de destins se sont croisés ici ? Peut-être parce que Marianne m'a parlé du sien, je pense soudain à mon père. Savait-il d'où Nina venait ? Avait-il la moindre idée de ses origines suisses ? Tant leur complicité était grande, je n'arrive pas croire qu'il ait pu tout ignorer de son passé. Mais les événements des derniers jours font que je ne suis plus sûr de rien.

Marianne et moi continuons notre repas. Elle me parle un peu de son enfance à Lausanne, de ses amis d'adolescence, m'explique combien elle est attachée à cette ville. Après les révélations qu'elle m'a faites, je suppose qu'elle a besoin de se changer les idées. À mon tour, je lui parle du moulin de Saint-Arnoult, que je n'ai jamais revu, des quelques souvenirs fugaces que j'ai gardés de mon père, de ma dernière rencontre avec Camille à Antibes.

Je me montre plus prolixe que je n'en ai l'habitude et, de fil en aiguille, je ne peux m'empêcher d'évoquer le désert affectif qu'est devenue ma vie, mon incapacité à construire quoi que ce soit de solide avec les autres. Quand le serveur nous apporte le café, je commence néanmoins à regretter ces confidences trop intimes, comme si je n'avais réussi depuis notre rencontre qu'à lui montrer mes faiblesses et ma part la plus sombre.

Le parasol ne protège plus désormais Marianne, qui chausse une paire de lunettes noires ressemblant à celles d'Audrey Hepburn dans *Diamants sur canapé*. Quand elle se détend contre le dossier de sa chaise pour profiter du soleil, son téléphone se met à vibrer sur la table.

– Encore la nounou ?

Elle se penche sur l'écran et se fait soudain pensive.

– Non, pas cette fois. Vous m'excusez, il faut vraiment que je réponde.

Elle se lève après avoir rapidement avalé le reste de son café.

– Stéphane, merci de m'avoir rappelée, ai-je le temps de l'entendre dire avant qu'elle ne s'éloigne vers le parc.

Son ex-mari… Bêtement, je ressens une pointe de dépit. Je ne sais pas si cela est dû au fait que cette femme m'attire ou si c'est parce que Juliette, elle, ne m'appelle jamais. Le coup de téléphone dure moins de deux minutes. Lorsque Marianne revient à notre table, elle affiche un air de franche satisfaction.

– Excusez-moi, mais c'était le père d'Emily.

– C'est ce que j'avais cru comprendre.

– Je ne sais pas si je vous l'ai dit, mais Stéphane est capitaine dans la gendarmerie vaudoise.

– Non, je ne le savais pas.

Marianne se rassoit face à moi. Je ne vois pas vraiment où elle veut en venir.

– Je l'ai appelé hier soir juste avant de vous contacter : j'avais besoin de son aide.

– « Son aide » ? Au sujet de Sainte-Marie ?

– Oui. Bien sûr, tout cela n'est pas très orthodoxe mais... il s'est renseigné au sujet de Nina Jansen dans les fichiers auxquels il a accès.

– Il a trouvé quelque chose ?

Marianne acquiesce.

– Il m'a confirmé que cette jeune fille est bien décédée en 1967. Ses deux parents sont morts aujourd'hui mais elle avait une sœur. Elle s'appelle Élisabeth Jansen, elle est toujours en vie. Elle habite à Genève et Stéphane m'a donné un numéro où nous pouvons la joindre.

3

La première fois que Nina la vit, au bas du grand escalier, éclairée par le flot de lumière qui tombait des hautes fenêtres du hall, elle fut happée par son insolente beauté – une beauté qu'elle n'aurait pas cru possible et qui lui fit comprendre, au moment où elle posait les yeux sur elle, qu'elle n'avait jamais connu jusque-là la signification réelle de ce mot. Nina ne s'était jamais trouvée belle, ou ne fût-ce que simplement jolie. Se regarder dans un miroir constituait pour elle une épreuve : elle détestait son nez trop long et son menton qui lui donnait un air affreusement buté. Certaines de ses camarades à Sainte-Marie avaient été davantage gâtées par la nature, mais aucune n'avait encore su se départir des manières gauches de l'enfance. La jeune fille qui venait d'apparaître dans l'entrée, sans être plus âgée qu'elles, était déjà une femme : une semblable en apparence, mais qui appartenait à un monde étranger – et Nina éprouva en la regardant un trouble inédit, mélange de fascination et de jalousie, de stupeur et d'envie, qui lui serra le cœur.

Elle portait une robe bleue à collerette de bonne confection, bien plus luxueuse que celle qu'avait Nina en arrivant, et des souliers noirs vernis. Ses cheveux bruns tombaient en mèches ondulées sur ses épaules. Elle se tenait parfaitement droite, le menton légèrement relevé, posture qui lui donnait une apparence altière et supérieure.

Nina comprit immédiatement que cette fille avait des manières et qu'elle n'était pas issue du même milieu qu'elle. La scène ne dura que quelques secondes. Comme cela s'était produit à son arrivée, Mlle Koch entraîna la pensionnaire avec elle, sans doute pour lui faire rencontrer le directeur. Mais, juste avant qu'elle ne disparaisse dans le couloir, leurs regards se croisèrent. Nina ne vit alors, derrière la fausse assurance affichée, que de la peur et du désespoir.

*

Denise, c'était ainsi qu'elle s'appelait. Le nom des nouvelles mettait en général moins d'une heure pour faire le tour du foyer, tout comme les raisons supposées de leur présence en ce lieu : fugue, débauche, délinquance... Pour rompre la monotonie du quotidien et attirer l'attention sur elles, certaines filles se plaisaient à inventer un passé sulfureux aux nouvelles venues, sans que les autres – pour ne pas briser le charme de cette parenthèse enchantée où toutes les hypothèses étaient encore permises – cherchent à savoir d'où elles tenaient ces informations. L'une d'elles prétendit que Denise avait tenté d'assassiner ses parents et qu'elle ne devait qu'au prestige de sa famille et à sa peur du scandale de ne pas avoir fini en prison. La rumeur se répandit comme une traînée de poudre et enfla si vite que presque toutes les pensionnaires étaient persuadées à la fin de la journée que Sainte-Marie venait d'accueillir une criminelle, parricide qui plus est.

Un lit lui fut attribué tout au fond du dortoir, juste à côté de celui de Nina. Denise n'adressa la parole à personne, et personne ne chercha non plus à se rapprocher d'elle. Son air taciturne et hautain donnait à sa beauté quelque chose de douloureux, qui avait le pouvoir de tenir les autres à distance. Du coin de l'œil, Nina regarda Denise se déshabiller et se mettre au lit en silence. Sa présence à ses côtés, à moins de deux mètres d'elle, l'empêcha de trouver le sommeil, quoique ses paupières fussent lourdes. Nina venait d'entamer son troisième mois de grossesse. Depuis quelques semaines, la fatigue se faisait de plus en plus tenace en elle, et les journées de travail la laissaient en général exsangue. Elle évitait pourtant de se plaindre, autant par égard pour les autres filles que par fierté : il lui paraissait en effet inconcevable de demander le moindre passe-droit à Mlle Koch et devenir ainsi sa débitrice. Elle préférait donc serrer les dents, comme elle l'avait toujours fait.

Jusque tard dans la nuit, le visage à moitié dissimulé sous la couverture râpeuse, elle observa la silhouette de la jeune fille, qui se découpait dans la pénombre triste du dortoir. Denise demeurait immobile, tel un gisant dans sa crypte, les mains ramenées pardessus la couverture – Nina doutait pourtant qu'elle fût endormie. Son esprit vagabondant, elle lui imagina une enfance dorée, des amis envieux, des amours futiles. Elle la voyait habiter dans une immense maison, avec vue plongeante sur le lac, remplie de meubles en bois précieux, de tentures et de tableaux d'ancêtres. Un piano à queue dans le salon, sur lequel elle jouait des morceaux romantiques tandis que de fins voilages se balançaient aux portes-fenêtres dans une lumière vaporeuse. Et sa chambre aussi : le lit à baldaquin, les grands miroirs, la garde-robe, la coiffeuse recouverte de pommades et de peignes en écaille. Elle se la figurait alanguie des journées entières sur un sofa, plongée dans des romans d'amour pleins d'amants au clair de lune, de sombres forêts, de serments éternels et de sanglots. À ces pensées, une sorte d'ivresse s'empara d'elle. Le dortoir avait disparu, Sainte-Marie n'existait plus. L'espace et le temps avaient été abolis. Nina se sentait heureuse comme jamais, portée par un espoir vague et puéril, dont la seule cause était l'existence d'une jeune fille dont elle n'avait même jamais entendu le son de la voix.

Denise se montra tout aussi distante et secrète le lendemain. Unique objet des conversations, on l'observait de loin. On la jalousait ou on médisait d'elle. Nina n'osa pas l'aborder, moins par timidité qu'en raison du profond sentiment d'infériorité qu'elle lui inspirait : s'ils sont immenses, les privilèges de la beauté peuvent isoler tout autant que la laideur. Elle aurait aimé lui crier qu'elle n'était pas seule, qu'en ce sinistre lieu se trouvait un autre cœur qui pouvait la comprendre, qu'elle ne demandait qu'à devenir son amie ; plus encore, son âme sœur.

Tout le monde au foyer, de Mlle Koch aux surveillantes et aux éducatrices, paraissait lui témoigner une certaine déférence, sans qu'on sût si cette attitude était due à son élégance et son ascendant naturels ou au rang présumé de sa famille. Durant les tâches ménagères, Nina constata qu'elle n'avait pas l'habitude de travailler de ses mains. Ses gestes étaient lents et gauches ; à chaque effort, elle entendait sa respiration sourde, ponctuée de petits geignements. Alors que les autres filles profitaient de la moindre occasion pour jacasser, elle se taisait, telle une sœur qui refuserait de briser son vœu de silence.

Tandis qu'elle l'épiait sans répit, Nina sentait des sentiments contraires s'agiter en son cœur. Denise l'intimidait, l'hypnotisait, la fascinait, mais elle éprouvait aussi au plus profond d'elle des élans plus sombres, de jalousie et d'envie, de colère et d'animosité – comme si la gratitude qu'elle aurait voulu lui témoigner pour avoir illuminé sa sombre existence tournait soudain à la rancœur. Elle l'aimait et la détestait. Pour ses manières, son indolence, sa beauté dure et froide, son indifférence. Enfermée dans son propre silence qu'elle affichait comme une réponse à celui de Denise, elle souffrait. Pourquoi cette fille n'avait-elle pas le moindre regard pour elle ? Pourquoi l'excluait-elle de son monde d'une manière aussi égoïste ? « Non, ne me regarde pas, pensait-elle. Je pourrais ainsi te détester davantage. »

Le deuxième soir, Nina eut encore plus de mal à s'endormir. Ressac des sentiments… L'exaltation de la veille avait fait place au dépit et à l'amertume. Tout, autour d'elle, dans le dortoir infusé par la lueur anémique de la lune, semblait s'être affadi, étiolé. Denise reposait toujours dans la même position, le visage immobile, dirigé vers le plafond. Cette silhouette, qui lui avait paru si mystérieuse et séduisante, faisait désormais jaillir en elle des bouffées de mélancolie qui lui donnaient des envies de pleurer. La grande maison, le piano, la chambre s'étaient évaporés comme des chimères, la laissant vide et honteuse.

Les minutes et les heures s'écoulèrent. Aux alentours de minuit, le sommeil qui s'était refusé à elle finit par l'envelopper comme un drap poisseux. Elle cauchemarda, fut prise par la fièvre, secouée de frissons. Elle se réveilla brutalement, le corps trempé de sueur, sans comprendre où elle se trouvait. Dès que son engourdissement se fut un peu dissipé, elle se tourna vers le lit de Denise, comme saisie d'une intuition. Celui-ci était vide. La couverture avait été ramassée sur elle-même au bas du lit, le drap n'était plus là.

Le cœur battant, Nina se leva. Autour d'elle pesait le silence si particulier des dortoirs – jamais serein, scandé de gémissements étouffés et d'expirations souffreteuses –, auquel on ne s'habitue jamais. Elle traversa la salle en prenant soin de ne faire aucun bruit. Les corps endormis semblaient former une haie d'honneur à sa progression nocturne. Sans savoir pourquoi, elle se dirigea vers la grande salle de bains collective. À travers les fenêtres intérieures situées en hauteur, elle vit que les lumières étaient éteintes. Mais la porte, elle, était légèrement entrouverte. Instinctivement, elle la poussa. La vision qui s'offrit à elle ne lui parut pas tout à fait réelle, comme si elle était encore empêtrée dans son cauchemar.

En chemise de nuit, Denise était en équilibre sur le rebord d'une baignoire en fonte. Le drap blanc qui avait disparu de son lit enserrait son cou et avait été attaché à un large tuyau d'alimentation d'eau courant le long du mur, à environ deux mètres de hauteur. La jeune fille tourna la tête vers la porte. Elle avait des yeux ouverts et absents de somnambule. Un visage crayeux et inexpressif. Des cheveux en désordre.

– Mon Dieu ! lâcha Nina.

Ce furent les seules paroles qu'elle put prononcer.

À ce cri, Denise avait basculé en avant. Le drap se tendit comme une corde, dans un bruit sec et effrayant. Les membres de la jeune fille furent agités de soubresauts d'automate, tandis que ses pieds nus restaient suspendus dans le vide, à se balancer à quelques centimètres du fond de la baignoire.

Pétrifiée l'espace d'une ou deux secondes, Nina se rua vers Denise. Elle entra dans la baignoire, manqua de glisser, enlaça le corps parcouru de secousses et usa de toutes ses forces pour le hisser et permettre aux pieds de la jeune fille de retrouver le rebord de la cuve. Denise se débattait, la repoussait des deux mains, la griffait. Leurs corps mêlés ne formaient plus qu'un seul être. Après une courte lutte, elle se laissa faire.

Nina demeura la tête écrasée contre sa poitrine, essoufflée par l'effort, tétanisée par ce qui venait de se produire. La fine chemise de nuit sur son visage… Elle respirait l'odeur de Denise, pareille au printemps des jardins, d'où émergeait une pointe de transpiration qui aurait tout aussi bien pu être la sienne. Le corps était trop lourd. Nina sentait ses jambes flageoler. Elle fut prise d'un vertige. Des points, semblables à des insectes, se mirent à voleter devant ses yeux. Denise ne bougeait plus. Elle n'était qu'un mannequin inerte entre ses bras.

Dès que ses jambes eurent retrouvé un peu de vigueur, Nina relâcha son étreinte. Non sans difficultés, elle détacha d'une main le drap noué autour du cou de la jeune fille, qui se mit à tousser bruyamment, cherchant à reprendre son souffle. Ensuite, Nina l'aida à sortir de la baignoire. Elle paraissait vidée de toute force, dénuée de volonté propre. Nina dégagea ses mèches de cheveux emmêlées et vit que le cou était strié d'une empreinte sombre et violacée.

– Il faut que j'aille chercher quelqu'un ! Tu as besoin d'aide…

Les yeux éteints de Denise furent soudain traversés par une étincelle de panique. Après une nouvelle quinte de toux, elle s'exclama :

– Non ! Ne fais pas ça ! Je t'en prie, n'appelle personne. Je vais déjà mieux.

Les premiers mots qui sortirent de sa bouche… Le moment que Nina avait tant attendu arrivait enfin, même si c'était dans d'affreuses circonstances. La voix était un peu éraillée, pourtant claire et cristalline. Mais à présent que l'effroi s'était dissipé, la tristesse envahissait à nouveau Nina. Des larmes perlèrent à ses yeux. Sa voix trembla :

– Pourquoi as-tu fait une chose pareille ? Que se serait-il passé si je ne m'étais pas réveillée et que je ne t'avais pas trouvée ? Pourquoi as-tu voulu te tuer ?

Denise passa machinalement une main autour de son cou meurtri. Sur son visage apparut une sorte de trouble, qui renforçait encore la dureté de ses traits.

– Je ne sais pas, murmura-t-elle.

– Bien sûr que tu le sais ! On ne cherche pas à se pendre sans raison !

Le regard de Denise erra sur la salle de bains. Elle paraissait perdue, comme si elle peinait à réaliser la portée de son geste, voire sa présence en ce lieu en plein milieu de la nuit. Saisie de lassitude, elle s'assit à même le sol, au pied de la baignoire. Nina l'imita. Un silence glacial retomba, plus profond, seulement interrompu par quelques gouttes d'eau qui fuyaient d'un robinet. Les deux silhouettes demeurèrent immobiles un long moment.

– Pourquoi es-tu ici, Denise ? Je veux dire, à Sainte-Marie…

La jeune fille sortit de sa torpeur et tourna la tête. Nina distinguait à présent ses grands yeux marron tirant sur le vert, surmontés de fins cils noirs.

– Je n'ai pas envie d'en parler.

– Il s'est forcément passé quelque chose pour qu'on t'enferme ici. Et c'est à cause de ça que tu as voulu... ?

– Je ne resterai pas ici, de toute façon, répondit Denise d'une voix plus assurée. Je préférerais mourir.

– Ça, je m'en suis rendu compte.

Nina regretta aussitôt ses paroles, mais elles ne parurent pas avoir touché Denise. Rien, en fait, ne semblait pouvoir l'émouvoir.

– Et toi, pourquoi tu es là ?

Nina baissa la tête, puis d'une main elle désigna son ventre, qui laissait apercevoir une légère rondeur sous la chemise de nuit blanche. Denise mit quelques secondes à comprendre.

– Quoi ? Tu es... enceinte ?

– Oui. Mais je ne savais pas que je l'étais en arrivant à Sainte-Marie.

– Mon Dieu ! Tu en es à combien de mois ?

– Trois.

– Tu avais un amoureux, n'est-ce pas ? Et ils n'ont pas accepté que tu fasses ta vie avec lui ?

Nina dit comme à elle-même :

– Non, ce n'était pas un amoureux. J'ai été placée comme boniche dans une ferme avant d'arriver ici.

– Que s'est-il passé ?

– Il y avait un garçon là-bas, le fils de la maison. Je ne me suis pas du tout méfiée de lui, il se montrait si gentil avec moi... Jusqu'au jour où... Je n'ai rien pu faire ! J'ai essayé de le repousser mais...

Nina ne termina pas sa phrase. Alors qu'elle ne s'y attendait pas, Denise lui prit la main dans la pénombre et la ramena dans son giron. Elle sentit alors un frisson lui parcourir le corps, une démangeaison inédite naître au creux de son ventre – comme si ce contact n'était que le prélude de gestes futurs plus intimes.

– Tu n'as pas à te justifier, dit la jeune fille d'un ton véhément. Pourquoi les hommes s'en sortent-ils toujours à si bon compte, quoi qu'ils puissent faire ? Et pourquoi sommes-nous condamnées à n'être que des victimes ?

Nina fut désarçonnée.

– Le monde est ainsi fait, j'imagine.

Denise lui lâcha la main ; elle paraissait désormais contrariée.

– On peut changer le monde ! Les choses ne sont pas gravées dans le marbre pour l'éternité. Je refuse d'être une victime ! On a tous le choix...

– « Le choix » ?

– De devenir quelqu'un d'autre, d'échapper à la vie qu'on a tracée pour nous. Je veux partir d'ici. Oui, partir le plus loin possible.

– Personne n'a jamais quitté Sainte-Marie de son plein gré. Il y avait une fille ici avant, elle s'appelait Édith. On la pensait beaucoup plus forte que nous, plus courageuse aussi. Mais elle a eu de gros problèmes avec Mlle Koch et ils l'ont emmenée un matin dans une colonie pénitentiaire. Même elle n'a pas eu le choix.

– Ce qu'on ne nous donne pas, il faut le prendre.

– C'est facile à dire.

Denise regarda fixement le ventre de Nina.

– Que va-t-il se passer une fois que tu auras accouché ?

– Ils veulent me prendre mon enfant.

– Quoi ? Ce n'est pas possible !

– Le directeur a dit que je ferais une mauvaise mère, que je ne suis de toute façon qu'une dépravée.

Denise ricana.

– « Une dépravée » ! Il m'a dit exactement la même chose quand je suis arrivée. Tu ne comprends pas que c'est une manière pour lui de nous rabaisser, de nous rendre encore plus soumises que nous ne le sommes déjà ?

– Il n'y a pas que ça... Ma mère est venue me voir quand elle a appris que j'étais enceinte. C'était sa toute première visite. Les choses se sont très mal passées. Elle refuse que je garde cet enfant avec moi. Elle est persuadée qu'il ne sera qu'un malheur de plus dans nos vies. Elle ne m'aidera pas, je l'ai bien compris, et elle n'acceptera pas que je revienne à la maison. Je crois qu'elle a déjà signé des papiers pour qu'il soit adopté à sa naissance.

– Tu ne peux pas les laisser faire !

– Non, bien sûr..., répondit Nina d'une voix mal assurée, qui laissait supposer l'exact contraire. Mais qu'y puis-je ? Je n'ai pas d'argent, je ne connais personne et je n'ai nulle part où aller...

– Les choses paraissent toujours impossibles tant qu'on n'a pas tenté de les accomplir.

Nina soupira en se pelotonnant, tête enfouie entre ses genoux.

– Je crois que je ne m'en sens pas la force.

– Tu finiras par la trouver, crois-moi. Pour l'instant, cet enfant n'est pour toi qu'un être irréel, mais tu seras incapable de te séparer de lui quand il sera né.

– Le directeur a dit qu'on ne me laisserait même pas le tenir entre mes bras.

Denise prit appui d'une main sur le sol. Nina crut qu'elle allait se lever, mais elle bascula sur le côté et vint s'accroupir devant elle. Cette fois, elle lui serra les deux mains en les ramenant l'une sur l'autre.

– Écoute-moi bien... Je t'ai dit que je ne resterais pas ici, et je tiendrai parole. Mais je vais modifier mes plans.

– Tes « plans » ?

– Je ne partirai pas sans toi...

185

Nina sentit son cœur s'emballer. Comment la trajectoire d'une vie pouvait-elle bifurquer aussi soudainement ? Denise lui était encore une inconnue quand elle s'était mise au lit, et voilà qu'elle avait à présent la certitude qu'un lien infrangible les reliait. Un fil invisible, préexistant à leur rencontre, qu'elle avait remonté jusqu'à la trouver.

Denise leva les yeux vers le long tuyau qui courait au-dessus des baignoires. Une lueur fébrile passa dans son regard.

– Je n'oublierai jamais ce que tu as fait pour moi ce soir. Je me sentais désespérée, mais je n'aurais pas dû commettre une telle folie.

– Ne parlons plus de ça...

– Si, parlons-en justement. Tu m'as sauvée et ton geste ne restera pas sans conséquences. Nous quitterons Sainte-Marie ensemble, dès que nous en aurons la possibilité et que j'aurai une idée de l'endroit où nous pourrons aller. Nous devons préparer notre fuite et ne rien laisser au hasard.

Nina serra les poings. L'effervescence de Denise la gagnait comme un mal contagieux. Son projet lui paraissait tout aussi fou qu'évident, tout aussi effrayant qu'irrésistible. Tous les malheurs qu'elles avaient vécus avaient donc un sens ! Chaque humiliation subie, chaque peine endurée, chaque larme versée trouvait désormais sa place dans un plus vaste dessein – jalons cruels mais nécessaires à leur rencontre. Il n'y avait pas de coïncidence ou de hasard en ce bas monde. Le cauchemar qui l'avait réveillée en pleine nuit était un signe, un instrument du destin : elle devait sauver Denise pour être à son tour sauvée.

– D'accord, répondit-elle avec une assurance qui la surprit elle-même, nous partirons ensemble.

– Oui, ou aucune de nous deux ne partira.

Submergée par l'émotion, Nina se jeta dans ses bras en la serrant plus fort qu'elle n'avait jamais serré personne.

– Tu me le jures, Denise ? Dis, tu me le jures ?

La jeune fille lui posa une main sur les cheveux et se mit à la caresser.

– Je ne fais de promesses que lorsque je suis sûre de pouvoir les tenir...

4

Commencèrent alors les plus beaux jours de sa courte existence. Dans la prison que formaient les murs du foyer, tout lui paraissait transfiguré. Les tâches les plus ingrates lui étaient désormais des épreuves qu'elle acceptait de bon cœur, le mal qu'elle se donnait quotidiennement ne rendant que plus grisant l'espoir de sa liberté future. Les vexations des surveillantes, les récriminations de Mlle Koch, les préceptes despotiques des éducatrices, tout lui était devenu insignifiant et coulait sur elle sans l'atteindre. L'autorité sadique qu'elle subissait finissait même par lui procurer une certaine exaltation : Nina voulait souffrir jusqu'à la lie, s'offrir à tous les abaissements, supporter la mortification de son corps et de son âme pour mériter le don que lui avait fait le ciel.

Liées par le secret de leur prochaine évasion, Denise et elle s'échangeaient tout au long de la journée maints regards ou gestes complices. Le monde autour d'elles n'était plus qu'un décor brumeux, les autres pensionnaires des figurantes. Nina se contentait de jouer le rôle qu'on attendait d'elle : elle ne se faisait jamais remarquer, obéissait au doigt et à l'œil. Elle comptait les jours, tel un prisonnier gravant des traits sur le mur de sa cellule. Cependant, ces journées qui la séparaient de leur départ la décourageaient parfois. L'inquiétude la regagnait. L'entreprise de Denise lui semblait soudain insensée et puérile. Elle éprouvait alors à l'égard de son amie un vif ressentiment. Pourquoi lui avait-elle fait cette promesse absurde ? Comment pouvait-elle prétendre réussir ce que personne n'avait même osé envisager avant elle ? Ce venin du doute et de l'angoisse était sécrété par la jalousie, pour des motifs qu'elle eût elle-même trouvés futiles en d'autres circonstances. Toujours à l'affût, elle passait au crible le moindre geste de Denise. Un regard qu'elle lui lançait et qui restait sans réponse, quelques paroles que Denise échangeait avec une autre fille, une séparation prolongée lorsqu'elles ne se trouvaient pas dans le même groupe pour les tâches quotidiennes : ces broutilles la minaient et elle en arrivait à se défier de son amie. Cette jalousie vorace était à la recherche perpétuelle d'un aliment. À tout prendre, elle aurait préféré être condamnée à passer le reste de sa vie à Sainte-Marie, pourvu qu'elle fût certaine de continuer à voir Denise.

Ces tourments ne s'apaisaient que lorsqu'elle se retrouvait enfin seule avec elle. Le soir, quand les lumières du dortoir étaient éteintes et qu'elles s'étaient assurées que la plupart des filles dormaient, Denise venait se glisser sous la couverture à ses côtés. Elles se serraient l'une contre l'autre dans le lit étroit, réitéraient à voix basse la promesse qu'elles s'étaient faite dans la salle de bains, divaguaient sur leur vie future, dont les contours demeuraient pour Nina aussi flous et rassurants que ceux d'un rêve. Sa soif d'absolu s'accommodait mal de projets précis : elle refusait de renoncer à l'infini des possibles qui s'offraient devant elle, évitait de donner un tour concret à ses folles espérances par peur d'être déçue. Seules contre tous... Rien ne viendrait jamais les séparer... Denise posait une main sur son ventre arrondi, protégeant l'enfant à naître des malheurs extérieurs. Elle enfouissait son visage dans le creux de son cou et lui déposait de petits baisers qui faisaient s'épanouir chaque pore de sa peau. Nina sentait ses seins contre son dos. Son cœur battait trop fort, prêt à fendre sa poitrine. Plaisir et bonheur se mêlaient en elle dans un tourbillon irrépressible, déjà fragilisés par la peur de perdre un jour Denise. Elle qui continuait de prier le ciel, de manière encore plus pure et innocente que naguère, se mettait à songer à Job, à qui le Seigneur avait tout repris – santé, enfants, richesses – pour mieux éprouver sa foi. « Ne me la reprenez pas, répétait-elle dans ses prières. Ou, si vous le faites, reprenez tout, y compris ma vie. »

Lorsque la torpeur commençait à l'accabler, Nina luttait contre le sommeil. Elle refusait de céder, inquiète de s'endormir avant Denise, craignant que celle-ci ne la quitte. Elle restait les yeux ouverts, l'oreille fixée sur la respiration de la jeune fille, sur laquelle elle essayait de caler la sienne. Parfois, une sensation de vide l'assaillait et l'éveillait dans un tressaillement. Sa main tâtonnait et trouvait la place à côté d'elle inoccupée – Denise avait regagné son lit, par crainte qu'on ne les trouve toutes deux enlacées au petit matin et que leur connivence ne soit mise au jour.

Les premières semaines, Nina remarqua que Denise observait tout au foyer et paraissait noter dans sa tête mille détails auxquels personne ne prêtait vraiment attention : les emplois du temps du personnel, les horaires d'ouverture et de fermeture des portes, les allées et venues de toutes les personnes extérieures – le prêtre, le jardinier, les livreurs… Le jeune Markus, qui approvisionnait chaque semaine le foyer, ne la laissait d'ailleurs pas indifférente : Denise était toujours volontaire pour décharger les denrées et se débrouillait chaque fois pour échanger quelques mots avec lui, malgré la surveillante qui rôdait près de la camionnette. Pris dans les rets de sa beauté, comme l'eût été n'importe quel homme, Markus bafouillait et restait planté devant elle d'un air bêta. Nina en prit ombrage. Après avoir rongé son frein, elle s'en ouvrit à Denise par des allusions répétées.

– Que tu es stupide ! la rassura la jeune fille. Tu ne comprends donc pas que nous aurons besoin d'aide le moment venu ?

Comment crois-tu que nous sortirons d'ici ? Tout ce que je fais, je le fais pour nous.

Nina se sentit honteuse de ce nouveau trait de jalousie autant que de n'avoir rien compris à ses intentions. Alors qu'elle ne faisait que rêvasser, Denise œuvrait à rendre leur évasion possible. Pour cela, elle devait tout connaître du fonctionnement du foyer et des habitudes de leurs occupants, qui faisaient preuve selon elle d'un manque évident de vigilance. Les bureaux du personnel étaient rarement verrouillés ; elle savait où le directeur et Mlle Kock rangeaient les trousseaux de clés, où se trouvaient les dossiers des filles ainsi que leurs maigres affaires personnelles, la cassette de l'intendance qui permettait de menues dépenses quotidiennes.

– Il nous faudra de l'argent quand nous partirons, et je ne veux laisser aucune trace de nous dans cet endroit.

– Que comptes-tu demander à Markus ?

Denise se mordit les lèvres.

– Je ne le sais pas encore. Je sais simplement que seules nous n'arriverons à rien. Il est peut-être la clé de notre fuite. Ne t'inquiète pas, il sera facile à manipuler... Mais nous allons devoir être patientes, les choses prendront sans doute plus de temps que prévu.

La rouerie de Denise la blessa. Elle se sentit salie d'être mêlée à ses manœuvres, peinée de la voir se montrer sous un jour aussi cruel.

– Markus est un gentil garçon, rétorqua-t-elle timidement. Nous n'avons pas le droit de nous servir de lui...

Denise la fixa d'un air froid, presque réprobateur.

– La vie ne nous a jamais fait de cadeau, Nina. Regarde où nous en sommes ! Quand vas-tu prendre conscience de la réalité de la situation ? (L'air radouci, elle posa les deux mains sur le ventre de son amie.) Ne te fais aucune illusion. Les hommes sont tous les mêmes : ils se servent de nous pour assouvir leurs désirs, nous ne sommes que des jouets entre leurs doigts. Nous ne devons rien attendre d'eux, tu entends ? Je ne me laisserai plus jamais mener par le bout du nez par un homme. De toute façon, nous ne sommes pas en mesure d'avoir des scrupules...

À partir de là, Nina préféra laisser Denise prendre les décisions qui s'imposaient, sans même chercher à être mise dans la confidence, ainsi délestée de la culpabilité de ne pas collaborer de façon concrète à leur plan d'évasion.

Les paroles de Denise résonnèrent longtemps en elle. Ce qu'elle pouvait être naïve et sotte ! Quand elle y songeait, les hommes ne lui avaient apporté que des malheurs. Son père, qui avait quitté le foyer à sa naissance en laissant sa mère dans le plus grand dénuement ; son tuteur, qui n'avait jamais eu le moindre égard pour elle ; le fils de la ferme, qui l'avait violentée de manière bestiale. Certes, les exemples de cruauté féminine ne manquaient pas dans sa vie, mais cette cruauté, Nina ne la voyait plus que comme un mimétisme forcé, une séquelle de la domination masculine : pour exister, les femmes n'avaient d'autre choix que de le disputer en méchanceté aux hommes et de s'approprier leurs armes. Une phrase prononcée par Denise lui trottait dans la tête : « Je ne me laisserai plus jamais mener par le bout du nez par un homme. » « Plus jamais » ? À quel épisode de son passé faisait-elle allusion – ce passé dont Nina ne savait toujours rien ? Insidieusement, quoique cela lui en coûtât, elle orienta les conversations sur sa propre enfance miséreuse et sur son passage à la ferme, pour pousser Denise à se livrer à pareilles confidences. Mais celle-ci résistait et se renfermait dès qu'elle se montrait trop pressante. Ce n'est qu'un mois jour pour jour après leur rencontre que, de guerre lasse, Denise accepta enfin de tout lui raconter.

*

Comme Nina le soupçonnait depuis le début, Denise était issue d'une riche famille installée à Genève sur la rive gauche du lac.

Son père avait fait fortune dans l'immobilier – pour Nina, le simple fait de posséder un toit suffisait à faire de vous quelqu'un de riche, mais la fortune dont il était question ici dépassait les limites de son imagination. L'éducation bourgeoise, les cours de danse et de piano, les séances d'équitation, le pensionnat pour riches petites filles sur la route d'Oron, les voyages à Paris ou à Londres... tout ce que Denise raconta paraissait être la matérialisation parfaite de la songerie débridée de Nina. Du moins en apparence.

Son enfance avait été aussi impassible qu'un marécage. Elle habitait une maison de fantômes : un père la plupart du temps absent à cause de ses affaires, une mère encline à la mélancolie, absente elle aussi mais d'une autre manière, qui avait accompli une carrière de pianiste sans éclat à laquelle elle avait renoncé après son mariage. Celle-ci passait encore des journées entières à jouer du piano pour lutter contre son asthénie, mais Denise pensait que la musique lui faisait plutôt du mal et aggravait son état. Aussi loin que la portait sa mémoire, elle n'arrivait pas à se souvenir d'épisodes réellement malheureux de son enfance, mais elle était tout aussi incapable de s'en rappeler qui fussent synonymes de bonheur. Les journées n'étaient pour elle que vide et ennui. La vie s'écoulait sans problèmes, sans soucis matériels, sans passion. À la maison, ses parents jouaient la comédie du couple parfait – multipliant les soirées et les réceptions auxquelles Denise échappait en s'enfermant dans sa chambre, sans que personne remarque jamais son absence –, alors qu'elle prêtait à son père de nombreuses aventures et que sa mère s'enfonçait chaque jour un peu plus dans une mollesse qui lui faisait perdre toute conscience d'elle-même. Tout devait être harmonieux, sans disputes, sans heurts.

– J'ai eu une enfance sans être un enfant, confia-t-elle.

Ses rapports avec les jeunes gens de son âge avaient toujours été compliqués. Elle aimait la solitude, l'évasion que procurent les livres et la nature : les balades en forêt et les baignades dans le lac constituaient pour elle les rares moments où elle se sentait vraiment vivante. Elle avait tissé quelques liens superficiels avec des voisines ou des camarades de pensionnat, mais elle avait au fond d'elle-même toujours méprisé ces filles, à cause du miroir cruel qu'elles lui tendaient. Car elle devinait dans leurs regards la même atonie, la même résignation, le même conformisme : les êtres qui l'entouraient semblaient agir de manière mécanique, arborant des sentiments sans les éprouver, évitant de donner tout avis personnel qui pût ne pas être partagé par les autres, limitant leurs conversations à des sujets qui excluaient tout véritable rapport humain. Elle déambulait parmi ses semblables avec la douloureuse conscience que le monde qu'elle habitait n'était qu'un décor de théâtre qui la dérobait à la vraie vie. Elle avait toujours regretté d'être restée fille unique. Qui sait ? Peut-être une sœur aurait-elle pu la comprendre, l'aider à échapper à cette existence morne et uniforme.

Par chance, il y avait eu Johanna. Une Américaine de deux ans son aînée qui avait débarqué dans son internat l'année de ses seize ans. Ses parents étaient des intellectuels new-yorkais de la moyenne bourgeoisie qui, à ce qu'elle en avait compris, avaient fait de gros sacrifices financiers pour permettre à leur fille de bénéficier de cette éducation privilégiée en Suisse, à laquelle eux-mêmes n'avaient jamais accédé. Sans être belle, elle dégageait un charme fou et une énergie hors du commun, qui paraissaient au corps professoral, habitué aux poupées de cire élevées sous cloche, vulgaires et déplacés. Pour la première fois, Denise rencontrait une personne ouverte sur le monde, passionnée, avec laquelle elle pouvait tenir des conversations exaltantes jusqu'à une heure avancée de la nuit. Johanna semblait avoir vécu plusieurs vies, racontait sans pudeur les expériences sexuelles qu'elle avait eues, quand la plupart des filles de l'internat, dont Denise, n'avaient même jamais embrassé un garçon. Johanna lui fit découvrir des disques de rock et de pop – une musique qui paraissait provenir d'une autre planète – et des écrivains américains sulfureux dont les noms lui étaient inconnus : Nabokov, Burroughs, Miller... Le premier livre qu'elle lui donna, parmi les rares exemplaires qu'elle avait dans sa valise, fut *Tropique du Cancer*, qu'elle avait recouvert de la jaquette d'un classique russe, car elle savait que la découverte de ce roman dans sa chambre lui aurait valu une exclusion immédiate. Denise le lut le soir à la clarté d'une lampe de poche, horrifiée et fascinée, totalement incrédule face à ce déferlement de sexe et de vice. Chaque page la happait, l'écœurait, l'excitait, la retournait. Jamais des mots posés sur du papier ne l'avaient autant ébranlée. Un monde de désir et de violence s'ouvrait à elle, qu'elle ne soupçonnait pas. Ce fut comme si un rideau venait de se lever. Un rideau qui ne devait plus retomber.

À la fin de l'année scolaire, Johanna retourna aux États-Unis pour l'été. Sur une route du Maine où elle passait ses vacances, elle fut tuée sur le coup dans un accident de voiture, alors que son père était au volant. Denise en éprouva une peine déchirante, qu'elle n'eût sans doute pas éprouvée si ses propres parents avaient disparu. La mort de Johanna lui fit perdre la foi, qu'elle n'avait d'ailleurs jamais eue fervente. Elle n'imaginait pas qu'un dieu pût se montrer à ce point cruel en ôtant la vie à une fille si jeune et si exceptionnelle. Elle sombra dans la dépression, ne dormait plus, se montrait incapable de la moindre attention en cours, n'avait plus de goût pour rien. Elle s'abîmait dans le regret de ce qui ne reviendrait plus en écoutant les disques et en relisant les livres de Johanna, mais les brefs rayons de vie que ceux-ci lui apportaient ne tardaient pas à s'effacer pour la laisser encore plus désespérée.

C'est au plus profond de son malheur qu'elle rencontra Thomas. Fils aîné d'une bonne famille genevoise désargentée, âgé de vingt-trois ans, il faisait des études d'architecture à l'université et donnait sur son temps libre des cours de piano grassement rémunérés aux filles des beaux quartiers. Ils tombèrent immédiatement amoureux. Du moins Denise imaginait-elle que l'enivrement des sens qu'il provoquait chez elle à chaque leçon ne pouvait être que de l'amour. Avec le recul, elle se demandait comment ses parents avaient pu accepter dans leur demeure la présence d'un garçon aussi séduisant, et donc dangereux. Thomas se comporta toujours correctement avec elle. Ils n'échangèrent que quelques baisers lors des rares moments où ils se retrouvaient seuls, mais elle sentait que le jeune homme était tombé sous son emprise et qu'il ne voyait pas dans leur histoire une simple amourette. Ils se remettaient des lettres enflammées, dans lesquelles il se montrait beaucoup plus hardi et plus entreprenant qu'en sa présence. Denise se sentait tout à la fois troublée et effrayée, heureuse aussi de retrouver du goût aux choses et d'entrevoir un but à son existence. Elle regagna ses kilos perdus, son teint reprit des couleurs, son corps s'épanouit. Chaque matin, nue devant la psyché de sa chambre, elle se trouvait plus séduisante – sans aucun orgueil pourtant, mais comme si elle avait contemplé une statue grecque ou une toile dans un musée. Et chaque jour elle prenait un peu plus conscience de sa beauté, dans laquelle elle se perdait avec un certain effroi.

Un soir où ses parents étaient de sortie, Denise accepta que Thomas la rejoigne dans sa chambre à la nuit tombée. Il ne partit qu'au petit matin, en s'éclipsant par la fenêtre. Les jours suivants, elle le retrouva chez lui après les cours.

Au fil des semaines, étourdis par l'ardeur de leur passion naissante, ils échafaudèrent le projet de s'enfuir et de se marier. Ils savaient bien que, en raison de leur différence sociale plus que de celle de l'âge, jamais les parents de Denise n'accepteraient cette relation. Que le temps ne réglerait rien. Durant les vacances, qui leur permirent de se voir davantage, ils se promirent d'aller au bout de l'entreprise. La perspective du retour à l'internat, tout comme celle d'une vie morne et sans avenir, désespérait Denise et l'affermit dans sa résolution. Plus rien ne la retenait à Genève. Ce qui lui aurait paru une folie quelques semaines plus tôt s'imposait à elle avec une évidence déconcertante. Thomas lui parla d'un cousin qui vivait à Rome, chez qui ils pourraient trouver refuge. Il avait quelques économies qui leur permettraient de voir venir. Il poursuivrait ses études en Italie ou donnerait des cours, était même prêt à accepter n'importe quel travail pourvu qu'il soit près d'elle. Quant à Denise, elle était polyglotte et avait bénéficié de la meilleure des éducations : dans quelques années, il lui serait facile de trouver une carrière à son goût.

La veille de son retour à l'internat, à l'aube, Thomas l'attendait dans sa voiture à deux rues de sa demeure. Elle n'emportait dans sa valise que quelques habits, aucun souvenir personnel, préférant laisser derrière elle tout ce qui l'attachait à cette ville. Elle en était certaine, sa vie, la vraie, ne faisait que commencer.

Partis le cœur léger, ils furent arrêtés à la frontière et ramenés à Genève le jour même.

*

Nina comprenait à présent les questions que lui avait posées Denise ce terrible soir dans la salle de bains. « Tu avais un amoureux ? Et ils n'ont pas accepté que tu fasses ta vie avec lui ? » Persuadée que nombre de filles étaient à Sainte-Marie pour la même raison, elle avait projeté sa propre histoire sur elle.

– Est-ce que tu as revu Thomas ?

– Une seule fois, répondit Denise, le regard brouillé. Mon père a menacé de porter plainte pour détournement de mineure et de ruiner la réputation de sa famille s'il cherchait à me contacter. Je ne l'avais jamais vu dans une telle colère ! D'habitude, il évitait systématiquement les affrontements et ne se préoccupait pas de ce qui pouvait m'arriver. Mais là… Quelques jours après notre retour à Genève, j'ai reçu une lettre de Thomas : elle était évidemment ouverte quand mes parents me l'ont donnée.

– Qu'est-ce qu'il te disait ?

– Il s'excusait du mal qu'il avait fait. Il regrettait d'avoir voulu m'entraîner en Italie. Il expliquait que notre relation avait été une erreur et qu'il fallait que nous tournions la page, sans chercher à nous revoir.

– On l'a forcé à écrire cette lettre, c'est évident !

– C'est ce que j'ai cru au début : je me suis dit que tout ça n'était qu'une mascarade, un moyen d'endormir mes parents. J'ai même fait semblant de pleurer, de paraître désespérée pour ne surtout pas éveiller leurs soupçons. Pendant des heures, j'ai cherché dans sa lettre une phrase dont le sens caché m'aurait échappé, une simple expression qui pourrait me mettre sur la voie, mais je n'ai rien trouvé. Alors j'ai attendu un signe de sa part : je restais convaincue qu'il allait tout faire pour entrer en contact avec moi…

Nina n'imaginait que trop la suite.

– Il ne s'est rien passé ?

– Non. Quand mes parents m'ont renvoyée à l'internat au bout d'une dizaine de jours, j'ai fugué dès le premier soir pour le rejoindre. Le moins qu'on puisse dire, c'est qu'il ne m'a pas accueillie à bras ouverts. Il m'a avoué qu'il avait été parfaitement sincère dans sa lettre, que toute relation était devenue impossible entre nous. J'ai éclaté en sanglots, je l'ai supplié, je l'ai maudit et même frappé, mais rien n'y a fait. Il a menacé d'appeler mes parents si je ne partais pas de chez lui. J'ai fini par m'en aller et j'ai traîné toute la nuit dans les rues de Genève…

– Pourquoi a-t-il agi ainsi, Denise ?

– Par lâcheté, par peur, sans doute… Tu ne connais pas mon père : il peut être terrible, tout le monde le craint. Je suppose que Thomas a pris ses menaces au sérieux : il a eu peur d'être arrêté et de voir son avenir compromis. Ou peut-être ne m'aimait-il pas tant que ça, après tout.

— Que s'est-il passé ensuite ?

— Au petit matin, je suis rentrée à l'internat, où on venait de constater ma disparition. Mais entre-temps Thomas avait prévenu mon père.

— Il n'a pas fait ça !

— Oh si, il l'a fait ! Il a préféré prendre les devants pour qu'on ne croie pas que c'était lui qui avait cherché à me revoir. Ça m'a fait comprendre que tout était fini. Et mon père, lui, a compris à ce moment-là que je représentais un danger pour notre famille et que je n'accepterais plus la vie qui avait été la mienne. Me laisser à l'internat était inenvisageable. Alors il s'est renseigné auprès de ses relations pour trouver un endroit plus strict d'où je ne pourrais pas m'enfuir... Et c'est comme ça que je suis arrivée ici. Je n'aurais jamais imaginé que mes parents puissent me faire enfermer dans un endroit pareil.

— On leur a peut-être menti sur ce qu'était vraiment Sainte-Marie.

— Oh non ! Ils savaient très bien ce qu'ils faisaient. S'ils ne m'ont même pas accompagnée, c'est qu'ils préféraient ne rien voir de ce lieu, pour ne pas être pris de remords.

— Tu leur en veux beaucoup, n'est-ce pas ?

Le visage de Denise devint dur comme de la pierre.

— Non. Ils m'ont ouvert les yeux sur Thomas et sur leur vraie nature. Mes parents m'ont toujours considérée comme une anomalie, une contrainte dans leur vie. Leur opinion n'a plus aucune espèce d'importance. Pour moi, ils n'existent plus. Je suis certaine d'une chose, Nina : je ne retournerai plus jamais chez moi. Plus jamais. Je préférerais mourir...

5

Le lendemain de notre visite à Sainte-Marie, Marianne et moi partons pour Genève en milieu d'après-midi. Elle a insisté pour m'accompagner et je n'ai rien fait pour l'en dissuader. Elle a dû pour cela annuler un cours. Je sens que mon combat est un peu devenu le sien, que l'aide qu'elle m'apporte n'est pas totalement désintéressée : Marianne a besoin de comprendre, mais elle cherche aussi à se libérer d'un poids familial, à racheter la naïveté d'un père qui prit part, quand bien même avec les meilleures intentions du monde, à un système oppressif et cruel.

Convaincre Élisabeth Jansen de nous rencontrer n'a pas été chose aisée. C'est moi qui l'ai appelée au numéro que l'ex de Marianne avait obtenu. Je l'ai immédiatement sentie hésitante au bout du fil, troublée ; sans doute la simple évocation du nom de sa sœur venait-elle de réveiller des fantômes dont elle ne voulait plus dans sa vie. Je suis resté vague sur mes intentions, mettant plutôt en avant le travail de recherche de Marianne. L'entretien a été bref et un peu tendu. « J'ai besoin de réfléchir », m'a-t-elle dit avant de me raccrocher au nez. Ce n'est que dans la soirée qu'elle m'a rappelé pour m'informer qu'elle était prête à me voir, dans un lieu public de préférence – et j'ai eu à ce moment l'impression que je représentais presque une menace pour elle. Elle m'a donné le nom d'un café dans le quartier des Eaux-Vives et une heure de rendez-vous. J'imagine que la présence de Marianne facilitera les choses, et je suis soulagé qu'elle soit à mes côtés.

– Vous croyez qu'elle sait quelque chose ? me demande-t-elle quand nous entrons dans Genève.

– Peut-être. C'est notre seule piste concrète, de toute façon...

Alors que, pour patienter jusqu'à l'heure de la rencontre, nous marchons près du Jardin anglais, avec vue sur la rade, je n'ai plus envie que d'une chose : me promener avec Marianne en ville et faire comme si toute cette histoire n'avait jamais existé. Le décor fait un peu carte postale mais ça n'est pas pour me déplaire. J'aimerais lui prendre la main, goûter durant quelques heures un bonheur simple, oublier ma famille, rayer Sainte-Marie de mon esprit – et, sans pouvoir m'en empêcher, je rougis à cette idée.

Nous arrivons un peu en avance au café. Un serveur nous renseigne : Élisabeth Jansen m'a dit qu'elle était une habituée des lieux. Elle est déjà là, attablée au fond de la salle devant une tasse de thé vide, ce qui me laisse supposer qu'elle attend depuis un bon moment. C'est une femme à peine plus jeune que ma mère, visiblement soucieuse de son apparence, élégante dans son tailleur bleu marine, que rehausse un foulard rose.

Les présentations sont un peu froides, mais elle semble rassurée par le couple que nous formons.

– Nous pouvons aller chez moi, dit-elle en se levant, j'habite juste à côté. Nous serons plus tranquilles.

Bien que l'endroit me semble particulièrement calme, ni Marianne ni moi n'osons la contrarier. Après deux minutes de marche, nous nous retrouvons devant un immeuble ancien et cossu. Nous montons au troisième étage. L'appartement, vaste, très confortable et décoré avec goût, doit valoir une fortune. Ce cadre ne colle pas vraiment avec l'origine sociale que nous supposions être celle de sa famille ; en effet, comme Marianne me l'a plusieurs fois répété, le phénomène de placement était étroitement lié à la pauvreté. Mais je me rends compte, juste après m'être fait cette remarque, que je raisonne en privilégié qui n'a jamais eu à se soucier d'ascension sociale – progressiste en apparence, mais terriblement conservateur sur le fond. Je perçois pourtant dans le regard de Marianne le même étonnement.

– Je ne vois pas bien comment je pourrais vous aider, nous dit Élisabeth Jansen en apportant un service à thé dans le salon. En quoi l'histoire de ma sœur vous intéresse-t-elle ?

Marianne prend la parole et explique avec clarté et concision les recherches qu'elle mène à l'université.

– J'ignorais que quelqu'un s'intéressait à ces établissements.

– Eh bien, jusqu'à récemment, personne ne s'y intéressait vraiment, mais les choses sont en train de changer.

Bien que ne voulant pas brusquer notre hôte, je ne tarde pas à entrer dans le cœur du sujet.

– Comment votre sœur s'est-elle retrouvée à Sainte-Marie ?

Élisabeth Jansen balaie l'air d'un petit geste de la main.

– Oh, c'est une longue histoire...

– Nous aimerions beaucoup l'entendre, si vous voulez bien la partager avec nous, dit Marianne d'un ton doux et posé.

– J'ignore depuis combien d'années je n'ai pas parlé de cette époque. Je ne sais même pas par où commencer...

– Votre enfance, peut-être, si je ne suis pas trop indiscrète.

– Je n'ai rien à cacher, vous savez. Nous vivions à Épalinges. Notre mère nous a pratiquement élevées toute seule, Nina et moi. Les premières années, notre père travaillait dans la construction et il était rarement à la maison. À ce qu'on m'a raconté, mes parents se disputaient tout le temps et ils ont divorcé quand j'avais tout juste un an. Nina, qui avait quatre ans de plus que moi, avait gardé quelques souvenirs de lui, et pas des plus heureux. Nous étions pauvres – pas les plus pauvres, mais pauvres quand même... Ma mère a travaillé un temps comme femme de ménage, puis elle a été employée dans une droguerie, où le travail était moins difficile mais ne payait pas mieux. Mon père aurait dû lui verser une pension ; or, nous n'en avons jamais vu la couleur, et ma mère n'avait ni l'argent ni la force pour entreprendre quelque procédure que ce soit. Je ne peux pas dire malgré tout que j'ai eu une enfance malheureuse. Celle de Nina l'a été beaucoup plus que la mienne.

– Pourquoi dites-vous cela ?

– Ma sœur était une fille sérieuse et appliquée, mais elle avait des difficultés d'apprentissage à l'école – je suppose qu'on dirait aujourd'hui qu'elle était dyslexique ou quelque chose dans ce genre. Pendant quelques années, elle a eu des instituteurs qui l'aimaient bien et qui l'ont fait beaucoup progresser. Mais tout s'est gâté vers la cinquième ou sixième année. Nina est tombée sur un enseignant qui la rabrouait sans cesse, la punissait au moindre retard, lui faisait subir des humiliations à cause de ses difficultés. Elle m'a raconté qu'un jour, exaspéré par ses erreurs, il l'avait fait monter sur l'estrade et avait déclaré devant la classe : « Mes chers enfants, voilà à quoi ressemble une imbécile-née. » Évidemment, tout le monde avait rigolé. Nina en avait énormément souffert. Elle est très vite devenue le souffre-douleur de l'école. Elle n'aimait pas traîner après les cours parce qu'on la harcelait. Au moindre problème, on l'accusait, alors qu'elle ne faisait jamais rien de mal. Mais elle ne se défendait pas. Nina était comme ça : trop gentille, trop manipulable…

Élisabeth Jansen s'est mise à triturer la fine chaîne en or qu'elle porte au cou. Plongée dans ses souvenirs, elle ne semble plus faire attention à nous. Nous la laissons prendre son temps, évitant de la relancer.

– Ma mère a tout fait pour qu'elle suive l'école secondaire, parce qu'elle voulait absolument que nous ayons de l'instruction et une meilleure vie qu'elle. Mais les difficultés de Nina sont devenues trop importantes et elle n'est pas allée au bout du cycle. La situation a dû être d'autant plus dure pour elle que je réussissais particulièrement bien à l'école, sans faire beaucoup d'efforts. Je m'en suis d'ailleurs toujours voulu : il est triste que tous les enfants ne naissent pas égaux, du moins sur ce plan-là. À cette époque, ma mère avait perdu son emploi. Elle a alors occupé différentes places quelques jours par semaine, toutes très mal payées. Comme elle n'arrivait plus à joindre les deux bouts, les services sociaux sont intervenus. Nina a dû être placée dans une famille d'accueil, où elle est restée quelques mois. Elle a ensuite fait un stage dans une boulangerie. Elle était logée dans la famille, mais les choses ont été horribles pour elle.

– C'est-à-dire ?

– Elle était traitée comme une esclave et subissait des violences physiques. Je crois qu'au bout d'un certain temps les voisins ont commencé à être au courant de ce qui se passait. La famille a pris peur et a accusé Nina de tout un tas de méfaits... C'étaient de purs mensonges évidemment. Si vous aviez connu ma sœur ! Mais c'était un moyen pour eux de se couvrir. Les services sociaux n'ont pas cherché à connaître la vérité. Ils ne voulaient pas faire de vagues et ont préféré nommer un tuteur pour qu'il s'occupe de Nina.

– Votre mère n'a rien fait ?

Je regrette aussitôt cette question, qui peut sembler accusatrice.

– Non.

Elle se tourne vers Marianne et la regarde en souriant.

– Ma mère devait avoir à peu près l'âge que vous avez, mais elle était déjà terriblement usée par la vie. C'est terrible à dire, mais je crois même qu'elle était soulagée de ne plus avoir à prendre de décisions pour sa fille aînée. Elle craignait trop de la voir revenir à la maison et de ne pas être capable de supporter des frais supplémentaires.

Elle fait une pause et balade son regard sur son salon, un peu étonnée, comme si elle le voyait pour la première fois.

– Au fond, je ne me suis jamais habituée à tout ce luxe… Et pourtant je détesterais redevenir pauvre. J'ai été mariée deux fois, et j'ai eu la chance chaque fois que mes époux soient des hommes fortunés. Il n'y a que ceux qui en ont toujours eu qui trouvent que l'argent n'est pas important dans la vie. Vous devez me trouver indécente, n'est-ce pas ?

– Non, répond Marianne, absolument pas.

– Bref, Nina a fini par être placée dans une ferme. Nous n'avions que quelques nouvelles du tuteur, qui nous disait que tout se passait bien, mais c'est ce qu'on nous avait déjà dit la fois précédente, alors… Nina y est restée deux mois avant que la famille ne veuille se séparer d'elle.

– Pour quelle raison ?

– Le tuteur ne nous l'a pas dit : les familles n'avaient pas à justifier leur choix. Il a simplement déclaré que Nina créait des problèmes partout où elle passait. Évidemment, si nous avions su la vérité à l'époque, les choses auraient été différentes.

– La « vérité » ?

Élisabeth Jansen hoche la tête, mais elle ne répond pourtant pas immédiatement à mon interrogation.

– Le tuteur lui a trouvé une place dans ce foyer de Lausanne, qui avait paraît-il très bonne réputation et qui était très demandé. Ma mère était naturellement ravie de ce choix. Elle préférait la savoir dans une institution plutôt que dans une famille, et elle espérait que Nina pourrait ainsi poursuivre des études et tout recommencer à zéro.

Marianne et moi échangeons un regard embarrassé qu'elle remarque aussitôt.

– Je sais, ma mère était bien naïve. Ou disons plutôt qu'elle préférait se voiler la face. Je n'ai pas su alors que Nina était enceinte.

Ma mère me l'a caché, pour ne pas me perturber ou peut-être parce qu'elle en avait honte. Ce n'est que plus tard que j'ai pu à peu près reconstituer le fil des événements. Ma mère n'avait aucunement l'intention de s'occuper de ce bébé : le directeur de Sainte-Marie lui a expliqué qu'il se chargerait de tout et qu'il serait adopté sans difficulté. C'était apparemment une pratique qui n'avait rien d'exceptionnel.

Je tapote mon genou avec fébrilité.

– Savez-vous qui était le père ?

– Non. Ma mère n'a jamais voulu me le dire – à supposer qu'elle l'ait su. Nina n'a pas pu tomber enceinte au foyer, les dates ne collent pas du tout. Tout s'est donc passé quand elle était encore à la ferme. À voir la rapidité avec laquelle cette famille s'est débarrassée d'elle, je pense que ma sœur a été abusée quand elle travaillait là-bas. Je n'ai absolument aucune preuve de ce que je dis, mais j'en suis quasiment persuadée.

Un silence s'ensuit. Elle boit lentement sa tasse de thé. Je la sens profondément ébranlée par les confessions qu'elle nous a faites. La conversation est devenue si délicate que je préfère laisser Marianne reprendre la parole.

– C'est effectivement une hypothèse crédible. Les enfants ou adolescents placés dans des familles ont souvent subi des violences sexuelles. Ils se retrouvaient soudain à l'échelon le plus bas de leur nouvel environnement : ils étaient donc des proies faciles, incapables de se défendre. Et s'ils se défendaient, ils risquaient des représailles ou étaient accusés de délits imaginaires – ce qui correspond bien à ce que vous nous avez dit de votre sœur.

– Je suis soulagée de ne pas être la seule à le croire. J'ai très peu parlé de cette période de ma vie, même à mon entourage. J'ai remarqué que l'on était toujours un peu suspicieux face au malheur des autres, or je ne voulais pas que l'on puisse croire que Nina était de quelque manière que ce soit responsable de ce qui lui était arrivé.

– Nous savons qu'elle n'était coupable de rien, madame. J'ai étudié suffisamment de cas comparables à celui de votre sœur pour en être persuadée... Êtes-vous déjà allée à Sainte-Marie, votre mère ou vous-même ?

– Ma mère n'y est allée qu'une seule fois, lorsqu'elle a appris que Nina était enceinte. Évidemment, je n'étais pas présente puisqu'elle voulait que je n'en sache rien. Ce dont je me souviens, c'est qu'elle est revenue bouleversée de sa visite. Plus tard, bien après la mort de Nina, ma mère m'a raconté qu'elles s'étaient disputées très violemment ce jour-là, parce qu'elles étaient en désaccord au sujet de cet enfant. Pour la première fois de sa vie, Nina semblait vraiment sûre d'elle. Elle était décidée à garder le bébé avec elle, coûte que coûte. De toute façon, elle n'aurait pas été libre de faire ce qu'elle voulait : ma mère avait déjà signé tout un tas de papiers pour l'adoption. Une telle situation paraîtrait folle aujourd'hui, mais je crois qu'à l'époque peu de gens en étaient choqués.

Élisabeth Jansen inspire profondément avant de poursuivre :

– Nina est morte en décembre 1967 au cours de son accouchement, je n'ai d'ailleurs jamais vraiment su de quoi. L'enfant, lui, a survécu. C'était une petite fille, qui a immédiatement été adoptée, comme cela était prévu depuis le départ. Comme vous pouvez l'imaginer, notre vie alors a basculé : ma mère se sentait profondément coupable d'avoir abandonné Nina à son sort dans ce foyer, et je ne me suis jamais vraiment remise de sa mort. J'étais encore très jeune. J'avais beaucoup d'affection pour ma sœur malgré notre éloignement. Il n'y a pas un jour où je ne pense pas à elle – non, pas un jour... Alors, quand vous m'avez appelée hier...

– Nous sommes désolés de vous faire revivre ces moments pénibles. Est-ce que par hasard Nina aurait parlé à votre mère d'un médecin qui travaillait à Sainte-Marie ?

– Un médecin ?

– Un homme qui s'appelle Grégory Dallenbach.

– Si elle l'a fait, je ne suis pas au courant. Ma mère n'est malheureusement plus là pour le dire, mais, si vous voulez mon avis, je ne crois pas qu'elle lui ait parlé de qui que ce soit. Je n'ai pas souvenir qu'elles aient échangé de lettres et leur seule rencontre a tourné autour de sa grossesse.

Je profite d'un nouveau silence pour sortir la photo. Ce qui n'était encore qu'une vague supposition en arrivant dans cet appartement est presque devenu pour moi une certitude.

– Il s'agit de votre sœur, n'est-ce pas ?

Elle plisse les yeux et reste sidérée.

– C'est elle, oui. Où avez-vous eu cette photo ?

– Nous l'avons trouvée dans des archives, répond Marianne. (Je suis soulagée qu'elle ait menti à ma place.) Mais nous n'étions pas sûrs que c'était elle. Reconnaîtriez-vous la jeune fille à ses côtés ?

Évidemment, nous nous attendons tous deux à une réponse négative, puisqu'elle n'a jamais mis les pieds à Sainte-Marie et qu'elle n'avait presque aucune nouvelle de sa sœur.

– Oui, je la reconnais.

– Vous la reconnaissez ? répète Marianne, interloquée.

Elle hoche vivement la tête et se lève de son fauteuil.

– Attendez-moi ici un instant...

Instinctivement, Marianne me prend la main, qu'elle serre fort dans la sienne. J'évite de la regarder. Nous sommes à la fois trop surpris et impatients pour nous dire quoi que ce soit. Élisabeth Jansen est de retour dans le salon au bout d'une minute à peine. Elle est allée chercher un livre : un vieil exemplaire relié en maroquin rouge.

– Après la mort de Nina, le foyer a remis à ma mère ses maigres affaires. Il n'y avait rien d'autre que ce qu'elle avait en arrivant, hormis cet ouvrage.

Elle nous le tend. Il s'agit d'un recueil intitulé *Au-delà*, écrit par une poétesse dont je n'ai jamais entendu le nom : Alice de

Chambrier. La page de garde est ornée d'une dédicace à l'encre noire – l'écriture est aussi fine que délicate.

Pour Nina,
Nous aurons vingt ans demain,
Je t'aime,
Denise

– J'ai gardé ce livre durant des années sans vraiment m'y intéresser. Et puis, un jour, sans trop savoir pourquoi, je l'ai lu et j'ai compris la dédicace.

Elle reprend l'exemplaire, en tourne quelques pages et le tend à Marianne. Celle-ci lit à voix haute le début du poème qu'elle lui désigne du doigt :

– « J'aurai vingt ans demain ! Faut-il pleurer ou rire, / Saluer l'avenir, regretter le passé, / Et tourner le feuillet du livre qu'il faut lire, / Qu'il intéresse ou non, qu'on l'aime ou soit lassé ? »

Je lève le regard vers Élisabeth Jansen.

– Quel rapport y a-t-il entre ce livre et la photo ?

– Eh bien, lorsque j'ai eu fini de le lire, j'ai découvert cette autre photo coincée dans les toutes dernières pages. Je l'ai laissée là où je l'avais trouvée.

Elle fait défiler les pages et tire du volume un petit tirage en noir et blanc, un portrait de face pour pièce d'identité ou passeport. Il s'agit de ma mère, plus jeune encore que sur le cliché pris au foyer. Elle doit avoir seize ans tout au plus. Ses cheveux sont tirés en chignon, ses yeux très clairs, presque diaphanes. Mon émotion est si intense que je n'arrive même pas à poser les questions qui me viennent à l'esprit.

– Je me suis souvent demandé qui cela pouvait être. J'ai supposé que c'était cette Denise, qui avait offert ce livre à ma sœur.

Nous n'avons jamais eu d'ouvrages aussi beaux à la maison. Nina a dû être très heureuse de recevoir ce cadeau...

J'éprouve le besoin de me rasseoir sur le canapé. Marianne relit la dédicace à voix haute, comme si elle cherchait quelque chose qui nous aurait échappé. Élisabeth Jansen fronce soudain les sourcils. Comme je ne vais pas tarder à le comprendre, elle vient de se rappeler notre échange de la veille.

– Est-ce que Denise est votre mère ?

– Oui, mais j'ignorais que c'était son prénom.

– J'ai un peu de mal à vous suivre... Votre mère ne s'appelle donc plus Denise ?

– Elle se fait appeler Nina, sans doute depuis son passage à Sainte-Marie. Nina Jansen, pour être exact...

Marianne prend le relais, car elle voit que je ne suis plus en état de continuer la conversation.

– Tout cela doit vous paraître étrange, mais Théo ignorait il y a encore quelques jours que sa mère avait séjourné dans ce foyer. Nous ne savons pas combien de temps elle y est restée. Nous supposons qu'elle a pris l'identité de votre sœur après l'avoir quitté, sans doute juste après sa mort.

– Pourquoi aurait-elle fait une telle chose ?

– Cette dédicace est un indice. Elles devaient être très proches l'une de l'autre et il paraît évident qu'elles se sont rencontrées à Sainte-Marie. Nous ne comprenions pas jusqu'à maintenant ce qui pouvait les relier. Tout laisse à penser que la mère de Théo est arrivée en France moins d'un an après le décès de votre sœur. Nous croyons qu'elle a pris son identité pour se construire une nouvelle vie ; Théo ignorait qu'elle était originaire de Suisse.

Élisabeth Jansen prend place à mes côtés et me sourit.

– Excusez-moi mais... votre mère est-elle toujours en vie ?

– Oui.

– Pourquoi alors ne pas l'interroger sur ce qui s'est passé, même si j'imagine que c'est délicat ?

Je la regarde droit dans les yeux. Peut-être est-ce une simple impression de ma part, mais je lui trouve soudain une terrible ressemblance avec sa sœur.

– Ma mère n'a plus dit un mot depuis bientôt une semaine. Et elle est en prison pour tentative d'homicide.

C'est du moins ce que je crois au moment où nous quittons Élisabeth Jansen. Mais, juste avant de récupérer ma voiture de location au parking, je reçois un appel de Guez.

– J'ai une mauvaise nouvelle, Théo. Une très mauvaise nouvelle... Grégory Dallenbach a succombé à ses blessures il y a deux heures. Il est mort.

Je m'arrête en pleine rue. Marianne continue de marcher devant moi. L'avocat n'a pas besoin d'en dire plus pour que je prenne la mesure de la situation. Le chef d'inculpation sera à coup sûr modifié. Plus de tentative d'homicide. À présent que Dallenbach est mort, ma mère va être poursuivie pour homicide volontaire, peut-être avec préméditation. Et elle risquera la prison à perpétuité.

6

Il n'y a presque plus personne dans le bar de l'hôtel. Ma vue est un peu trouble, car j'ai retiré mes lentilles dans ma chambre et oublié de prendre mes lunettes. Tout en boiseries sombres et en lustres baroques, cet endroit m'étouffe. Je regrette que nous ne soyons pas allés ailleurs, dans un pub ou un bar plus moderne. Je fais un signe discret au barman derrière le comptoir pour qu'il me resserve la même chose. Comme nous sommes assis loin dans la salle et que j'y vois mal, je ne suis pas certain qu'il m'ait remarqué.

Marianne, qui en est toujours à son premier verre, me jette un regard un peu réprobateur – Vous devriez arrêter, c'est déjà votre troisième... –, mais elle ne dit rien. J'espère qu'elle ne se doute pas que j'avais déjà commencé avant son arrivée.

– Soyons objectifs : nous avons avancé, Théo. Notre visite chez Élisabeth Jansen n'a pas été inutile. Nous avons à présent une vision un peu plus claire de ce qui a pu se passer. Et nous avons un prénom : Denise.

– Je n'imagine pas ma mère se prénommer comme ça.

– C'est bien elle pourtant, il n'y a plus guère de doute à ce sujet. Je vais reprendre toutes les archives de Sainte-Marie de A à Z pour essayer de retrouver son nom. Peu importe le temps que ça me prendra.

– Vous n'avez pas à faire ça. Vous n'avez pas à vous racheter.

– Me « racheter » ? C'est à cause de mon père que vous dites ça ? rétorque-t-elle d'un ton un peu brusque.

L'alcool m'est monté à la tête, je crois que j'ai déjà dépassé mon seuil de tolérance. J'ai peur d'avoir gâché quelque chose entre nous avec cette remarque stupide.

– Pardonnez-moi, Marianne, je suis maladroit. Ce n'est pas du tout ce que je voulais dire.

Elle ramène rapidement une mèche de cheveux derrière son oreille – un geste qui, je l'ai noté, indique chez elle une certaine nervosité.

– Je ne vous en veux pas. Je préfère même qu'on se parle honnêtement. Est-ce que je ferais tout ça si mon père n'avait pas été directeur de Sainte-Marie ? Peut-être pas, je n'en sais rien. Ce que je sais, c'est que l'aide que j'essaie de vous apporter va bien au-delà de mon travail. J'ai été touchée par votre histoire, Théo, par celle de votre famille, et je ne veux pas m'arrêter là... Ce qui est arrivé à Nina, à Denise, est arrivé à des milliers d'autres jeunes filles de leur âge. Je dois m'intéresser à elles, pas seulement pour les réhabiliter, mais pour qu'on ne les oublie pas. Alors je peux bien passer quelques heures à me farcir une nouvelle fois ces foutus dossiers si ça peut nous faire avancer...

Je lui souris. Sa réaction me rassure. Le barman vient déposer un nouveau verre sur la table. Finalement, il m'avait bien vu. Je choisis de ne pas y toucher pour l'instant.

– Marianne, je crois que Nina et ma mère étaient plus que « proches »...

– Pardon ?

– Il y a bien sûr ce portrait qu'elle lui a donné et cette dédicace très directe qu'elle a écrite : « Je t'aime. » Mais il y a surtout le fait que ma mère ait endossé le nom de Nina. Ça n'est pas anodin. Ce n'était pas juste une façon de changer d'identité pour elle.

Elle aurait pu prendre n'importe quel nom trouvé dans le bottin, après tout. Je crois que c'était un acte d'amour. Le dernier qu'elle ait pu accomplir pour elle. Ne me dites pas que cette idée ne vous a pas traversé l'esprit...

– Si, bien sûr, mais je n'osais pas vous en parler.

– Ça ne me gêne pas du tout, vous savez, et je crois même que ça expliquerait beaucoup de choses sur ma mère. Je ne pense pas qu'elle ait été beaucoup attirée par les hommes dans sa vie.

– Mais il y a eu votre père, Théo. Vous m'avez dit que leur amour était fusionnel...

– Oui, c'était un amour à part, assez exceptionnel, mais hormis mon père je ne lui ai jamais connu aucune relation, alors qu'elle était très jeune quand elle devenue veuve. Et si elle n'avait eu que deux vraies amours dans sa vie : deux amours authentiques qui valent bien toutes les autres histoires qu'elle aurait pu avoir ?

– C'est en tout cas beau à imaginer.

J'avale une gorgée d'alcool.

– Je me demande si nous ne faisons pas fausse route depuis le début.

– C'est-à-dire ?

– Supposons que ma mère se soit vengée de Dallenbach non pour ce qu'il lui aurait fait à elle, mais pour ce qu'il aurait fait à Nina ?

Je vois naître une lueur d'intérêt dans le regard de Marianne.

– Elle aurait vengé son amie ? À cause de violences qu'elle aurait subies de la part de ce médecin ?

– Pas nécessairement.

– Pourquoi, alors ?

– Dallenbach était forcément présent lors de l'accouchement : peut-être n'a-t-il pas fait tout ce qu'il aurait dû pour la sauver ; peut-être a-t-il commis une erreur médicale qui a coûté la vie à Nina. Quoi qu'il en soit, ma mère ne le lui a jamais pardonné. Toute sa vie elle a porté en elle comme un fardeau cette injustice, aggravée par la disparition de mon père. Le hasard a fait qu'elle a croisé Dallenbach des décennies plus tard dans cet hôtel en France. Elle n'a pas supporté ce choc, qui a fait remonter toute sa jeunesse en Suisse, son passage au foyer, la perte de Nina qu'elle aimait... Cette rencontre brutale a créé un traumatisme qui lui a fait perdre la raison et toute notion du bien ou du mal...

Marianne fait tourner son verre entre ses doigts. Elle réfléchit durant quelques secondes, et je vois de la contrariété passer sur son visage.

– C'est possible, en effet. Votre hypothèse tient la route. Mais si elle est juste, vous comprenez ce que cela signifie, Théo ?

Je hoche la tête, n'en ayant que trop conscience.

– Que ma mère a peut-être tué un innocent.

*

– À quelle heure est votre avion demain ?

– 11 heures, ou dans ces eaux-là.

J'ai raccompagné Marianne dehors, devant l'hôtel. Nous nous tenons sous l'auvent. Quelques gouttes s'écrasent sur le trottoir. Le ciel est très sombre, chargé de nuages. On ne voit aucune étoile.

– Vous êtes garée loin ?

– Non, juste en face.

Elle désigne son véhicule du doigt, mais je ne vois que des masses colorées de l'autre côté de la rue.

– Est-ce qu'ils vous laisseront facilement voir votre mère ?

– La question est plutôt de savoir si elle acceptera de me voir et de me parler.

– Bien sûr... Vous devez tout raconter à votre avocat, Théo. C'est important de ne plus attendre. Nous n'avons certes pas de preuves, mais nous avons une toile de fond qui pourra servir de circonstances atténuantes si elle est bien exploitée. L'histoire de Nina permet à elle seule de mettre au jour les humiliations et les violences qu'ont dû subir ces filles. Je ne vois pas comment une cour pourrait ne pas en tenir compte, quoi qu'ait fait ou n'ait pas fait ce médecin. Oh, j'allais oublier...

Marianne farfouille dans son sac à main et en extirpe une clé USB.

– Qu'est-ce que c'est ?

– Des documents que j'ai préparés pour vous hier soir : des présentations synthétiques des internements administratifs et du foyer Sainte-Marie. C'est clair, net et sans bavure. Ça pourrait être utile à votre avocat.

– Merci, Marianne, pour tout ce que vous avez fait. Je ne sais pas comment je vais continuer sans vous.

Elle place la clé dans ma main. Ses doigts s'y attardent. Elle me jette un regard fugace, s'approche de moi et me dépose un baiser sur les lèvres. Je sens le goût du cocktail aux fruits qu'elle a pris au bar. Je regrette d'avoir bu autant, je dois puer l'alcool. J'aime pourtant follement le baiser qu'elle me donne. Je voudrais le lui rendre mais quelque chose me bloque et me laisse sans réaction. Je ne comprends pas ce qui m'arrive. C'est la première fois que je reste à ce point tétanisé devant une femme.

Elle s'écarte de moi, refait ce geste machinal avec ses cheveux. J'ai l'impression en une seconde que le charme s'est rompu.

– Je suis désolée, le moment est très mal choisi, dit-elle, sans pour autant avoir l'air d'être désolée.

– Non, pas du tout.

Je cherche une chose intelligente à dire, qui pourrait nous faire revenir quinze petites secondes en arrière, mais je ne trouve rien d'autre dans mon esprit embrumé que :

– Je crois que j'ai trop bu.

Elle s'écarte encore un peu plus, regarde la pluie qui s'est intensifiée.

– Tu traverses une période difficile, Théo. Je comprends tout à fait.

– Marianne...

Ma protestation n'y change rien. Elle secoue la tête en souriant.

– Tu m'appelleras pour me tenir au courant ?

Malgré le passage au tutoiement, je déteste l'expression qu'elle vient d'utiliser. J'ai l'impression que nous sommes soudain devenus des collègues de bureau qui parlent d'un dossier en cours.

– Bien sûr que je t'appellerai.

– J'espère que Denise acceptera de te parler. J'espère aussi que je pourrai la rencontrer un jour. On ne sait jamais...

– Je l'espère aussi.

– Bonne chance, Théo.

Elle s'éloigne de moi et traverse la route pour rejoindre sa voiture. Sa silhouette devient floue sous la pluie. Je plisse les yeux, mais ma myopie m'empêche désormais de la distinguer clairement. Je serre la clé USB dans mon poing, comme si ce petit bout de plastique était la seule chose qui me restait de Marianne. Un sentiment de gâchis m'envahit. J'ai beau fouiller dans ma mémoire, je n'arrive pas à me souvenir de la dernière bonne décision que j'ai prise dans ma vie.

*

Cette nuit-là, dans ma chambre d'hôtel, je fais un rêve étrange. Un escalier rouge gigantesque se trouve devant moi. J'ai conscience, de manière confuse, qu'il s'agit de celui des dessins de Camille. Je commence à en gravir les marches, qui paraissent interminables. Les contremarches sont hautes et je suis à la peine. Au bout d'un moment, je m'aperçois que mon frère est à mes côtés et qu'il me tient la main. J'aurais du mal à lui donner un âge précis, mais sans doute n'est-il encore qu'un enfant. Tout comme moi. « Continuons, dit-il, nous sommes bientôt arrivés. »

Nous finissons par déboucher dans un couloir très obscur. Je distingue vaguement aux murs des têtes d'animaux empaillées, dont les yeux nous suivent au fur et à mesure que nous avançons. J'ai peur. Camille serre ma main très fort, et je sens des tremblements dans la sienne. Le couloir est tout aussi interminable que l'escalier. J'entends par intermittence des bruits étranges – craquements de bois, murmures et chuchotements. Je sens la présence de personnes autour de nous, sans pouvoir les voir. Nous continuons de marcher sans but, poussés par une force invisible, incapables de faire demi-tour.

Soudain, une lumière nous surprend. Il me faut quelque secondes pour comprendre que je me trouve dans un immense dortoir. Une multitude de lits sont disposés en enfilade, sur trois rangées distinctes. Les hautes fenêtres à barreaux diffusent une clarté onirique autour de moi. Je prends alors conscience que Camille a disparu. Je tourne la tête dans tous les sens : je suis désespérément seul. Pas tout à fait, pourtant, car j'aperçois au fond du dortoir une silhouette sur un lit : c'est une jeune fille, frêle, en chemise de nuit, qui me tourne le dos. Je l'entends sangloter. Sans avoir d'efforts à fournir, je glisse sur le sol à toute vitesse. Je suis encore plus terrifié que je ne l'étais dans le couloir. Quand je ne suis plus qu'à quelques centimètres d'elle, l'inconnue se retourne brusquement. Je découvre qu'il s'agit de ma mère – non celle que je connais, mais la jeune fille de la photo. Au détail près que son visage est flou, ses traits dilués, comme barbouillés. Une horrible panique s'empare de moi. « Ah, tu m'as retrouvé ! dit-elle. Comment est-ce que tu as pu me laisser ici si longtemps, Théo ? Tu n'as jamais été un bon fils pour moi… » Elle m'agrippe alors violemment par le bras et me tire vers le lit, qui s'ouvre sous mon corps comme un puits sans fond. Je tombe. J'essaie de hurler, mais aucun son ne sort de ma bouche.

C'est à ce moment-là que je me réveille en sursaut. Mon front est brûlant, mon T-shirt et les draps trempés de sueur. Et les paroles de ma mère ne cessent de résonner à mes oreilles.

7

La cordonnerie était une pièce minuscule, qui ne possédait qu'un oculus couvert d'une couche de poussière si épaisse que la lumière avait le plus grand mal à le traverser. Assise sur un banc, penchée en avant dans un terne rayon, Denise cirait les souliers noirs des pensionnaires. Le décrottoir, la brosse, le cirage, le chiffon... La plupart des filles détestaient cette corvée synonyme d'ennui, mais Denise se portait toujours volontaire pour cette tâche mécanique qui l'abrutissait et lui évitait de trop réfléchir. Elle aimait aussi être seule, au calme, fût-ce dans un endroit aussi étroit et déprimant. Cette fois pourtant, elle ne parvenait pas à faire le vide dans sa tête. Trop de pensées se bousculaient en elle.

Depuis une semaine, Nina était alitée et son état l'inquiétait. Son teint était en permanence blême, ses joues creusées, sa démarche affreusement paresseuse ; sans son ventre, il eût été impossible de la croire enceinte. Les journées harassantes avaient eu raison d'elle. Le rythme que la surveillante en chef continuait de lui imposer malgré son état défiait l'entendement. Denise n'avait pas manqué de prendre sa défense et de se plaindre auprès de Mlle Koch, mais celle-ci l'avait rabrouée d'un rire moqueur en accusant Nina de faire des simagrées pour échapper au labeur collectif. Chaque fois, Nina tentait de la calmer : « Ne fais pas d'esclandre, ça ira. Tu ne voudrais pas que nous soyons séparées si près du but... »

Trois mois. Voilà trois mois que Denise était enfermée à Sainte-Marie, mais il lui semblait que chaque journée s'était écoulée au ralenti, dans une affreuse monotonie qui lui avait donné le dégoût d'elle-même. Car, moins que le travail et les vexations, c'était bien cette grisaille qui la consumait à petit feu et lui rendait le cœur sec. Oui, tout était gris ici dans la série des jours qui se succédaient : de la lumière de la cordonnerie aux repas silencieux du réfectoire, des leçons d'économie domestique aux conversations résignées des pensionnaires obéissantes. Denise essayait de ne plus songer à sa vie d'avant, à Thomas surtout. Le mal qu'il lui avait fait était toujours en elle, mais sa douleur s'était muée en une rage froide, une volonté de revanche sur les autres et sur la vie.

Au milieu du mois d'octobre, le foyer avait reçu la visite des services de l'État. Si peu d'informations avaient filtré à ce sujet, Mlle Koch et le directeur avaient néanmoins fait la morale aux jeunes filles pendant une semaine. Elles devaient se montrer irréprochables, donner une bonne image de Sainte-Marie, répondre aux questions qu'on serait susceptible de leur poser en mettant en avant l'éducation de qualité que leur offrait l'institution. Interdiction était faite de se plaindre de quoi que ce soit, sous peine de sévères sanctions. Le jour venu, les pensionnaires furent comme par magie exemptées de tâches ménagères et eurent même l'autorisation de s'amuser longuement dans le parc. Le déjeuner fut copieux et varié. Personne ne leur posa la moindre question. Durant la visite, brève et superficielle, les agents de l'État se contentèrent d'inspecter les locaux et de discuter avec les employés, non sans une certaine bonne humeur. Ils étaient accompagnés d'un photographe qui immortalisa les pensionnaires, par groupes de deux ou trois, dans divers endroits du foyer. Mlle Koch, aux aguets, courait après chaque groupe pour intimer aux filles de se tenir bien droites et, surtout, de sourire à l'objectif. On leur promit qu'elles obtiendraient chacune un tirage de cette séance photographique, promesse restée sans suite.

Toutes les deux semaines environ, Denise recevait une lettre de sa mère. Celle-ci lui répétait que son père et elle n'avaient agi que pour son bien, que ce qui était à ses yeux une punition ou une injustice finirait avec le temps par lui apparaître comme juste et nécessaire. Mais, en somme, il était bien peu question du foyer ou de sa fille dans ces lettres. Sa mère se plaignait de ses migraines, de sa lassitude, de l'absence de son mari, du manque de sens de son existence – un égotisme plaintif ressassé à longueur de phrases, que Denise ne considérait qu'avec indifférence et mépris. Elle ne répondit jamais à ces courriers – sauf une fois pour lui demander de lui expédier quelques livres, qui à sa grande surprise lui furent remis sans encombre –, mais son silence buté ne provoqua chez sa mère ni inquiétude ni désir de venir la visiter.

Sortir de Sainte-Marie n'était pas en soi un problème insurmontable ; savoir ce qu'elle ferait une fois dehors en était un, surtout au vu de l'état déplorable dans lequel se trouvait Nina. Au fil des semaines, elle avait réussi à se rapprocher du jeune livreur, Markus. Des regards et des sourires, quelques paroles discrètement échangées avaient suffi à créer entre eux une connivence dont elle comptait bien se servir. Nina, trop naïve, en avait été folle de jalousie. Un jour, après lui avoir laissé un mot sur le siège de sa camionnette, Denise put lui parler plus longuement à travers les grilles du parc. Markus était fébrile : il essayait de dissimuler son anxiété derrière une assurance mal dégrossie. À présent qu'ils étaient seuls, il paraissait profondément impressionné par Denise, dont il avait perçu, derrière le triste et modeste uniforme de pensionnaire, la vraie condition sociale. Elle chercha à l'attendrir par des paroles de jeune fille enamourée qu'elle avait retenues de romans à l'eau de rose. Les mots sortaient de sa bouche sans aucun effort, avec un naturel déconcertant. Dénué de manières et de vocabulaire, Markus restait silencieux et la regardait, conquis. Elle lui prit la main à travers les barreaux, lui raconta l'enfer qu'était Sainte-Marie, lui parla de son projet de fuite, en évitant néanmoins d'évoquer Nina pour ne pas le refroidir. Elle avait besoin de son aide ; il pouvait lui permettre de s'éloigner du foyer sans se compromettre. Il lui serait facile, à elle, de s'éclipser un soir à la nuit tombée et d'escalader la grille pour le rejoindre. Markus se laissa convaincre sans grande difficulté, mais elle prit peur quand, emporté par l'euphorie, il lui proposa de passer à l'action le soir même. Elle se sentit soudain prise de court, désarçonnée, balbutia qu'elle ne voulait pas hâter les choses, qu'elle avait auparavant des affaires à régler. Elle le quitta précipitamment.

En raison de la méfiance des surveillantes, ils durent patienter trois semaines avant de pouvoir se parler à nouveau. Cette fois, après quelques cajoleries, Denise décida de jouer cartes sur table et de lui avouer qu'elle ne s'en irait pas sans son amie, qui était enceinte et trop faible pour partir dans l'immédiat. Comme elle s'y attendait, Markus s'affola. L'affaire devenait trop risquée et aléatoire : il pouvait perdre son emploi s'il était pris, ou même se retrouver en prison. Denise savait que Markus était la clé de sa fuite et qu'elle ne pouvait pas se permettre de tout gâcher. Elle savait aussi ce que le jeune homme recherchait vraiment derrière ses manières un peu ballottes. Préparée à son refus, alors qu'il continuait de la persuader de partir seule, elle le regarda droit dans les yeux et déclara avec provocation :

– Si tu nous aides, je m'offrirai à toi dès que j'aurai franchi ces grilles. Tu pourras faire de moi ce que tu voudras.

Markus en eut le souffle coupé. Il ouvrit la bouche comme s'il s'apprêtait à protester pour dissiper un malentendu, mais, voyant dans le regard imperturbable de Denise qu'il était démasqué et craignant peut-être qu'elle ne revienne sur sa proposition, il se contenta de hocher la tête.

*

Denise abhorrait par-dessus tout le nettoyage des sols. Une corvée éreintante et fastidieuse qui obligeait les filles à rester des heures accroupies en manipulant des produits caustiques. Par souci d'économie, on utilisait pour les carrelages un mélange d'eau chaude et de soude, qu'on allait chercher dans de grands bidons à la cave. Aux nouvelles, Mlle Koch ne cessait de rappeler qu'elles ne devaient jamais toucher la mixture sans gants, malgré quoi nombre de filles s'étaient déjà brûlées et gardaient des marques indélébiles sur la peau. Elles sortaient toujours de ces séances les genoux écorchés, les bras ankylosés, les mains flétries et abîmées.

Il faisait beau le jour de l'accident. On avait ouvert les portes et les fenêtres en grand. Une brise fraîche et parfumée pénétrait dans le hall du foyer. À quatre pattes, le front trempé de sueur, les pensionnaires récuraient le sol en cadence. Le bruit régulier des brosses de chiendent ne devait jamais s'interrompre, la surveillante en chef y veillait. Au bout de trois ou quatre allers-retours, Denise levait la tête vers la porte d'entrée, respirait la douce brise, les paupières fermées, se promettant qu'une fois partie d'ici elle n'accomplirait plus aucune tâche domestique. Elle ne serait jamais l'une de ces parfaites femmes au foyer, disciplinées, soumises au bon vouloir de leur époux, qui rêvaient leur vie au lieu de la vivre. Le temps n'était plus aux atermoiements. Elle avait retourné mille fois le problème dans sa tête. Markus était prêt et n'attendait que son signal pour agir : sa proposition avait mis le jeune homme à sa merci. Dès que Nina aurait retrouvé quelques forces, fussent-elles minimes, elles devaient s'enfuir. Attendre plus longtemps, c'était prendre le risque qu'elle ne soit définitivement alitée jusqu'à l'accouchement. Or

Denise savait bien qu'elles seraient incapables d'emmener l'enfant avec eux, et que Nina n'accepterait jamais de l'abandonner.

Elle était encore perdue dans ses pensées quand un cri strident retentit derrière elle : « Attention ! » Denise tourna la tête en sursautant. En reculant dans un geste brusque, l'une des filles venait de heurter un seau d'eau bouillante et de soude. Par réflexe, Denise s'écarta mais ne fut pas assez rapide pour éviter que le contenu ne se déverse sur elle. Par miracle, le produit n'atteignit pas son visage.

Elle hurla. Une brûlure atroce lui parcourut le bras et la poitrine. Ses yeux s'embuèrent de douleur. Elle avait l'impression que sa peau était en train de prendre feu. Les autres filles crièrent à sa suite. On l'entoura, sans oser pourtant s'approcher trop près d'elle. Étourdie de douleur, Denise essaya de se relever. Tendant son bras droit en l'air, elle aperçut à travers les larmes la peau cloquée, cramoisie, à laquelle l'étoffe de son vêtement désagrégée était collée. Elle fit quelques pas chancelants dans le hall, tandis que les filles continuaient de crier.

Mlle Koch accourut. D'abord pétrifiée devant la scène, elle poussa plusieurs « Mon Dieu ! » affolés avant de se ressaisir et d'ordonner aux filles de l'aider. On transporta Denise en catastrophe dans le bureau du médecin, car elle n'était plus capable de marcher, et on l'allongea avec précaution sur la table d'examen. La pièce fut bientôt pleine : les filles se tenaient derrière Mlle Koch, désormais silencieuses et terrifiées.

– Il faut la conduire à l'hôpital ! osa l'une d'elles.

– Taisez-vous ! répliqua la surveillante en chef, qui essayait tant bien que mal de garder bonne figure. Le docteur sait ce qu'il doit faire…

Insensible à la panique ambiante, le visage fermé, les gestes assurés, l'homme prit deux flacons, une seringue et de la gaze dans l'armoire à pharmacie, puis demanda à Mlle Koch de l'assister.

– Je vais devoir lui administrer un antalgique par intraveineuse. Sortez toutes, à présent ! Je ne veux pas de scènes d'hystérie dans mon bureau ! ajouta-t-il à l'adresse des pensionnaires.

Sans protester, elles sortirent en file indienne. Mlle Koch les poussa par l'épaule pour accélérer le mouvement avant de fermer la porte derrière elle.

Le médecin s'approcha de Denise qui gémissait en se tortillant sur la table d'examen. Les paupières mi-closes, tordue par le feu qui dévorait son corps, elle n'entendit que confusément les paroles du médecin :

– Je vais vous faire une injection, essayez de ne pas bouger.

C'est à peine si elle sentit le coton frotté sur l'intérieur de son bras puis la piqûre. Presque aussitôt, même si la douleur ne se calma pas, ses membres se relâchèrent et s'engourdirent.

– Ses blessures ont l'air très sérieuses, fit Mlle Koch d'une voix bouleversée. Êtes-vous vraiment certain que… ?

– Que quoi ? répondit le médecin avec agacement.

– Qu'il ne faudrait pas appeler une ambulance ?

– On ne lui fera rien à l'hôpital que je ne puisse lui faire ici. Vous voulez m'apprendre mon métier, mademoiselle ?

– Non, docteur. Je vous prie de m'excuser.

Déjà, Denise n'était plus capable de suivre leur conversation. À mesure que le produit se diluait dans ses veines, un grand voile noir se mit à couvrir ses yeux.

Elle se réveilla groggy, le bras et la moitié de la poitrine entourés d'épais bandages qui lui donnaient des allures de momie. Elle ne portait que sa culotte blanche, mais un drap la recouvrait jusqu'au nombril. Si elle était un peu moins vive, la douleur semblait s'être définitivement installée dans son corps, emprisonnée sous les pores de sa peau. Une chaleur désagréable l'irradiait de l'intérieur. Le sang battait puissamment à ses tempes. Elle essaya de se redresser ; une grimace déforma son visage lorsqu'elle prit appui sur son bras. Le bureau était vide, la porte entrouverte. Saisie d'un léger étourdissement, elle reprit sa position initiale sur la table d'examen et respira profondément, en essayant d'oublier la douleur.

Au bout de quelques minutes, le médecin fut de retour dans la pièce.

– Vous êtes réveillée ? demanda-t-il pour la forme.

Elle posa les yeux sur ses bandages et remonta sur son corps le drap qui était tombé.

– J'ai mal…

– Je sais, et vous risquez d'avoir mal pendant pas mal de temps. Ce n'était pas beau à voir : vous vous êtes vraiment amochée.

À l'exception du jour de son arrivée et de la visite mensuelle obligatoire, Denise n'avait eu que peu affaire à cet homme. Il était aussi froid qu'impénétrable, aussi discret qu'incommodant. Chaque fois qu'elle était en sa présence, elle se sentait mal à l'aise. Pas rabrouée ou humiliée comme avec le directeur, mais mal à l'aise – et cette gêne était d'autant plus désagréable qu'elle n'arrivait pas à en déceler la cause.

– Je vais vous prescrire des antalgiques, mais vous devrez parfaitement respecter la posologie. On devient vite dépendant à ce genre de choses. Vous ne devez plus faire aucun effort dans les jours qui viennent. C'est compris ?

– Oui.

– Je changerai vos bandages tous les jours. Nous verrons demain comment les choses évoluent.

Il se tut un instant, la regarda avec insistance, puis ajouta :

– Mlle Koch va vous apporter de nouveaux habits.

*

Elle fut donc alitée aux côtés de Nina. Se retrouver dans le grand dortoir vide en plein milieu de la journée lui procura une sensation étrange : le lieu, débarrassé de ses ombres nocturnes et des respirations pénibles des autres filles, lui parut presque agréable.

– Tu as mal ? lui demanda Nina.

– C'est supportable, lui fit-elle croire, alors que les brûlures la lancinaient sans répit.

– Je suis désolée.

– Désolée de quoi ?

– De ne pas avoir été là...

– Ne dis pas de bêtises ! Tu n'aurais rien pu faire.

– Comment peuvent-ils nous laisser utiliser des produits aussi dangereux ? Ils nous traitent comme des chiens...

Denise baissa la voix, quoique personne ne pût les entendre :

– Je sais, et c'est pour cela que nous devons nous montrer prêtes à partir bientôt. J'ai parlé à Markus : il est d'accord pour nous aider à nous éloigner d'ici.

– Tu en es vraiment sûre ?

– Oui, j'ai fait le nécessaire.

Nina leva les sourcils.

– Qu'est-ce que ça signifie au juste ? Que lui as-tu promis en échange ?

– Rien dont je ne me sente pas capable.

N'ayant que trop compris, Nina détourna la tête.

– Tu devrais partir sans moi.

– Qu'est-ce que tu racontes ?

– Regarde dans quel état je suis ! Je n'aurai pas fait dix pas que je m'effondrerai...

– Tu dis ça aujourd'hui, mais tu vas reprendre des forces, j'en suis sûre. Je t'ai fait une promesse, Nina, et je ne reviendrai pas dessus.

– Pourquoi es-tu si bonne avec moi ?

– Je ne suis pas bonne. Je suis même quelqu'un de mauvais et d'égoïste...

– Comment peux-tu dire une chose pareille ?

– Parce que c'est la vérité. On peut être victime des autres sans être soi-même quelqu'un de bien.

Elles levèrent en même temps les yeux vers les fenêtres. Un nuage venait de se déchirer. Au milieu du dortoir, le soleil traça un rayon jaune, dans lequel dansaient des grains de poussière.

– Nous ne nous quitterons pas ? demanda Nina sans quitter la lumière du regard.

– Non, nous ne nous quitterons pas.

*

Le lendemain, les bandages avaient pris une teinte brunâtre inquiétante. Denise continuait de souffrir le martyre. Le médecin ne lui avait donné qu'un seul cachet, qu'elle avait avalé le soir mais dont l'effet s'était rapidement dissipé. Elle avait passé une nuit affreuse à se tortiller dans son lit, les dents serrées.

À la vue des bandages, Mlle Koch eut du mal à cacher son affolement. Elle souleva légèrement la bande textile, qui laissa entrevoir un morceau de peau cloquée et boursouflée.

– C'est bien, se contenta-t-elle de dire dans une grimace.

Et, pour la première fois, Denise crut déceler dans son regard un semblant de compassion.

Le docteur avait eu un empêchement et ne serait au foyer qu'en fin de matinée. Denise dut donc patienter en souffrance dans le dortoir en compagnie de Nina, où elles reçurent la visite du directeur.

C'est à l'heure où les filles prenaient leur repas dans le réfectoire que le médecin arriva. Tandis qu'elle se déshabillait dans son bureau, elle l'entendit échanger quelques paroles avec la surveillante dans le couloir : « Ça ira. Et je ne veux pas être dérangé… » ; puis il la rejoignit et verrouilla la porte. Comme la veille, il prit le nécessaire dans l'armoire à pharmacie, sans se presser. Quand il se retourna, Denise eut un geste de recul en voyant la seringue. Elle agrippa les bords de la table d'examen.

– Je vais avoir du mal à retirer les bandages, ça risque d'être très douloureux : je dois vous administrer cet antalgique, je n'ai pas le choix.

Denise se tendit un peu plus quand l'homme s'approcha d'elle. Il posa ce qu'il avait en main sur un plateau en acier, puis commença à dérouler la bande qui collait à son bras. Ce geste arracha à la jeune fille un terrible cri de douleur : elle avait l'impression que le bandage lui écorchait chaque centimètre carré de peau.

– Arrêtez ! cria-t-elle, alors qu'il n'avait effectué que deux tours.

– Vous voyez, je vous l'avais bien dit. Je n'y arriverai pas si vous n'y mettez pas un peu du vôtre.

Tandis qu'il lui faisait la piqûre, elle ferma les yeux et essaya de ne plus penser à rien, mais ce rien était déjà trop pour son esprit fatigué. Le produit fit effet encore plus rapidement que la veille. Ses jambes, ses bras devenaient cotonneux ; elle glissait. Puis en quelques secondes elle se sentit sombrer dans un engourdissement profond. Elle voulut lutter – ce produit était censé lui éviter la douleur, pas l'assommer… Elle rouvrit les yeux, mais sa vision était devenue toute trouble. C'est à peine si elle distinguait le médecin assis sur son tabouret.

– Je… je ne comprends pas ce qui…

– Laissez-vous aller. Tout va bien se passer.

Elle continua de glisser dans un état d'inconscience. Ensuite, les ténèbres la recouvrirent.

8

– Que se passe-t-il, Denise ?

Les yeux fixés au plafond, la jeune fille demeurait inerte sur son lit depuis un bon quart d'heure, sans prononcer une parole.

– Rien. Je suis fatiguée, voilà tout.

Nina rajusta péniblement les deux coussins derrière son dos et se pencha sur le côté.

– Je vois bien que ça ne va pas. Tu t'inquiètes au sujet de notre projet ? Tu penses qu'on ne pourra jamais partir d'ici, n'est-ce pas ?

– Non. Ne te préoccupe pas de ça, tout va bien se passer.

Sans même s'en rendre compte, elle venait d'employer l'expression utilisée par le docteur Dallenbach juste avant qu'elle sombre. Denise serra la mâchoire. Elle mourait d'envie de se confier à Nina, la seule personne sur cette terre en qui elle eût confiance, mais elle refusait de l'inquiéter étant donné son état.

Quand elle s'était réveillée dans le bureau, le médecin était en train de discuter avec Mlle Koch et de remplir quelques papiers. Elle ne savait pas vraiment combien de temps elle était restée inconsciente. Elle était flapie et nauséeuse, mais elle sentait que quelque chose d'autre n'allait pas. Ce ne fut d'abord qu'un vague ressenti, qui aurait tout aussi bien pu disparaître à mesure qu'elle retrouvait ses esprits. À la douleur de ses blessures s'en ajoutait une autre, située dans son bas-ventre. Une sorte de pudeur incompréhensible la saisit. Elle n'eut cependant guère le temps de s'en préoccuper, car Mlle Koch s'était approchée du lit et la pressait de questions.

Elle était ensuite restée un long moment aux toilettes, les jambes écartées, à observer son intimité. La douleur avait disparu pour faire place à une démangeaison. Elle avait décelé une légère irritation, qu'elle aurait en d'autres circonstances à peine remarquée. Elle savait pourtant, au plus profond de son être, que Dallenbach lui avait fait quelque chose alors qu'elle était endormie, mais elle était incapable de le prouver. Alors, assise sur la cuvette, elle s'était mise à pleurer.

Le lendemain, à son grand soulagement, Dallenbach ne jugea pas nécessaire de changer les bandages, sans lui en expliquer la raison. Cette fois, la porte du bureau resta ouverte. Elle lui demanda des cachets contre la douleur, mais il refusa de lui en donner, arguant qu'une prise trop fréquente d'antalgiques en réduisait les effets.

– J'ai trop mal, j'en ai vraiment besoin.

– Vous en aurez demain.

– Non, je ne tiendrai pas jusque-là.

– Vous voudriez en plus devenir une droguée ? dit-il en haussant les épaules.

Denise passa une nuit abominable.

La scène tant redoutée devait se reproduire le jour suivant. Après avoir fermé la porte à clé, Dallenbach prit seringue et flacon dans l'armoire.

– Je ne veux pas de piqûre cette fois.

– Je croyais que la douleur était insoutenable…

– Je veux rester consciente.

– Vous le resterez, dit-il d'un ton détaché. J'ai effectué un mauvais dosage la dernière fois.

Un silence tomba dans le bureau. Denise sentit monter les larmes, qu'elle parvint difficilement à ravaler.

– Je sais ce que vous m'avez fait.

– De quoi est-ce que vous parlez ?

– Quand j'étais endormie, avant-hier… Je sais ce que vous m'avez fait.

Dallenbach n'afficha aucune surprise particulière. C'est à peine si un nuage de contrariété passa sur son visage.

– Seriez-vous en train de m'accuser de quelque chose ? De quelque chose de grave ?

Affreusement mal à l'aise, Denise ne répliqua rien.

– Répondez, je vous prie !

– Je ne dis que la vérité.

Il eut un petit ricanement.

– Qu'est-ce que la « vérité » pour une fille comme vous ? Vous avez dix-sept ans et vous croyez la détenir ? Savez-vous réellement où vous vous trouvez ? Vous n'êtes pas dans une colonie de vacances, mademoiselle, ni dans l'un de ces internats huppés auxquels vous avez été habituée. Vous avez été internée dans une maison d'éducation, pour avoir participé à la corruption de notre société. À vous voir toutes dans votre petit uniforme, on vous donnerait le bon Dieu sans confession… Mais si je me mettais à lire par le menu vos dossiers, vous verriez qu'il n'y a ici que des délinquantes, des filles de mauvaise vie, des petites dévergondées… (Ses traits furent déformés par un rictus répugnant.) La lie de notre pays !

Denise demeura ébaubie un instant, avant qu'il poursuive sa charge :

– Vous vous êtes enfuie avec un garçon, n'est-ce pas ? Un garçon beaucoup plus âgé, qui a abusé de vous à plusieurs reprises.

– Non, il n'a jamais fait une chose pareille !

– Vous étiez donc consentante ! Avez-vous conscience que c'est encore pire ? Et vous voudriez nous faire croire que vous êtes des

233

victimes de la société... Vous êtes toutes habitées par le vice, la voilà la vérité.

Contre toute attente, le médecin se calma soudain. Il passa lentement une main sur son menton, puis secoua la tête.

– Si vous portez des accusations à mon encontre, je vais devoir en référer immédiatement au directeur, qui alertera sa hiérarchie. Une enquête sera ouverte, administrative et judiciaire. La police viendra ici pour interroger tout le monde. Le personnel me soutiendra unanimement : je suis très apprécié à Sainte-Marie et j'ai d'excellents états de service. Une fois saisie, la justice s'intéressera à votre ancien petit ami, qui, étonnamment, n'a fait l'objet d'aucune enquête pour détournement de mineure et enlèvement. En vous plaçant ici, vos parents ont signé une décharge, ce qui signifie que, en vertu de la loi vaudoise de 1941, c'est la commission cantonale qui décidera de votre avenir : elle ordonnera sans doute une évaluation psychologique et vous placera dans un autre établissement plus adapté.

La gorge nouée, Denise déglutit péniblement. Le bruit de sa salive envahit ses oreilles. Elle se recroquevilla sur la table d'examen, aurait voulu disparaître. Elle songea immédiatement à cette fille dont lui avait parlé Nina, qui avait été envoyée dans un établissement pénitentiaire après s'être rebellée contre la surveillante en chef et qu'on n'avait jamais revue.

– Vous êtes proche de Nina Jansen, n'est-ce pas ? Je vous ai souvent vues traîner ensemble. Son histoire n'est pas si éloignée de la vôtre en fin de compte – vous avez seulement été plus maligne qu'elle en évitant de vous faire engrosser. Ne dit-on pas : « Qui se ressemble s'assemble » ? À bien y réfléchir, vous avez même l'air *très* proches l'une de l'autre : des esprits malintentionnés pourraient imaginer des choses inconvenantes à votre sujet. Le saphisme est devenu la plaie de nos établissements... Je suppose que vous n'aimeriez pas être séparée d'elle...

Denise baissa les yeux. Un nouveau silence retomba dans le bureau. Un flot de pensées déferla dans son cerveau. Quelques jours seulement, quelques semaines tout au plus, et elle serait libre. La moindre vague qu'elle provoquerait réduirait à néant tous ses projets. Elle ne pourrait jamais lutter contre cet homme, contre le foyer, contre cette commission dont elle n'avait même jamais entendu parler.

– Continuez-vous à porter des accusations à mon endroit ? demanda Dallenbach d'une voix de stentor qui la fit sursauter.

Sa vie se jouait maintenant. Une simple bifurcation au bout du chemin. La réponse qu'elle s'apprêtait à donner modifierait de manière irréversible le cours de son existence, et elle n'avait que quelques secondes pour faire son choix. Elle ferma les yeux. Le visage de Nina lui apparut aussitôt. Elle se rappela sa promesse.

– Non, répondit-elle dans un murmure qui la soulagea et la dégoûta d'elle-même tout à la fois.

Le médecin expira bruyamment.

– Très bien. À présent, je vais faire le travail pour lequel je suis payé.

Il prit la seringue sur le plateau et agita le flacon. Sans qu'il ait besoin de le lui demander, Denise lui tendit son bras.

*

Dallenbach lui administra trois autres injections, à deux jours d'intervalle, sans qu'elle n'émette plus la moindre résistance, au terme de quoi il déclara que ses blessures étaient en bonne voie de guérison et que Mlle Koch pourrait désormais se charger de lui changer ses bandages. La dernière fois – mais elle ignorait à ce moment-là que c'était la dernière –, elle eut le temps, avant de sombrer dans l'inconscience, d'apercevoir le médecin qui retournait à l'armoire à pharmacie pour y prendre un minuscule objet, caché derrière des boîtes de médicaments, qu'elle fut incapable d'identifier.

Malgré les irritations de plus en plus gênantes et la honte qui l'envahissait chaque jour davantage, Denise décida de faire le deuil de son enveloppe charnelle. Elle ne se lavait plus que superficiellement et en fermant les yeux, évitait de croiser son reflet même dans une vitre. Elle se disait souvent que bien des malheurs lui auraient été épargnés si elle avait été moins belle, regrettant l'époque, pas si lointaine, où son physique était ingrat, et aurait aimé redevenir cette fille insignifiante qui n'attirait le regard de personne.

Lorsque la surveillante en chef commença à s'occuper de ses bandages – non sans constater que ses blessures avaient l'air de tout, sauf d'être « en bonne voie de guérison » –, Denise chercha dans son regard bleu et froid un signe infime qui aurait pu signifier : Je sais ce qu'il t'a fait, ma petite, je sais ce que tu as dû supporter… Elle ne le faisait pas dans l'espoir qu'elle lui viendrait en aide ou dénoncerait le médecin, mais pour se savoir moins seule et avoir la certitude que ce qu'elle avait subi avait bien existé ailleurs que dans son imagination. Car le monde autour d'elle lui semblait moins limpide qu'auparavant. La nuit, une simple rêverie pouvait avoir la chair de la réalité ; le jour, le réel les apparences d'une chimère. Marchait-elle dans le parc qu'un malaise soudain l'engourdissait, l'empêchant de faire un pas de plus. Elle se tournait vers la façade du grand bâtiment et se demandait ce qu'elle faisait là ; elle trouvait que l'internat avait changé, espérait que Johanna reviendrait bientôt des États-Unis et lui rapporterait de nouveaux disques et de nouvelles lectures, songeait qu'elle n'avait pas suffisamment travaillé son algèbre, qui avait toujours été son point faible. Cet état ne durait pas. Dès qu'elle retrouvait la pleine conscience des choses, une honte mêlée d'abattement l'accablait. Prisonnière de son secret, elle se sentait terriblement seule : ce n'était plus la solitude recherchée et apaisante de son enfance, mais un poids constant sur ses épaules, comme un mal de crâne qui pèse au-dessus des yeux. Même la présence de Nina ne parvenait plus à chasser ce puissant sentiment de déréliction.

Elle se montrait d'ailleurs de plus en plus dure avec son amie. Si elle le cachait autant que possible, son apathie l'irritait ; elle lui reprochait intérieurement de ne pas faire plus d'efforts pour rendre leur fuite possible, finissait même par se demander si elle désirait vraiment quitter Sainte-Marie, ou si une forme de lâcheté ne lui faisait pas préférer la routine de l'enfermement à l'enivrante mais angoissante perspective de la liberté. Denise était moins conciliante dans leurs conversations, plus tranchante dans ses avis. Elle exprimait clairement ses inquiétudes, doutait, au vu de l'état de Nina qui ne s'améliorait pas, qu'elles puissent être en mesure de partir avant l'accouchement ; ne lui cachait plus qu'il faudrait alors qu'elle se résolve à abandonner son enfant – car personne, au fond, n'avait jamais imaginé une autre issue possible. Blessée, Nina pleurait, lui enjoignait de partir sans elle, déplorait de n'être qu'un fardeau. Se sentant coupable de sa dureté, Denise pleurait à son tour, s'excusait et tentait de la rassurer, même si l'avenir ne lui apparaissait plus que comme un ciel lourd prêt à crever.

À la fin du mois de novembre, deux nouvelles filles arrivèrent au foyer. Mlle Koch attrapa une grippe et fut absente une semaine. Des vols de nourriture furent constatés en cuisine, qui entraînèrent des punitions collectives, les coupables n'ayant pu être identifiées.

Après quelques journées où elle eut la force de quitter son lit et de se livrer à des activités superficielles, l'état de Nina se dégrada à nouveau. Elle assurait qu'elle ne se sentait pas mal mais que la fatigue était devenue trop intense pour qu'elle puisse faire le moindre mouvement. D'un accord tacite, elles n'évoquèrent plus leur projet de fuite, ce qui soulagea Denise, qui s'évitait ainsi la peine de lui mentir.

– Tu m'apprendras à jouer du piano ?

– Quoi ?

– J'ai toujours rêvé de lire la musique et de jouer d'un instrument.

– Je t'apprendrai, c'est promis.

– J'aurais tellement aimé t'entendre jouer. Quel dommage qu'il n'y ait pas de piano ici !

– Tu auras mille occasions de m'entendre. Mais je ne joue pas si bien que ça.

– Je suis sûre que c'est faux, répondit Nina.

Denise n'aurait su dire si cette remarque ambiguë concernait sa première ou sa seconde phrase.

– Tu sais ce que j'aimerais ?

– Non.

– Vivre à Paris. Tu y es déjà allée, n'est-ce pas ?

– Oui, plusieurs fois, avec mes parents.

– C'est une belle ville ?

– Très belle. Tu adorerais.

– Il y avait une brochure sur Paris à la maison, je ne sais pas d'où elle pouvait venir : personne dans ma famille n'a jamais voyagé. Je n'arrêtais pas de la regarder quand j'étais gamine. La tour Eiffel, les Champs-Élysées, et cette église en haut d'une colline, toute blanche, qui ressemble à un énorme gâteau de mariage… comment est-ce qu'elle s'appelle déjà ?

Denise sourit.

– Le Sacré-Cœur.

– C'est ça, le Sacré-Cœur. Je crois que c'est ce que j'aimerais visiter en premier. Il paraît qu'on a une vue incroyable sur la ville de là-haut.

– C'est vrai.

– Et je pourrais m'habiller comme une vraie Parisienne, fit Nina en riant. C'est quoi la mode à Paris en ce moment ?

– Minijupe, tailleur-pantalon... Enfin, si ça n'a pas changé depuis la dernière fois où j'y suis allée.

Nina fit mine de réfléchir.

– On devrait faire une pétition pour introduire la minijupe à Sainte-Marie, ça détendrait un peu l'atmosphère. Tu imagines la tête que ferait la vieille ?

– Je l'imagine parfaitement... Tu sais ce qu'on pourrait faire aussi ?

– Non.

– Demander au directeur de nous habiller en Cardin ou en Saint Laurent !

Ce fut la dernière fois qu'elles rirent de bon cœur toutes les deux.

*

Nina accoucha trois semaines avant son terme. Une nuit, elle fut prise de douleurs qui lui arrachèrent des cris terrifiants. Le dortoir se réveilla, on appela la surveillante en chef. Le lendemain matin, une sage-femme fut mandée en urgence. Après l'avoir examinée sommairement, Dallenbach n'avait en effet pas jugé nécessaire qu'elle soit conduite à l'hôpital.

Les filles durent accomplir leurs tâches quotidiennes comme si de rien n'était, mais toutes avaient le visage fermé, leurs pensées entièrement tournées vers Nina. Certaines récitèrent des prières, d'autres se livrèrent à des superstitions.

Vers 13 heures, elles débarrassaient les tables quand Mlle Koch, qu'on n'avait pas vue de la matinée, entra dans le réfectoire. Elles s'arrêtèrent net. Il y eut un silence de cathédrale. Le visage de la surveillante en chef était livide, son regard absent. Elle demeura quelques instants la bouche ouverte, sans trouver ses mots. Puis, ayant pris une profonde inspiration, elle se mit à parler. Denise n'eut pas besoin de l'écouter. Elle avait saisi le peu qu'il y avait à comprendre au moment même où elle l'avait vue pénétrer dans le réfectoire.

Nina était morte. Et le cœur de Denise se ferma à tout jamais.

QUATRIÈME PARTIE

> Les morts sont les invisibles, mais
> ils ne sont pas les absents.
>
> Victor Hugo

1

Dans le dortoir endormi, Denise s'habilla en silence. Des heures durant elle était restée éveillée, l'esprit tourné vers une seule pensée. Les montres étant interdites au foyer, elle avait subtilisé un petit réveil sur la tablette d'une cheminée et l'avait dissimulé sous son oreiller ; à minuit et demi, elle s'était levée. Étrangement, son cœur ne battait pas plus fort qu'à l'ordinaire. Elle se sentait sereine, habitée par un calme absolu.

Elle regarda pour la dernière fois le lit vide de Nina, le simple matelas privé de draps sur lequel la clarté de la lune projetait l'ombre des barreaux qui semblait former une croix. Elle n'accomplirait donc pas sa promesse, puisqu'une promesse à moitié accomplie ne vaut rien. Mais quel autre choix avait-elle à présent que de continuer sans elle, sans plus se retourner ?

Pieds nus, ses souliers dans une main, elle traversa la salle en laissant son regard glisser sur chacune des filles. Son cœur se serra à l'idée que certaines resteraient probablement au foyer pendant encore des années. Et après ? Quel avenir pouvaient-elles espérer ? Les choses étaient jouées d'avance quand on naissait du mauvais côté de la barrière. Dans la vie, les cartes n'étaient distribuées qu'une seule fois. Un bref instant, Denise espéra que l'une d'elles se réveillerait – « Qu'est-ce que tu fais ? Pourquoi es-tu habillée ? – Je pars. Veux-tu venir avec moi ? » Mais, malgré quelques mouve-ments de corps dus à un sommeil agité, aucune ne se réveilla.

Au rez-de-chaussée, dans un petit local du couloir, à une patère accrochée derrière la porte, elle récupéra un trousseau de clés auquel Mlle Koch avait eu quelquefois recours – sans se douter que Denise ne perdait pas un seul de ses faits et gestes depuis son arrivée à Sainte-Marie. Après plusieurs essais, elle put ouvrir le bureau du directeur. Par chance, aucune des deux grandes armoires métal-liques n'était verrouillée. Elle n'eut pas de mal à trouver dans un casier son dossier et celui de Nina. Dans un autre, après avoir un peu farfouillé, elle tomba sur les photos qui avaient été faites au foyer à l'occasion de la visite des services sociaux. Sans les trier, elle les prit toutes avec elles. Enfin, elle déroba l'argent de la cas-sette du directeur et quitta le bureau.

Elle se rendit ensuite dans celui du médecin. À la vue de la table d'examen, elle ne put s'empêcher de frissonner. À sa grande déception, tous les tiroirs du bureau étaient fermés et les clés du trousseau ne permettaient pas de les ouvrir. Denise essaya de tirer sur les poignées de toutes ses forces, mais le meuble était beau-coup trop solide ; elle utilisa un coupe-papier qui traînait sur le sous-main, en pure perte. Au fond, elle ne savait pas vraiment ce qu'elle cherchait ni pourquoi elle prenait un tel risque. Elle était venue là sans but précis, poussée seulement par l'intuition. Tan-dis qu'elle observait la pièce plongée dans une semi-obscurité, ses yeux tombèrent sur l'armoire à pharmacie. C'est alors qu'elle se rappela avoir vu le médecin y prendre un petit objet juste après lui avoir administré la dernière injection. Elle mit la main sur une minuscule clé en laiton dissimulée derrière deux rangées de flacons et de boîtes de médicaments. Pourquoi Dallenbach s'était-il donc empressé de la récupérer ?

La clé ouvrait les trois tiroirs du bureau. Dans le premier, elle ne trouva que des dossiers médicaux sans intérêt ; dans le deuxième, des fournitures et du papier de correspondance. Le dernier, qu'elle ouvrit plus lentement, avec un mélange d'excitation et de crainte, contenait un appareil photo à développement instantané. C'était un Polaroid gris et noir à soufflet, assez volumineux, qui tenait tout juste dans le tiroir – un modèle qu'elle n'avait jamais vu. Elle alluma la lampe de bureau, qui diffusa une lumière crue mais circonscrite. Sous l'appareil se trouvait une chemise à rabats qu'elle extirpa du tiroir. Quand elle l'ouvrit et en découvrit le contenu, elle fut prise d'un étourdissement si soudain qu'elle fut obligée de s'asseoir. Il lui fallut dix minutes avant de pouvoir quitter son siège.

Elle fugua de Sainte-Marie par l'arrière de la propriété, passant à travers un morceau de grillage éventré derrière un massif de roses, que Markus avait repéré plusieurs semaines auparavant. Le jeune homme l'attendait à l'endroit convenu – elle n'en fut pas surprise, n'ayant jamais douté de lui.

Il était en train de fumer une cigarette – sans doute pas la première, à en juger par son agitation. D'une pichenette, il la jeta par terre, le bout encore incandescent.

– J'ai vraiment cru que tu ne viendrais pas.

– Eh bien je suis là, répondit-elle d'une voix atone, pas encore remise de sa visite dans le bureau de Dallenbach.

– Pas d'imprévus ?

– Non.

– Personne ne t'a vue ?

Elle secoua la tête. Markus avisa alors les dossiers qu'elle avait dans les bras.

– Qu'est-ce que c'est ?

– Rien d'important.

– Tu parles ! Il n'était pas question que tu voles quoi que ce soit. On risque déjà assez d'emmerdes comme ça...

– Ça ne changera rien pour toi : personne ne saura jamais que tu m'as aidée.

Avant d'ouvrir la porte de la camionnette, il l'attira à lui en lui saisissant le bras.

– Embrasse-moi.

Elle se dépêcha de lui déposer un baiser sur les lèvres. Il la retint un peu contre lui. Sa langue se fit insistante, elle le laissa faire.

– Allons-y maintenant, dit-elle, ne perdons pas de temps.

Ils roulèrent, sans échanger beaucoup de paroles. Denise était à présent trop nerveuse pour s'endormir, mais elle s'assoupit un peu, bercée par le mouvement lancinant du véhicule.

– Tu es vraiment sûre de vouloir quitter la Suisse cette nuit ? Ce n'est pas très prudent.

– Sûre. C'est rester qui ne serait pas prudent. Ils me retrouveraient.

– La police ? Ou les gens de Sainte-Marie ?

– Mes parents.

Markus désigna les dossiers qu'elle tenait serrés contre sa poitrine depuis qu'ils avaient pris la route, comme si quelqu'un s'apprêtait à les lui arracher.

– Qu'est-ce que c'est, Denise ? Pourquoi les as-tu pris ?

– Il vaut mieux que tu ne le saches pas.

– Allons, dis-moi… C'est quoi ?

Elle hésita. Le souvenir du contenu de la chemise la paralysa.

– Quelque chose comme mon assurance-vie…

Au bout de trois quarts d'heure, Markus quitta l'axe principal pour emprunter de petites routes plus discrètes. À chaque minute qui s'écoulait, l'angoisse de Denise montait d'un cran.

– Tu es certain qu'on ne se fera pas contrôler ?

– Aucun risque. Il n'y a pas de poste-frontière là où on va, j'ai tout vérifié.

Dix minutes plus tard, ils arrivèrent à l'orée d'un village, entouré de champs, dont les toits brillaient sous la lune. Markus se gara sous des arbres en retrait du chemin. Après avoir coupé le contact, il resta un instant sans bouger, puis se tourna vers elle, le visage attristé.

– Reste, Denise. Il n'est pas trop tard, tu peux encore changer tes plans. On pourrait passer du bon temps ensemble… Les choses finiront bien par se tasser. Qu'est-ce qu'ils en ont à faire, après tout, que tu te sois enfuie ?

– Non, Markus, il n'y a pas de retour en arrière possible pour moi.

Il sourit et hocha la tête, conscient qu'il ne servirait à rien d'insister. Après s'être éclairci la gorge, il pointa un doigt vers le pare-brise.

– De l'autre côté de ce village, c'est la France. Comme je te l'ai dit, il n'y a aucun contrôle ici : c'est une vraie passoire. Mais pour plus de sécurité je traverserai la frontière avec la camionnette et toi tu couperas à travers champs, je te récupérerai de l'autre côté. Ensuite, on tracera jusqu'à Lyon…

– D'accord.

– Tu comptes rester longtemps là-bas ?

– Quelques jours tout au plus.

– Et après, tu iras où ?

Elle savait que pour se protéger mieux valait ne pas lui donner trop d'informations. Elle n'eut pourtant pas le cœur de lui mentir ou de rester silencieuse.

– À Paris. C'est une grande ville, que je connais un peu. Je pourrai me fondre dans la masse et je ne serai pas trop dépaysée. Et puis, j'ai fait une promesse à une amie : et celle-là, je la tiendrai.

– Au fait, je t'ai acheté tout ce que tu m'as demandé : le sac de voyage, les vêtements, le nécessaire de toilette… Tout est à l'arrière.

– Merci, Markus. Je n'aurais rien pu faire sans toi.

– À votre service, mademoiselle, fit-il en mimant une révérence maladroite.

Denise sortit les billets qu'elle avait dérobés, divisa le tas en deux parties égales et en tendit une au garçon, qui secoua la tête en grimaçant.

– C'est beaucoup trop, ça ne m'a pas coûté autant ! Et je ne suis pas à l'aise avec l'argent volé...

– Prends cet argent – c'est bien le moins qu'ils me doivent.

Sans attendre, elle lui fourra les billets dans les mains avant de gagner l'arrière de la camionnette. Là, elle commença à se déshabiller, ôta sa robe et son soutien-gorge pour ne garder que sa culotte. Elle regarda l'affreux bandage qui ceignait son bras et son sein droit. Markus se retourna.

– Qu'est-ce que tu fais ?

– Rien d'autre que ce qui était prévu. Viens, je suis prête.

Markus soupira, puis baissa les yeux.

– Non.

– C'est à cause de mes blessures ? Je te dégoûte à présent ?

– Bien sûr que non ! Tu es tellement attirante, Denise. C'est juste que... ça ne serait pas correct. Non, vraiment pas correct. Tu ne me dois rien. Ce n'est pas le souvenir que je veux que tu gardes de moi.

Il contempla durant quelques secondes son corps, qu'elle exposait à lui sans pudeur, soupira à nouveau, puis retrouva sa place derrière le volant.

– Tu devrais te changer, maintenant, ce serait plus raisonnable. Nous avons encore pas mal de route devant nous...

2

C'est la première fois que je me rends dans une prison. Pour quelle raison aurais-je d'ailleurs bien pu déjà m'y rendre, étant donné la vie privilégiée qui a été la mienne ? Celle de Marseille est à peu près telle que je l'avais imaginée, en plus grand cependant : elle est constituée d'immenses bâtiments gris et froids, à quelques encablures des plus belles calanques de la ville. Le quartier pour femmes, complètement séparé de celui des hommes, accueille une centaine de détenues. J'essaie de me protéger comme je le peux, de faire abstraction du lieu où je me trouve, de ne penser qu'à ma mère et à ce que je vais lui dire. Mais les phrases que j'ai préparées deviennent floues. Quand j'arrive au quartier de détention, elles ne forment plus qu'un brouet dans mon cerveau. Je songe aux deux jours que j'ai passés en Suisse, à tout ce que Marianne m'a appris sur les internements, à Élisabeth Jansen et à sa sœur... Soudain, j'ai l'impression de ne plus savoir comment utiliser ces informations pour faire parler ma mère.

Les formalités sont extrêmement longues avant que je puisse la voir. Détecteur de métaux, vérification d'identité, dépôt des effets personnels... Le portique sonne et resonne à chacun de mes passages, sans qu'on arrive à savoir pourquoi. On finit par me laisser passer, non sans avoir pesté contre cette maudite machine qui

« fait toujours des siennes », puis on m'informe en détail du règlement, puisqu'il s'agit de ma première visite. Heureusement, le cabinet de Guez s'est occupé de la paperasse pour l'autorisation.

L'endroit où me conduit une jeune surveillante pénitentiaire n'est pas une salle collective ; il n'y a pas non plus de vitre avec un téléphone comme dans les films américains. Le parloir est une petite pièce aux murs mauves, tout en longueur, qui ne contient qu'une table et quatre chaises. Au mur se trouve une sorte d'interphone équipé d'un simple bouton.

– Vous allez patienter là, me dit la surveillante. Ça ira, tout se passera bien, ajoute-t-elle en sentant mon anxiété.

Ensuite, j'attends. Je ne sais pas vraiment combien de temps, mais ce sont les minutes les plus longues de ma vie.

Ma mère arrive enfin, accompagnée par une autre surveillante. Elle est habillée comme à l'ordinaire. Elle paraît fatiguée, mais je m'attendais à la trouver dans un état bien pire que celui-là.

– Bonjour, maman.

Elle me regarde mais ne me répond pas. C'est exactement ce que je redoutais : ma mère demeurera dans son mutisme et je repartirai encore plus désespéré, sans avoir obtenu de réponses. Elle prend place en face de moi. Je sens mon corps se raidir, mais je n'éprouve pas de sentiment bien défini en la regardant. J'entends mon cœur battre, mes tempes bourdonner. C'est une femme presque sexagénaire, encore très belle quoique éteinte, mais sur ce visage qui me fait face je superpose celui d'une jeune fille de dix-sept ans qui a fui la Suisse, aspirant à une vie meilleure qu'elle ne devait jamais connaître. Je me demande si mon séjour à Lausanne ne m'a pas fait plus de mal que de bien. Car qu'ai-je fait, ces derniers jours, si ce n'est fuir la réalité sous prétexte de l'affronter ?

Les mots que je me suis maintes fois répétés dans ma tête ne viennent pas. Alors je me contente de banalités, lui demande si elle est bien traitée, si quelque chose lui ferait plaisir. J'évite soigneusement d'évoquer la raison pour laquelle elle se trouve dans cette prison. Mais ma mère ne répond pas à une seule de mes questions. Il y a seulement de sa part quelques mouvements de la tête qui ressemblent vaguement à des hochements d'approbation. Son attitude n'est pas hostile. Elle n'a en fait aucune attitude qu'un adjectif précis pourrait décrire.

Refusant de m'avouer vaincu, je décide de m'adresser à elle normalement – c'est-à-dire pas comme à une malade –, sans trop aseptiser les choses ni peser chacun de mes mots.

– Guez est l'un des meilleurs avocats du pays, tu sais. Si ce n'est le meilleur... Un peu trop médiatique à mon goût, mais il vaut mieux ça que d'être complètement ignoré des journaux et des télés. C'est Lachaume qui l'a persuadé de s'occuper de nous.

Le « nous » a pour but de lui faire comprendre qu'elle n'est pas seule, que ce qui arrive me concerne tout autant qu'elle. Mais cette piteuse manœuvre est sans effet ; je crains même qu'elle n'aggrave les choses.

Je laisse s'installer un silence. Quand je suis arrivé à Marseille, la veille, en fin d'après-midi, j'ai appelé Marianne. Elle semblait heureuse de m'entendre et pas rancunière pour un sou à propos de ce qui s'était passé devant l'hôtel, même si nous n'avons pas abordé le sujet. Elle m'a expliqué qu'elle avait eu beaucoup de travail – je me suis senti coupable de l'avoir autant accaparée et de lui avoir fait prendre du retard – et qu'elle n'avait pas encore pu remettre le nez dans les archives de Sainte-Marie.

« Je ne crois pas que ce que je cherche se trouve dans des archives, lui ai-je dit.

– Pour être honnête, je ne le crois pas non plus, et je suis heureuse que tu t'en rendes compte.

– Qu'est-ce que je vais pouvoir lui dire, Marianne ? Ma mère et moi n'avons jamais eu de vraie conversation sur rien ! Et pour couronner le tout, elle est aphasique. Comment pourrait-elle se confier sur Sainte-Marie ?

– Fais ce que tu n'as jamais fait avec elle.

– C'est-à-dire ?

– Parle-lui de toi, Théo. »

Ma mère ne me regarde plus. Ses yeux sont rivés sur la table en formica. Je respire un grand coup.

– Parfois, je repense au moulin de Saint-Arnoult. Je n'en ai pas beaucoup de souvenirs, plutôt des sortes de flashs. Je me rappelle la roue à eau au milieu du salon et son bruit si particulier, la grande bibliothèque à l'étage, cette affreuse petite chambre tapissée de rouge sous les toits, qui était remplie de sculptures effrayantes : uniquement des têtes d'animaux qui ressemblaient à des trophées de chasse. C'était un artiste, ami de papa, qui les lui avait données, mais Joseph les trouvait tellement hideuses qu'il les avait remisées dans cette chambre que personne n'a jamais utilisée. J'avais aussi un vélo bleu. À l'arrière du moulin, il y avait une pente assez abrupte que papa m'avait interdit de descendre parce qu'elle était trop dangereuse. Mais un jour, comme ça, alors que personne ne me surveillait et sans doute parce que c'était interdit, je l'ai descendue à vélo. Au bas de la pente, la roue s'est tordue et je suis tombé. Je ne me suis pas vraiment fait mal, mais j'ai perdu un minuscule bout d'incisive.

J'entrouvre la bouche et effleure ma dent du doigt.

– Je n'en ai jamais parlé à personne. J'avais même complètement oublié cet épisode jusqu'à ce que mon dentiste me propose de me mettre une facette sur la dent, alors que ça ne se voit pratiquement pas. Je ne sais pas comment fonctionnent les souvenirs, pourquoi on se rappelle certaines choses et pourquoi on en oublie d'autres. Parfois, j'ai l'impression que tout ça n'a pas vraiment existé. Même papa... Tout est trop loin dans ma mémoire, trop confus.

Je me penche légèrement en avant, les coudes sur mes cuisses. Je me demande pourquoi ma mère a accepté de me voir, à quoi elle pense à ce moment, si elle est même seulement capable de penser quelque chose. Sans réfléchir, je me lance :

– Je viens de passer deux jours à Lausanne, maman. J'y suis allé parce que j'ai appris qui était Grégory Dallenbach. Je sais qu'il travaillait au foyer Sainte-Marie en 1967, quand tu t'y trouvais toi aussi. Je ne sais pas en revanche pourquoi tu as été internée là-bas ni ce qui s'est réellement passé dans cet endroit. J'ai découvert que tu étais amie avec une autre jeune fille internée, qui est morte en accouchant.

Je fais une pause. Quelque chose a changé dans son regard et dans son expression, mais elle ne dit toujours rien.

À l'entrée, après m'avoir inspecté, on m'a autorisé à garder un objet avec moi : un simple livre. Avant de me rendre à l'aéroport de Genève, je suis retourné chez Élisabeth Jansen : je lui avais passé un coup de fil depuis l'hôtel pour lui demander si elle accepterait de me prêter le recueil de poésie qu'elle nous avait montré. « Ce livre était à votre mère. Puisque Nina n'est plus là, il est normal qu'il vous revienne », m'a-t-elle dit en me le confiant.

Je pose le livre en maroquin rouge sur la table. Ma mère le voit, mais je ne suis pas certain qu'elle le reconnaisse.

– Un jour, tu as offert à cette jeune fille ce recueil d'Alice de Chambrier. Je ne la connaissais pas. J'ai lu ses poèmes hier soir, ils sont très beaux. Je comprends pourquoi ils ont pu te plaire.

Je reprends le livre, l'ouvre à une page dont j'ai retenu le numéro et commence à lire :

– « Peut-être existe-t-il une âme sur la terre / Pour la mienne créée, et dont elle est la sœur : / Heureuse et fortunée, ou pauvre et solitaire, / Elle me comprendrait et lirait dans mon cœur. »

Avant de poursuivre, je lève brièvement les yeux. Il me semble que pour la première fois ma mère n'entend plus seulement, mais qu'elle écoute ce que je dis.

– « Elle partagerait mes secrètes pensées, / Elle aurait mon amour, j'aurais toute sa foi ; / Sans cesse étroitement l'une à l'autre enlacées, / J'existerais pour elle, elle vivrait pour moi. »

Je referme l'ouvrage. Je dépose ensuite sur la table, juste devant ses yeux, la photographie qui m'a mis sur la piste du foyer.

– Tu ne t'appelles pas Nina Jansen. Nina était cette jeune fille qui est morte en couches à Sainte-Marie. Regarde la photo, s'il te plaît. Vous êtes à côté l'une de l'autre. Elle a subi beaucoup de mauvais traitements dans sa vie, peut-être tout comme toi. Tu n'as rien pu faire pour elle et je sais que tu t'en es toujours voulu. Ton vrai prénom est Denise, maman. Tu m'entends ? Denise…

Ma mère ne quitte plus le cliché des yeux. Quand je répète son véritable nom, quelque chose cède en elle. Pas de larmes, pas d'expression notable sur son visage, mais elle avance le bras et promène son doigt sur la photo, d'abord sur elle, puis sur son amie. Elle accomplit ce va-et-vient à plusieurs reprises.

– Nina, dit-elle dans un quasi-murmure. (Cet unique mot provoque une accélération brutale des battements de mon cœur.) Il ne faut pas faire ça… Il ne faut pas faire ça…

Je mets quelques secondes à réagir.

– Qu'est-ce qu'il ne faut pas faire, maman ?

– Donner de l'espoir…

Je ne comprends pas ce qu'elle veut me dire. Je lui saisis la main par-dessus la table pour attirer son attention.

– À qui ne faut-il pas donner d'espoir ?

– Nous devions nous enfuir ensemble, tu sais. C'était une promesse que je lui avais faite lorsqu'elle m'avait sauvé la vie.

– Nina t'a sauvé la vie ?

Elle ne hoche pas la tête, mais ses yeux acquiescent pour elle. Elle délaisse un moment la photo pour s'emparer du livre. Elle doit se souvenir de la dédicace, car elle l'ouvre directement à la page de faux titre. Elle pose la main sur le papier. Puis, après un très

long silence, en regardant fixement les mots qu'elle a écrits quarante ans plus tôt, elle déclare :

— Je m'appelle Denise Piaget. Je suis née à Genève le 6 avril
1950.

Et c'est ainsi que ma mère commence à me raconter son histoire.

3

Je ne sais pas comment le miracle qui se produit sous mes yeux est possible. Ma mère parle, sans s'arrêter, sans hésiter sur les mots. Je ne suis pas sûr que ce monologue s'adresse à moi. Elle parle comme si elle avait écrit son récit, ou l'avait ressassé mille fois dans sa tête au cours des ans. En à peine cinq minutes, j'en ai plus appris sur elle que durant toute ma vie. Elle me raconte sa jeunesse dorée à Genève, ses années dans l'internat pour filles de la haute société, sa rencontre et sa fuite avec un garçon plus âgé qu'elle, leur arrestation à la frontière italienne, avant d'en arriver à son placement à Sainte-Marie. Je n'ai presque pas besoin de lui poser de questions. Elle ouvre son cœur et sa mémoire avec une franchise désarmante. Je jette parfois des coups d'œil vers la porte vitrée tant j'ai peur qu'un surveillant ne vienne nous interrompre pour nous annoncer que la visite est terminée.

Je l'écoute me parler de Nina, du jour où celle-ci l'empêcha de commettre l'irréparable dans la salle de bains du foyer, juste après son arrivée, alors qu'elle était au désespoir ; de leur relation unique, plus que sororale ; du projet de fuite qu'elles avaient élaboré. Tout ce qu'elle me dit colle parfaitement avec le peu que Marianne et moi avons découvert. Nina avait bien subi des violences sexuelles de la part du fils de la ferme où elle avait été placée – sa sœur avait vu juste ; et son état de santé s'était dégradé plusieurs semaines avant son accouchement, ce qui aurait dû alerter le médecin et le conduire à prendre plus de précautions. Ma mère n'a pas encore prononcé le nom de Dallenbach : elle se contente de dire « le médecin » ou « le docteur ». Il est pour moi troublant d'avoir accès aussi brutalement à la vérité, dont je ne possédais que des bribes. Elle m'apprend aussi dans quelles circonstances la photo a été prise.

Vient ensuite le récit de son accident, survenu alors qu'elle récurait aux côtés d'autres filles le sol du foyer avec de la soude – elle soulève sa manche jusqu'en haut de son bras pour m'en montrer les stigmates indélébiles. Sa voix baisse soudain, son débit ralentit. Elle hésite désormais sur les mots, mais je comprends ce que lui a infligé Dallenbach : les injections qui la plongeaient dans un état total d'inconscience où il pouvait faire d'elle ce qu'il voulait. Je suis anéanti. Je ne sais pas ce qui l'emporte en moi, de la rage d'imaginer les horreurs qu'elle a supportées ou du soulagement d'apprendre que Dallenbach n'était pas un innocent. Car, à présent, j'en viens même à me réjouir de la mort de cet homme. Je regrette simplement que ma mère n'ait pas trouvé un moyen plus discret pour l'éliminer.

Elle ne s'attarde pas sur ces quelques jours qui ont changé son existence. Ce qu'elle m'en a dit est suffisamment explicite. Elle me parle d'un jeune homme du nom de Markus, un jeune livreur qu'elle a réussi à persuader de l'aider dans sa fuite. Je comprends alors, non sans émotion, l'origine de mon second prénom à l'état civil, que j'ai toujours trouvé étrange.

– Je suis partie le lendemain de la mort de Nina : je ne pouvais pas envisager de rester un jour de plus à Sainte-Marie. Markus m'a fait traverser la frontière sans encombre et m'a conduite à Lyon, où je suis restée trois jours, le temps de bien réfléchir à ce que j'allais faire.

– Tu ne craignais pas d'attirer l'attention ? Tu n'avais que dix-sept ans...

– Physiquement, j'étais déjà d'une grande maturité et j'avais donné des consignes précises à Markus pour qu'il me procure des vêtements qui me fassent passer pour une vraie femme.

– Et tu es ensuite arrivée à Paris...

– Oui. Il me restait tout juste assez d'argent pour louer une chambre dans un hôtel miteux, mais dont la propriétaire était une dame très gentille qui ne posait pas de questions. Elle m'a donné quantité de renseignements. Quand l'argent est venu à manquer, elle a même accepté de me faire crédit en attendant que je trouve une place quelque part. Je crois qu'elle a compris que j'avais vécu des choses terribles et que j'avais l'envie de m'en sortir chevillée au corps. Certaines personnes vivaient à l'année dans cet hôtel, car cela revenait moins cher à l'époque que de louer un appartement, et tout le monde était très aimable avec moi, nous formions une sorte de famille. Je n'ai pas eu de mal à décrocher un emploi de serveuse dans un club de Saint-Germain-des-Prés qui n'engageait que des filles jeunes et jolies, sans trop se préoccuper de leur âge réel. Nous étions à la veille de Mai 68, et Saint-Germain vivait ses dernières heures, mais on croisait encore dans ce club beaucoup d'artistes et d'intellectuels, des célèbres et des inconnus. Je travaillais beaucoup, les horaires étaient pénibles, mais je trouvais malgré tout le temps de me balader des heures dans Paris. Tout me paraissait merveilleux. Je n'avais jamais possédé si peu, et je n'avais pourtant jamais été aussi heureuse. Après la vie que j'avais menée en Suisse, je goûtais un sentiment de liberté absolue. C'était comme si l'on venait de m'ouvrir une porte donnant sur un autre monde. Je me sentais grisée. Je me suis rapidement fait des amis grâce à mon travail : des collègues mais aussi des clients qui avaient leurs habitudes. On m'acceptait telle que j'étais, sans chercher à savoir d'où je venais ni ce que j'avais fait auparavant. Seul l'avenir semblait compter. J'ai toujours été très douée pour les langues, et je faisais tout pour dissimuler mes restes d'accent, que je n'ai d'ailleurs jamais eu très prononcé. Oui, j'ai tout fait pour que personne ne soupçonne que j'étais suisse.

Toute la fable familiale est en train de voler en éclats : le prétendu accident de voiture de mes grands-parents, l'orpheline ballottée de famille en famille... Comment ai-je pu croire pendant tant d'années à ces histoires ?

– Dans le club, continue-t-elle, il y avait tout un tas de petits trafics qui se faisaient presque au grand jour – de drogue bien sûr, mais pas que... Par l'intermédiaire d'un revendeur, j'ai réussi à obtenir de faux papiers au nom de Nina Jansen, puisque c'est ainsi que je me faisais appeler depuis que j'avais débarqué du train. Ça m'était apparu comme une évidence : je lui avais promis que nous partirions ensemble et que nous irions à Paris. J'ai eu l'impression que Nina continuait de vivre à travers moi, tandis que Denise s'effaçait peu à peu, jusqu'à disparaître complètement.

– C'est au club que tu as rencontré papa ?

– Oui. Beaucoup d'hommes me tournaient autour sans que je le recherche nullement. Mais ton père, c'était autre chose... Il était déjà très célèbre à l'époque. C'est une serveuse qui m'a appris qu'il était photographe et que son travail était publié jusqu'en Amérique. Il ne faisait pas vraiment partie des habitués, venait seulement quelquefois prendre un verre avec des amis. Il m'a remarquée dès la première fois, et à chacune de ses visites il ne me quittait pas du regard. C'en était gênant, mais tout était différent avec Joseph.

– « Différent » ?

– Il me regardait en artiste, Théo... Un soir, il m'a abordée et nous avons discuté. Il m'a expliqué qu'il traversait une période difficile, qu'il ne faisait plus que des photos banales et sans intérêt. J'ai appris qu'il avait perdu sa femme deux ans plus tôt, qu'il avait un petit garçon et qu'il n'avait jamais réussi à faire son deuil.

Il m'a demandé de lui servir de modèle, ou plutôt de lui permettre de me photographier quelquefois, sans que je pose vraiment. Tu connais son travail : Joseph n'aimait pas les photos trop préparées, il disait qu'il fallait quitter les angles d'observation confortables, qu'un cliché se décidait en un dixième de seconde, « volé à l'éternité ». Sans doute était-il un peu trop lyrique parfois... Il prétendait qu'il n'avait jamais croisé une beauté comme la mienne et qu'il devait absolument découvrir quel miracle se produirait quand elle rencontrerait la pellicule.

– Je crois surtout que c'était un moyen pour lui de te séduire et de trouver un prétexte pour te voir...

– Peut-être, oui... Je n'étais de toute manière qu'à moitié dupe. J'ai accepté de le rencontrer en dehors du club. Il m'a fait découvrir la ville et les environs, des lieux dont je n'aurais jamais imaginé l'existence. Il prenait quelques photos de moi quand nous marchions, mais j'ai vite eu le sentiment qu'elles étaient devenues accessoires pour lui. Je ne suis pas tombée amoureuse puisque je l'étais déjà depuis le soir où il m'avait abordée. Moins de trois semaines plus tard, je quittais l'hôtel pour m'installer chez lui, dans son appartement-atelier du Quartier latin, et je suis tombée enceinte de toi.

Je comprends, à l'accélération soudaine de son récit, qu'elle n'a pas envie d'aller plus loin. À quoi cela servirait-il de toute façon puisqu'elle m'a appris tout ce que je voulais savoir sur sa jeunesse ? Tout ce qui suit n'appartient qu'à elle et à mon père. Je ne lui demande même pas s'il était au courant de tout ce qu'elle vient de me raconter.

En revanche, elle n'a pas une seule fois évoqué ce qui s'est passé à l'hôtel près d'Avignon et je ne peux m'empêcher d'oser encore une question :

– Maman, est-ce que tu as croisé la route de Dallenbach par hasard ou est-ce que tu l'as suivi pour te venger ?

Elle a un petit rire amer.

— Si j'avais vraiment voulu retrouver ce médecin, je l'aurais fait bien avant, tu peux me croire, et je m'y serais prise autrement... Je sais ce que tu te dis, Théo. Que ces événements remontent à très loin et que j'ai peut-être inventé ce qui s'est passé. Comment puis-je être certaine qu'il m'a fait ces choses affreuses, alors que j'étais chaque fois inconsciente et que je n'en ai aucun souvenir ? Je te dirais simplement qu'une femme sent ce genre de choses, elle le ressent même au plus profond de son être. Je sais ce que cet homme m'a fait.

Son visage a pris une dureté douloureuse.

— Ce n'est pas du tout ce que je pensais. Je suis sûr que tu dis la vérité. Je me demande seulement comment nous pourrions obtenir des preuves de ce qu'il a fait... à toi ou à d'autres filles. Car je doute que tu sois la seule victime. Dallenbach a passé six ans à Sainte-Marie : il a dû croiser des centaines d'internées au cours de sa carrière.

— Tu auras tes preuves.

— Pardon ?

— J'ai des preuves contre cet homme. Tu vas juste devoir patienter un peu.

Je suis trop abasourdi pour lui répondre quoi que ce soit et elle ne tarde pas à enchaîner :

— À présent, je veux que tu m'écoutes attentivement, Théo.

À ma grande surprise, elle m'apprend qu'elle possède un coffre dans une banque suisse à Paris et m'indique où s'en trouve la clé dans son appartement. Elle a déjà établi une procuration spéciale pour que je puisse y avoir accès. Son regard retrouve l'expression inquiétante qu'elle avait en arrivant.

— Il était prévu que tu ne découvres le contenu de ce coffre qu'après ma mort, mais les choses ne se sont pas déroulées comme je l'avais imaginé. Je n'ai plus le choix à présent : nous devons mettre tout le passé sur la table. Tu trouveras des documents. Il y a notamment une grande enveloppe de papier kraft : tu ne dois l'ouvrir en aucun cas, Théo...

Je hoche la tête, sans doute de manière trop nonchalante.

– En aucun cas, répète-t-elle. Tu dois me le promettre.

– Je le promets.

– Tu la remettras à l'avocat, il saura quoi en faire.

– Tu as parlé de plusieurs documents : qu'y a-t-il d'autre dans ce coffre ?

– Tu le verras bien... Tu devrais y aller, maintenant, je suis fatiguée et je crois que j'ai suffisamment parlé.

– Je pourrai revenir te voir demain ?

– Non, il faut que tu rentres à Paris pour t'occuper du coffre. C'est la chose la plus urgente que tu aies à faire.

Comme elle ne bouge pas, j'amorce un léger mouvement pour me lever mais me ravise. Il me reste une dernière question à lui poser.

– Maman, que s'est-il passé exactement dans cette chambre d'hôtel ? Est-ce que Dallenbach t'a parlé ? Est-ce qu'il a avoué ce qu'il t'avait fait ?

Elle me regarde, l'air désemparé.

– Je n'ai aucun souvenir de ce que j'ai fait dans cette chambre. Je l'ai suivi après avoir quitté la piscine. Je me rappelle avoir frappé à sa porte, je me rappelle son visage un peu étonné quand il m'a ouvert, mais c'est tout. Il n'y a rien après ça. J'ai tué un homme, Théo, et je n'en ai pas le moindre souvenir...

Je n'ai jamais eu de grandes maximes définitives sur l'existence, mais en quittant la prison je ne peux m'empêcher de penser aux souffrances que le silence de ma mère a provoquées dans nos vies ; et je me dis que, à tout prendre, il vaut mieux risquer de blesser les autres en parlant qu'en se taisant.

4

Je rentre à Paris dès le lendemain et retrouve l'atmosphère oppressante d'une ville que je n'aime plus, que je ne ressens plus. Objectivement, les lieux ne sont rien : on projette seulement sur eux des souvenirs et des émotions passées. Paris m'a longtemps collé à la peau, et je n'aurais jamais imaginé pouvoir habiter ailleurs. Désormais, je repense avec nostalgie aux années que j'ai vécu à Los Angeles, souvent qualifiée de laide et de tentaculaire, mais dont j'aimais la sensation d'anonymat qu'elle procurait, l'impression vertigineuse de disparaître à soi-même, de n'être plus qu'un individu en transit perpétuel.

J'ai tout raconté à Marianne au téléphone. Je ne sais pas si je l'ai fait parce qu'elle méritait de connaître la vérité ou simplement pour trouver une occasion de lui parler et éviter que le lien ténu qui nous relie ne se brise. Je me suis senti si proche d'elle à Lausanne que je refuse de la perdre. Pourtant, même si je n'ose vraiment me l'avouer, j'ai peur que le passé, l'ombre de Sainte-Marie, le poids de notre héritage respectif ne constituent des obstacles infranchissables entre nous.

L'établissement bancaire dont m'a parlé ma mère se situe dans le VIIIe arrondissement – il y a une certaine ironie à ce qu'elle ait choisi une banque suisse pour abriter ses secrets. J'ai récupéré la clé dans son appartement dès mon arrivée en ville : elle se trouvait dans un tiroir de son bureau, et même si j'étais tombé dessus par je ne sais quel hasard je n'aurais jamais supposé que c'était celle d'un coffre.

Je suis anxieux et mal à l'aise en arrivant au guichet. Heureusement, les formalités sont plus rapides que je ne l'aurais imaginé. Ma pièce d'identité et la procuration établie en bonne et due forme me donnent accès à la salle des coffres, composée de trois espaces distincts. Les casiers blancs, tous identiques, portent chacun un numéro à quatre chiffres. Un employé m'aide à ouvrir celui de ma mère, où je récupère un coffret métallique d'assez petite taille. Je m'installe à une table dans une pièce à côté. J'aimerais à ce moment être accompagné par Marianne, ne pas être seul face à ce que je m'apprête à découvrir.

Le coffret contient un petit album de forme carrée, à motifs géométriques, que je n'ai jamais vu. Sur chaque page n'est collée qu'une seule photo. Toutes appartiennent à l'évidence à la même série que celle que j'ai récupérée chez Maud : même format, même grain, même type de cadrage. Ce sont les pensionnaires de Sainte-Marie, photographiées par groupes de deux ou trois filles, en divers lieux : devant la façade, dans le parc, dans le dortoir, dans une salle que j'identifie comme le réfectoire. Sous les photos, ma mère a écrit le nom de chaque jeune fille : Anne-Marie, Danielle, Helena, Ursula, Jeannette… Elles portent toutes la tenue réglementaire et arborent un sourire forcé. Je suis frappé par cette ressemblance dans leur expression : toutes ces filles ne semblent être que des pions interchangeables. Comment n'ai-je pas compris avant que cette séance était uniquement une mise en scène, une façon de donner à croire au monde extérieur qu'elles étaient heureuses et bien traitées ?

La dernière photographie est manquante, mais deux noms ont été inscrits sur le bord inférieur : Nina et Denise. C'est bien entendu celle que j'ai à présent en ma possession, la seule que ma mère ait voulu conserver avant d'enfermer cet album dans le coffre. Comment ma mère a-t-elle récupéré ces photos ? Elle m'a avoué avoir volé de l'argent et des documents dans le bureau du directeur avant de s'enfuir : est-ce à ce moment qu'elle en a profité pour les subtiliser ?

C'est probable, car sous l'album apparaissent les dossiers d'internement de Nina Jansen et de Denise Piaget. Je les feuillette, mais ils contiennent relativement peu d'informations – chose fréquente, si j'en crois ce que m'a dit Marianne. Dans celui de ma mère, je trouve le document d'admission qui m'apprend le motif retenu pour justifier la privation de liberté : « fugue et immoralité sexuelle ».

Vient ensuite la fameuse enveloppe de papier kraft que ma mère m'a formellement interdit d'ouvrir. Je la soupèse, la palpe : elle n'est pas très épaisse et les documents qu'elle renferme sont de bien plus petite taille que l'enveloppe elle-même. Savais-je avant même d'arriver dans cette banque que je ne tiendrais pas ma promesse ? Je résiste pourtant, essaie de me persuader que rien ne m'autorise à accomplir ce geste. Mais je ne me sens même plus coupable de rien. Il me semble que je suis déjà allé trop loin pour faire machine arrière. Alors, lentement, je décachette l'enveloppe.

Ce sont à nouveau des photos, mais d'une tout autre nature. Plus tard, passé le choc, j'en compterai vingt-cinq, sans avoir été capable de toutes les regarder. La première me fait l'effet d'un coup de poing dans l'estomac. Une fille entièrement nue, inconsciente, allongée sur ce qui ressemble à une table médicale. Ses jambes sont écartées, les bras pendent dans le vide de chaque côté du corps, les cheveux ont été ramenés vers l'arrière pour dégager le visage. La photo a été prise en forte contre-plongée, ce qui accentue son insupportable voyeurisme. Pris de vertige, je la retourne sur la table.

Sur toutes les autres, la scène est identique, à une exception près : il s'agit presque chaque fois d'une fille différente. Elles ont été placées dans la même position, offertes sans défense ni pudeur à l'œil de l'appareil photo, réduites à l'état de simples marionnettes. Et je comprends bien sûr que le marionnettiste ne peut être que Grégory Dallenbach.

Voilà les preuves que me promettait ma mère. Des photos vieilles de quarante ans qui montrent sans équivoque les abus qu'a commis ce médecin sur des filles mineures. Je suis incapable de dépasser la moitié du paquet de Polaroid – j'ai reconnu le tirage si particulier de cet appareil instantané des années soixante. Je me sens sali. Une vague de dégoût m'envahit. Je replace tous les tirages dans l'enveloppe. Je devrais regretter de l'avoir ouverte, de ne pas m'être contenté de la remettre à Guez. J'ai néanmoins la conviction qu'il me fallait subir cette épreuve, que la découverte de la vérité devait être parachevée par cette confrontation brutale avec la réalité. Elle ne l'est pourtant pas, bien que je ne le sache pas encore.

Le coffret contient un dernier document, que je n'aurais jamais imaginé trouver là tant il présente *a priori* peu d'intérêt. Il s'agit d'un acte de naissance. Le mien. Il me faut plusieurs secondes pour comprendre, pour arriver à faire le lien. Mon regard navigue de l'enveloppe de papier kraft à l'acte de naissance. Je lis les informations inscrites dessus :

Le dix-sept août mil neuf cent soixante-huit, à deux heures, est né à Paris Théodore Markus Kircher, de sexe masculin, de Joseph Édouard Kircher...

Le problème, c'est que je ne suis pas censé être né le 17 août de l'année 1968 mais le 17 novembre. Autrement dit, on m'a menti toute ma vie sur le mois de ma naissance. Et la raison n'est guère difficile à comprendre. Ma mère a rencontré mon père en février 1968 : il est donc mathématiquement impossible que Joseph Kircher soit mon père.

Je soustrais neuf mois à la date mentionnée sur l'acte de naissance que je tiens entre les mains. Ma mère est tombée enceinte en novembre 1967. À l'époque où elle était encore à Sainte-Marie. À l'époque où Dallenbach a pris ces photos d'elle.

5

Paris, février 1968

Denise dut patienter longuement sur une banquette de velours vert sans âge. Tout faisait vieux dans cette salle d'attente, du linoléum gondolé aux rideaux grenat oppressants qui occultaient la lumière du jour. Ses genoux étaient agités par intermittence d'un tremblement incontrôlable, que son amie Nadine, assise à côté d'elle, tentait de calmer d'une main posée sur sa jupe. C'était grâce à elle qu'elle avait eu l'adresse ; elle n'aurait d'ailleurs jamais eu le courage de venir seule. Nadine travaillait au club depuis trois ans et c'était la personne dont elle se sentait le plus proche depuis qu'elle était arrivée à Paris.

Malgré ses vingt-deux ans, Nadine était déjà venue deux fois dans ce cabinet pour y subir l'« intervention ». Elle lui en avait parlé comme elle l'eût fait d'une visite chez le dentiste, mais Denise savait que ce n'était là qu'un subterfuge grossier pour la rassurer : « Tu auras peut-être de la fièvre pendant quelques jours, il faudra prendre du paracétamol, mais tu t'en remettras… »

Vraiment ? Pouvait-on se remettre si facilement de ce genre d'épreuve ? Mais Denise avait-elle seulement le choix ? Elle avait eu beau y réfléchir des nuits entières dans sa chambre à l'hôtel, elle ne voyait pas comment elle aurait pu mener sa grossesse à terme. Moins à cause du dénuement dans lequel elle vivait que parce qu'elle n'envisageait l'existence de cet enfant que comme une abomination. Le fruit d'un viol, voilà ce qu'il était. Denise ne parvenait pas à songer à ce bébé autrement qu'avec effroi. Se découvrir enceinte avait été pour elle cauchemardesque. « Je n'ai jamais regretté mes choix, lui avait dit Nadine. Si tu as ne serait-ce qu'un doute, ne le garde pas. » Non, elle n'avait plus de doute. Elle ne souhaitait qu'une chose : qu'on libère son ventre de ce qui le souillait, qu'on fasse disparaître à jamais cette ultime trace de son passage à Sainte-Marie.

Enfin, on vint la chercher. Elle s'était attendue à rencontrer un médecin effrayant, à l'allure d'ogre, mais l'homme était d'une banalité sans nom. À son grand désarroi, il se montra intransigeant et ne laissa pas Nadine venir avec elle :

– Vous devez attendre ici, c'est la règle.

Denise entra. Il faisait une chaleur étouffante dans la pièce. Elle eut un mouvement de recul en voyant l'énorme fauteuil gynécologique équipé d'étriers. Le souvenir du bureau de Dallenbach se superposa à cette vision. Elle sentit son cœur s'emballer. Le médecin baissa le store et, sans la regarder, lui demanda :

– Est-ce la première fois ?

– Oui.

– Le paiement se fait d'avance…

Elle trouva la formule affreuse mais hocha la tête et sortit de son sac à main l'enveloppe qu'elle avait préparée. Le médecin désigna son bureau d'un geste méprisant du menton. Sans rien dire, elle déposa l'argent dessus. Il ne vérifia même pas la somme. Il lui demanda ensuite d'enlever sa jupe et sa culotte, ce qu'elle fit rapidement, pour abréger l'humiliation. Elle s'installa dans le fauteuil, eut du mal à placer ses pieds dans les étriers. La honte la saisit.

– Votre amie vous a expliqué ?

Nadine n'était pas entrée dans les détails, mais comme sa question sonnait comme une affirmation désabusée, elle n'osa émettre qu'un timide « Oui ». Elle ferma les yeux au moment où il lui demandait d'écarter les jambes pour la palper. Son corps fut à nouveau pris d'un terrible tremblement.

– Calmez-vous, dit-il d'un ton autoritaire. J'ai l'habitude de ce genre de choses...

Mais elle était incapable de se calmer. Elle se contracta violemment quand elle sentit les doigts gantés de l'homme s'introduire en elle. Les yeux toujours clos, elle revoyait la seringue s'enfoncer dans son bras. Comme dans un songe, elle revoyait Dallenbach récupérer la petite clé dans l'armoire à pharmacie. Et les photos aussi. Toutes ces filles endormies, vulnérables, dont il avait abusé. Et celles qu'il continuerait de violenter dans la plus totale impunité. Elle secoua la tête, tenta de chasser ces images qui s'entrechoquaient dans son esprit. Aussitôt après, ce fut le visage de Nina qui lui apparut. Son amie, sa sœur... Malade, alitée, perdant chaque jour davantage de forces. Et qui ne verrait jamais grandir sa petite fille. Lui avait-on seulement permis de la tenir quelques instants entre ses bras ? Ou la lui avait-on aussitôt arrachée pour l'emmener de force ? Denise sentit un affreux malaise la submerger. Nina avait voulu cet enfant plus que tout au monde et elle s'apprêtait, elle, à se faire retirer le sien à coups d'aiguille. Jamais Nina ne l'aurait laissée prendre une telle décision. Sa simple présence en ce lieu était une trahison à sa mémoire.

Denise poussa un cri retentissant en refermant brusquement les jambes. Le médecin sursauta. Lui qui était resté jusque-là indifférent à tout parut pris de panique.

– Vous êtes folle !

– Non, non ! cria-t-elle. Vous ne me prendrez pas mon enfant ! Je ne vous laisserai pas me faire ce que vous avez fait à Nina !

– Qu'est-ce que vous racontez ? Taisez-vous donc ! Vous vous rendez compte du risque que je prends ?

Denise descendit du fauteuil en protégeant son pubis d'une main. Elle s'empressa de remettre sa culotte et sa jupe dans des gestes agités, tandis que le médecin, craignant qu'elle ne fasse un plus grand scandale, récupérait l'enveloppe sur son bureau.

– Reprenez votre argent et sortez d'ici immédiatement ! Votre amie m'avait pourtant dit qu'il n'y aurait pas de problème...

Perdue, Denise tournait son regard dans tous les sens. Elle eut tout juste la présence d'esprit de saisir son sac à main pendu au dossier d'une chaise, ignora l'enveloppe et sortit en trombe du bureau.

– Et surtout, ne revenez jamais ! entendit-elle le médecin crier derrière elle.

6

C'est étrange, cette impression de sentir le monde s'effriter autour de soi, de comprendre que ce sur quoi on a bâti une existence n'était que mensonge. Joseph Kircher... Qu'est-il donc désormais pour moi ? Je porte son nom, j'ai supporté le fardeau de sa célébrité, mais il n'est au bout du compte qu'un homme qui partagea durant cinq ans la vie de ma mère et dont j'ai soudain le sentiment qu'il ne me reste rien. Je suis envahi par une puissante colère. Pétri d'arrogance, on s'ingénie à trouver la vérité, mais quand elle se présente à nous, nue et sans artifices, on regrette soudain de l'avoir recherchée. Le problème avec la vérité, c'est qu'on ne peut pas l'anticiper : impossible de savoir ce qu'elle nous réserve.

Ma mère ne voulait pas que j'aie accès au contenu de ce coffre avant sa mort. Elle ne m'aurait jamais rien révélé si elle n'avait pas croisé la route de Dallenbach quarante ans après son viol et si je n'avais entrepris ces recherches en Suisse. Je ne peux pas lui en vouloir : quand et comment aurait-elle pu livrer à son enfant un aussi lourd secret ? J'aimerais diriger ma haine contre quelqu'un. Mais Dallenbach est mort. Il ne reste que moi. Parfois, on se sent malgré soi coupable de crimes qu'on n'a pas commis : leur violence, leur laideur vous éclaboussent en pleine figure.

« Je suis le fils d'un violeur, et ma mère a tué mon véritable père. » Je me répète cette phrase. À force de la ressasser, elle me paraît presque grotesque. Ce qu'elle désigne me paraît insaisissable. Il est pourtant évident que tout s'éclaire à présent. La froideur de ma mère, la distance qu'elle a instaurée entre nous, cette impression vague mais tenace d'avoir toujours été mis à l'écart... Que voyait-elle chaque fois qu'elle me regardait ? Les traits de son agresseur ? Une expression, des gestes, un regard que j'aurais hérités de cet homme ? Qu'ai-je été d'autre pour elle que la conséquence monstrueuse d'un viol ? Je préfère ne pas répondre à ces questions. Je suis simplement persuadé que Denise n'a jamais réussi à se libérer de Sainte-Marie, que la jeune fille qu'elle fut est restée prisonnière des murs de ce foyer.

Je suis incapable de rester seul dans mon appartement. Après avoir traîné dans les rues de Paris, je décide d'appeler Mathieu – et je m'aperçois avec tristesse que je n'ai pas d'autre ami que lui, que je serais bien incapable d'appeler qui que ce soit d'autre.

Nous nous retrouvons dans un restaurant italien du quartier de l'Odéon où nous avons nos habitudes. Je lui raconte tout. Je n'ai aucune envie d'édulcorer la réalité. À la fin de mon récit, Mathieu reste un long moment silencieux, secoue la tête d'un air consterné en buvant de petites gorgées de vin.

– Tu ne t'es jamais douté de rien ?

– J'ai toujours su que quelque chose n'allait pas dans ma famille, mais ça, je ne l'aurais jamais imaginé. Non, vraiment pas... J'ai tellement peu connu mon père qu'il a fini par devenir pour moi une sorte d'entité abstraite. Peut-être que s'il avait vécu plus longtemps j'aurais fini par comprendre...

– Ta mère a dû beaucoup souffrir dans sa vie.

– Je sais. Le plus triste, c'est que personne n'ait pu l'aider. Entre ce qui s'est passé en Suisse et la mort de mon père, elle a connu trop de malheurs, et trop jeune.

– Tu vas retourner la voir ?

– Non, pas pour le moment. Je doute qu'elle en ait envie, de toute façon. Je dois lui laisser du temps, et à vrai dire…

Je marque une pause.

– Quoi ?

– J'ai envie de penser à moi, Mathieu. J'ai besoin de me montrer égoïste, de me préserver, de ne plus vivre par procuration les souffrances de ma famille. J'ai fait ce que j'ai pu. J'espère que tout ce que j'ai découvert en Suisse avec Marianne permettra de limiter les dégâts.

Mathieu hausse les sourcils.

– Marianne ?

– L'historienne dont je t'ai parlé, celle qui m'a aidé dans mes recherches.

– Tu l'appelles par son prénom ? Quel âge elle a, au juste, cette Marianne ?

– Quelques années de moins que nous…

– Merde ! Je l'imaginais comme une vieille universitaire aux cheveux blancs. Il s'est passé quelque chose entre vous ?

Je regarde ailleurs. Les clients autour de nous ont l'air heureux. Ils rient, discutent avec insouciance. Parfois, j'aimerais disparaître de moi, échanger ma vie avec le premier inconnu venu.

– Pas vraiment. Ça va te paraître complètement ridicule, étant donné que je n'ai même pas passé deux jours avec elle, mais… je crois que je suis tombé amoureux.

*

Contre mon avis, Guez laisse fuiter mes découvertes dans les médias. À vrai dire, il fait même plus que les laisser fuiter : il les met en scène, les étale dans les journaux et sur les chaînes d'information. Il contre-attaque, transformant la défense en accusation. Au journal télévisé, il apparaît dans son bureau aux murs couverts d'articles de presse et de unes de journaux encadrés, tous à sa gloire évidemment. Malgré son calme apparent, je perçois une pointe de jubilation dans son regard. Le débit de sa voix est plus rapide qu'à l'ordinaire, les phrases soigneusement préparées s'enchaînent : « Nina Kircher est aujourd'hui en prison, mais cela ne doit pas nous faire oublier qu'elle est avant tout une victime dans cette affaire. Oui, j'ose le mot : "victime" des agissements criminels d'un homme qui profita de son statut de médecin pour abuser d'elle alors qu'elle n'était âgée que de dix-sept ans. Victime aussi, nous en avons la preuve à présent, d'un système d'internement inique, bafouant tous les droits élémentaires de l'être humain, qui se perpétua en Suisse durant des décennies. Cette affaire n'est pas un simple fait divers. Elle doit nous faire prendre la mesure des conséquences irréversibles des violences faites aux femmes, que notre société a trop longtemps ignorées, voire encouragées. Ma cliente a été brisée physiquement et psychologiquement quand elle n'était encore qu'une adolescente. Toute sa vie, elle a vécu dans le souvenir traumatisant d'une agression sexuelle. Bien sûr, il ne s'agit pas de justifier l'acte qu'elle a commis, mais simplement de comprendre ce que Nina Kircher a pu éprouver au moment où elle a revu son bourreau. Je considère que la réactivation de ce traumatisme a largement altéré son discernement et entravé le contrôle de ses actes. Je crois même que nous pouvons parler dans ces circonstances d'une forme de légitime défense différée… »

Même si je comprends la stratégie de Guez, je crains qu'il n'aille trop loin. À se répandre ainsi dans les médias, il peut gagner la bataille de l'opinion mais aussi irriter les magistrats, comme il l'a souvent déjà fait.

Et maintenant ? J'ai découvert le passé de ma mère, les motivations de son acte, mes véritables origines, et pourtant il me reste un inexplicable goût d'inachevé. J'ai l'impression que certaines zones demeurent dans l'ombre, que des pièces du puzzle n'ont pas trouvé leur place. Mes pensées me ramènent sans cesse vers Camille. Je regrette de l'avoir abandonné quelques jours plus tôt, au moment où une fragile relation s'ébauchait entre nous. Le mal-être de ma mère est-il la seule cause du sien ? Est-il possible, comme l'a envisagé Marianne, que Sainte-Marie ait été son « fantôme » ? A-t-il pu être conditionné à ce point par les quelques années qu'il a passées sous notre toit et en sortir encore plus amoché que moi ? Je revois ses dessins, l'escalier dont j'ai rêvé à Lausanne. Qu'est-ce qui se cache derrière ce motif dupliqué à l'infini ? Je repense aussi à ma tante. Que sait-elle vraiment de toute cette histoire ? M'a-t-elle dissimulé des choses quand je lui ai rendu visite ? Comment est-elle entrée en possession de la photo que ma mère a retirée du coffre sans doute bien des années plus tôt ? Je n'imagine pas qu'elle ait pu négligemment l'oublier à Antibes, vu ce qu'elle représentait à ses yeux.

J'ai longuement hésité à appeler Marianne, et c'est finalement elle qui me contacte.

Elle a évidemment suivi l'évolution de l'affaire dans les médias, mais je préfère garder pour moi le terrible secret que j'ai découvert, redoutant qu'il ne vienne s'interposer entre nous. Je lui parle de l'album des pensionnaires de Sainte-Marie, des photos prises par Dallenbach.

– J'étais effondré. Si tu les avais vues, Marianne... J'ignore de combien de jeunes filles il a abusé. Et dire qu'il est resté encore des années à Sainte-Marie après la fuite de ma mère... Je n'arrive pas à croire qu'il ait pu s'en sortir, que personne n'ait rien remarqué.

– Rien ne dit que certains n'étaient pas au courant. Les violences sexuelles s'accompagnent souvent d'omerta, et de complicité passive. Qu'est-ce que t'a dit l'avocat ?

– Il pense pouvoir plaider l'irresponsabilité pénale. Au pire, grâce aux photos et au récit de ma mère, il est persuadé que des circonstances atténuantes joueront en sa faveur.

Nous continuons de parler, mais je sens Marianne lointaine, comme si quelque chose s'était définitivement brisé entre nous.

– Je suis désolé pour ce qui s'est passé l'autre soir.

– Il ne s'est rien passé, Théo.

– C'est justement ça qui me désole.

*

Je ne sais pas pourquoi j'ai pris ce billet d'avion. Peut-être parce que plus rien ne me retient à Paris. Peut-être parce que j'ai encore l'espoir que quelque chose sera possible avec Camille ; qu'il pourra me donner des réponses à des questions que je n'arrive même pas à formuler, ne sachant pas vraiment ce que je cherche.

J'arrive à Nice par le dernier vol. Il fait déjà nuit quand l'avion survole la côte pour amorcer sa descente vers la piste. Après avoir loué une voiture, je mange un morceau dans un snack de l'aéroport. Je suis fatigué de tous les trajets que j'ai effectués ces derniers jours et je me sens tout en même temps fébrile, incapable de me poser.

Tandis que je roule vers Antibes par le bord de mer, j'appelle Camille plusieurs fois avant qu'il daigne décrocher. Je comprends immédiatement qu'il est soûl : ses propos sont relativement cohérents mais il a le même timbre de voix que la veille de mon départ pour la Suisse, quand j'ai attendu qu'il rentre chez Maud. Je ne lui dis pas que je suis revenu sur la Côte d'Azur. À force d'insistance de ma part, il finit par lâcher qu'il se trouve dans un pub anglais près du port Vauban. Je connais un peu cet établissement du boulevard d'Aguillon, repaire des équipiers des yachts de luxe amarrés quai des milliardaires. Après avoir traîné un peu sur le port, je le rejoins.

Il y a beaucoup de monde dans le pub. Les gens parlent fort pour couvrir le morceau de rock que diffusent les enceintes ; les conversations se font essentiellement en anglais. J'aperçois Camille au bout du comptoir, le dos un peu courbé, l'air dégingandé sur son grand tabouret. Posé devant lui, un verre de whisky presque vide. Il n'a même pas l'air surpris de me voir et, surtout, il ne donne nullement l'impression de vouloir quitter les lieux. L'un des barmans, un jeune type aux bras couverts de tatouages, fait la moue en regardant dans notre direction. Il s'approche de moi et se penche par-dessus le comptoir :

– *He drinks too much. He should go to sleep now.*

Je hoche la tête de manière exagérée.

– *Thanks. I take care of him.*

Heureusement, Camille est capable de marcher droit et je me contente de le tenir par le bras pour sortir. Nous remontons à pas lents le boulevard pour rejoindre l'esplanade du Pré-aux-Pêcheurs. Le Fort Carré, illuminé, se reflète dans les eaux du port. J'aime bien cet endroit ; rien n'y a changé depuis mon enfance. Vu son état, il est évidemment hors de question que je laisse Camille reprendre sa moto. Mais je n'ai pas sommeil et je ne veux pas rentrer tout de suite.

– Tu ne veux pas qu'on s'assoie un moment ?

Camille ne répond pas. Nous traversons la rue et trouvons un banc entre deux pins, sur le parking extérieur. Il s'affale à moitié dessus avant de sortir son paquet de cigarettes.

– Au fait, qu'est-ce que tu fous ici ? demande-t-il, comme s'il prenait enfin vraiment conscience de ma présence.

– Je n'en sais rien, à vrai dire.

– J'ai vu l'avocat de Nina à la télé. Comment est-ce qu'il s'appelle, déjà ?

– Guez.

– Il est vraiment bon, ce salaud... C'est vrai, tout ce qu'il raconte ?

– Oui, c'est vrai.

Je n'ai aucune envie de m'appesantir sur Sainte-Marie. Je me contente tout juste de lui résumer l'essentiel à grands traits. Camille ne dit rien, soit parce qu'il est trop gris, soit parce qu'il sait que les mots qu'il pourrait sortir ne serviraient à rien.

– J'ai vu tes dessins, Camille. Je les ai trouvés dans ton sac la dernière fois que je suis venu.

– Ah ! se contente-t-il de répondre d'un ton inexpressif, alors que je m'attendais à ce qu'il se mette en rogne.

– Ils sont très impressionnants.

– Tu parles...

– Je suis sérieux. Je n'imaginais pas que tu avais continué à dessiner. C'est un travail... remarquable.

Je trouve cet adjectif ridicule aussitôt que je le prononce : il donne l'impression de n'être qu'un compliment passe-partout. Camille détourne la tête et allume sa cigarette. Je sens qu'il n'a pas envie d'aborder ce sujet avec moi.

– Est-ce que tu as peint pendant toutes ces années ?

– Un peu.

– « Un peu » ? Ça veut dire quoi, au juste ?

Lentement, il sort son téléphone. Il pianote sur l'écran tactile de manière hésitante, mais finit par réussir à ouvrir l'application de photos. Il me tend l'appareil sans rien dire.

Je fais défiler les images. Ce sont des toiles d'assez grande dimension, qui ont toutes été photographiées appuyées contre un mur. Je reconnais parfaitement le style des dessins de Camille, à la lisière de la figuration et de l'abstraction. L'alternance de teintes sombres et d'aplats orangés, le motif de l'escalier qui revient sur les trois quarts des œuvres. Je suis stupéfait par la force qu'elles dégagent, l'ampleur que la peinture donne aux motifs initiaux des dessins, qui n'étaient pas à l'évidence un aboutissement mais de simples œuvres préparatoires. Mon doigt continue de balayer l'écran. La série de tableaux ne semble pas avoir de fin. Il y en a des dizaines et des dizaines. Je regarde Camille, à moitié somnolent, pas du tout dans l'attente d'un quelconque jugement de ma part.

– Je ne sais pas quoi dire… Combien est-ce que tu as peint de toiles en tout ?

– Je ne les ai pas comptées. Une centaine… non, sans doute beaucoup plus.

– Est-ce que tu les as montrées à quelqu'un ?

– Pour quoi faire ?

– Tu ne peux pas garder ces œuvres pour toi ! Elles sont tellement…

– Tellement quoi ? dit-il en s'animant soudain. Dans vingt ans, combien de merdes qu'on trouve aujourd'hui dans les galeries intéresseront encore quelqu'un ? Les gens peignent, écrivent, font de la musique, mais ce qu'ils font a déjà été fait cent fois, le plus souvent en mieux.

– Tu ne peux pas dire ça.

– Bien sûr que si ! Tu veux la vérité ? Même les photos de papa n'étaient pas si terribles, en fin de compte.

– Camille !

– Il avait un certain talent, c'est évident, mais il s'est surtout retrouvé aux bons endroits aux bons moments. Peut-être que quelques-uns de ses reportages resteront pour leur intérêt historique, mais pour le reste… rien qui justifie qu'il soit devenu une légende. Ton exposition ne vaut pas un clou, Théo. Je ne comprends pas que tu aies ressorti toutes ces vieilleries et que tu aies même cru utile d'en faire un bouquin.

Je ne réponds pas à ses provocations. Par lassitude, parce que je n'ai aucune envie de me battre avec lui. Sans doute aussi parce que je sais que, durant les dernières années de sa vie, Joseph Kircher s'était laissé aller à la facilité et que cette exposition a plus été montée sur un nom prestigieux que sur la valeur intrinsèque des photos.

– Où ces toiles se trouvent-elles, Camille ? Qu'est-ce que tu en as fait ?

Il tire plusieurs fois sur sa clope avant de répondre.

– Elles sont au moulin.

– Quel moulin ? Tu ne parles pas de Saint-Arnoult, quand même ?

– Si.

Je ne sais pas s'il se moque de moi ou si l'alcool le fait délirer.

– Je ne comprends rien à ce que tu dis.

– C'est pourtant simple. J'ai racheté le moulin il y a cinq ans, il est à moi.

Je suis interloqué. Mon premier mouvement est de lui dire que je ne le crois pas, mais je sais pertinemment qu'il n'aurait pas pu inventer une chose pareille.

– Il m'arrivait parfois de retourner là-bas, poursuit-il. Je ne saurais pas vraiment dire pourquoi... Je restais un peu devant le portail, je faisais le tour du mur d'enceinte, je traînais le long de la Rémarde. Un jour, un panneau « À VENDRE » est apparu sur le portail. Je suis allé à l'agence immobilière indiquée. Je me suis décidé en moins de quarante-huit heures, c'est à peine si j'ai négocié le prix. Les précédents propriétaires avaient fait d'importants travaux, et je peux te dire que je l'ai payé une fortune. Ça n'était pas vraiment une affaire... J'ai dépensé une grosse partie de l'argent qui me restait.

– Est-ce que tu vis là-bas ?

– Non, je ne dirais pas ça. Je peins surtout dans l'ancien atelier de papa, qui n'a pas beaucoup changé. Je loue parfois le moulin l'été pour payer l'entretien et les charges.

– Qui est au courant ?

On dirait qu'il se creuse la tête un moment alors que la réponse ne peut être plus simple que celle qu'il me donne :

– Personne. Ni Maud ni Nina.

– Pourquoi ne m'en as-tu jamais parlé ?

– Pourquoi est-ce que je l'aurais fait ? On ne parle jamais de rien, Théo. On est devenus de quasi-inconnus l'un pour l'autre. Ne me dis pas que tu n'en as pas conscience...

– On a été proches autrefois, Camille.

– C'est vrai, mais les choses changent. C'est comme ça...

Je pense aux années que nous avons gâchées, à tout ce que nous aurions pu faire ensemble. Le temps détruit tout, mais nous l'aidons beaucoup dans son entreprise.

– Pourquoi est-ce que tu dessines et peins tout le temps cet escalier ?

Il s'affaisse un peu sur le banc, les jambes dépliées.

– Ça me vient comme ça. Il n'y a pas de raison particulière.

– Je ne te crois pas. Monet ne peignait pas par hasard des nymphéas.

– Monet, rien que ça ! Tu te rends compte à quel point tu es ridicule ? Qu'est-ce que tu cherches exactement, Théo ? Qu'est-ce que tu peux en avoir à foutre, de cet escalier ? Je pourrais tout aussi bien dessiner des montres molles ou la cathédrale de Rouen !

– J'ai rêvé de tes dessins l'autre jour. Ou plutôt de cet escalier, comme s'il me rappelait quelque chose. Une chose lointaine et inaccessible...

– L'interprétation des rêves maintenant ! Tu veux quoi ? Me psychanalyser ? Et faire d'une pierre deux coups en te mettant toi aussi sur le divan ?

« Si tu savais, Camille… Avec ce que j'ai découvert ces derniers jours, je crois qu'une bonne partie de ma psychanalyse est faite. »

– Je pense que ce motif signifie quelque chose pour toi. Je veux juste comprendre pourquoi tu t'es toujours senti aussi mal.

– Tu sais bien que les grands génies sont plus sujets à la dépression que les autres, dit-il d'un ton sarcastique. Nous autres, nous sommes des êtres incompris, des artistes maudits !

– Arrête.

Camille se penche en avant, jette sa cigarette au sol et commence à se masser les tempes.

– C'est le grand escalier du moulin que je peins, celui qui conduisait à la bibliothèque en mezzanine et aux chambres.

– Pourquoi ? Pourquoi cet escalier en particulier ?

– Je ne savais même pas que c'était celui-là avant de racheter le moulin. La première fois que je suis arrivé là-bas avec quelques affaires, je suis resté connement paralysé devant les marches. Je n'arrivais plus à bouger ni à respirer. Je ne comprenais pas du tout ce qui m'arrivait – et je t'assure que j'étais clean à ce moment-là. Cet état a duré une ou deux minutes. Ce n'est qu'en commençant à monter les marches que j'ai eu la certitude que c'était cet escalier que je reproduisais sur mes dessins et mes toiles.

Je demeure un moment sans voix. J'essaie de tisser dans ma tête des liens qui ne mènent nulle part. Qu'est-ce que cet escalier représente pour lui ? Pourquoi en a-t-il fait un élément obsessionnel de ce que j'ose appeler désormais son « œuvre » ? Dans quel épisode de notre enfance trouve-t-il son origine ? Et pourquoi en ai-je rêvé lorsque j'étais à Lausanne ?

– Camille, quand as-tu commencé à peindre cet escalier ? De quand date la première toile ?

Un sourire vague naît sur ses lèvres. Il récupère son portable et se met à chercher une photo précise.

– Tiens, c'est la première.

En écartant le pouce et l'index, il a zoomé sur la partie inférieure droite du tableau, où est inscrite une date : « mars 90 ».

Voilà dix-huit ans que celui que je croyais être mon frère peint l'escalier de la maison où nous avons grandi.

7

Nous sommes rentrés si tard que je n'ai pas vu Maud, qui était déjà couchée. J'ai dû traîner Camille jusqu'à sa chambre. Il a sombré presque immédiatement sur son lit, sans prendre la peine de se déshabiller. Je suis resté quelques minutes dans la pièce, assis sur un coffre en osier, à le regarder dormir et à l'écouter respirer – sa respiration était lourde, proche du ronflement. Mon esprit n'arrivait à s'accrocher à rien de vraiment précis. J'avais toujours l'impression que l'ensemble n'était pas complet, que trop de choses encore m'échappaient au sujet de ma mère et de Camille.

Le lendemain, je sens que Maud n'est pas vraiment heureuse de me voir. Elle fait tout pour me faire croire le contraire, mais je ressens une honte comparable à celle que j'éprouvais, enfant, quand ma mère me traitait avec froideur. Camille a la gueule de bois. Il se lève à plus de 11 heures et, après avoir avalé un café puis une bière, part à pied se promener autour du cap. Nous ne reparlons pas de notre conversation de la veille. En a-t-il seulement le moindre souvenir ? Je suis habitué : avec Camille, chaque jour nouveau paraît un jour vierge. Les disputes ou les bons moments sont oubliés en un claquement de doigts, ne reste que ce sentiment pénible de superficialité dans nos rapports.

Lorsque je me retrouve enfin seul avec Maud, alors qu'elle prépare le repas dans la cuisine, je décide de prendre le taureau par les cornes et lui tends mon acte de naissance, que j'ai gardé sur moi depuis mon passage à la banque.

– De cela aussi tu étais au courant, Maud ?

Elle fronce les sourcils, s'essuie les mains avec un torchon, avant de lire le papier. Elle ne tarde pas à comprendre ce qu'il m'a révélé. J'ai fugacement l'impression qu'elle va se sentir mal quand elle tire à elle une chaise pour s'asseoir.

– Tu savais que Joseph n'était pas mon père, n'est-ce pas ?

Elle reste les yeux rivés sur l'acte de naissance. Je me sens soudain bête, debout dans cette cuisine. Le cadre ne colle pas avec ce qui s'y déroule. Devant son silence, je finis par m'asseoir en face d'elle.

– Parle-moi, Maud. J'ai besoin de savoir…

– Oui, je le savais. Mais ça ne change rien, Théo. Joseph n'était pas ton père biologique, mais il t'a aimé comme son propre fils, comme il a aimé Camille. Je peux te jurer que tout cela n'avait pas la moindre importance pour lui !

– Je suis l'enfant de l'homme qui a violé ma mère. Alors si, ça change pas mal de choses pour moi… Et pour vous aussi : je n'ai aucun lien de sang ni avec toi ni avec Camille.

– Je ne me suis jamais préoccupée de ça. Pourquoi a-t-il fallu que ta mère te donne ce bout de papier ? Car c'est elle qui te l'a donné, j'imagine…

– Oui – il se trouvait dans le coffre d'une banque à Paris. Elle l'a fait parce qu'elle a compris le mal qu'avaient provoqué quarante ans de non-dits et de mensonges.

– Je suis désolée, Théo. Ça doit être affreux pour toi d'avoir découvert ce secret.

Je suis fatigué de ces banalités. Fatigué que mes proches ne parlent que lorsqu'ils se sentent le dos au mur.

– C'est pour cela que Joseph s'est empressé d'épouser maman, quelques semaines seulement après leur rencontre ? Pour qu'il puisse plus facilement endosser cette paternité ?

– Je t'ai déjà dit combien il adorait ta mère. Il voulait à tout prix la protéger, et te protéger toi, en vous offrant un toit, un avenir, un héritage. Il a tout fait pour que personne ne soupçonne qu'il n'était pas ton vrai père.

– Pourquoi ne m'as-tu rien dit après l'arrestation de ma mère ?

– Je ne le pouvais pas. Seule Nina avait le droit de te révéler la vérité. Je lui avais fait la promesse de ne rien te dire.

– Tu as donc toujours su ?

Maud pose ses mains sur la table et triture son torchon, comme pour se donner une contenance.

– J'étais très proche de mon frère. Nous ne nous sommes jamais rien caché, mais il ne m'aurait rien dit si Nina ne l'avait pas autorisé à le faire. J'ai aimé ta mère comme une sœur dès que je l'ai rencontrée. Je crois qu'elle savait qu'elle pouvait me faire totalement confiance. Peu importait pour moi ce qui avait pu se passer avant qu'elle arrive en France…

– Quand t'a-t-elle donné la photo qui m'a conduit sur la trace du foyer suisse ?

– Après la mort de ton père. Elle se sentait très seule et nous avons beaucoup parlé alors. Elle a eu besoin de me raconter dans le détail toute sa jeunesse. C'est à ce moment qu'elle m'a montré la photo et qu'elle me l'a confiée. Elle ne voulait plus la garder avec elle : elle avait décidé de tourner complètement la page, d'essayer d'oublier cette période de sa vie. Nous n'avons d'ailleurs plus jamais évoqué le foyer Sainte-Marie depuis…

– Mais cette photo ne s'est pas retrouvée dans ce carton par hasard ? Je suis sûr que tu l'y as mise pour que je tombe dessus.

– C'est vrai, je l'ai glissée au milieu des autres photos en espérant que tu la remarquerais. Puisque j'avais promis à ta mère de ne jamais rien te révéler de son passé, je ne pouvais que te mettre sur une piste, t'inciter à t'intéresser à sa jeunesse.

– Et si je n'avais rien découvert ? Est-ce que tu aurais pris le risque de ne rien dire de ce que tu savais ?

– Une promesse est une promesse, Théo. On ne peut pas faire d'exception.

Maud tourne son regard vers la fenêtre. Elle me paraît soudain absente ; ou peut-être n'est-ce qu'un stratagème de sa part pour que je cesse de la questionner. Je me rends compte que je me comporte de manière trop brusque avec elle : je dois trouver des moyens plus sinueux pour obtenir ce que je veux.

– Est-ce que tu savais que Camille continuait à peindre ?

– Où es-tu allé chercher ça ?

– C'est la vérité. Il a peint un nombre impressionnant de toiles ces dernières années. Il m'en a montré des photos. Je crois en fait que personne d'autre que moi ne les a jamais vues.

Ma tante me regarde avec une stupéfaction non feinte.

– Je n'arrive pas à y croire… Pourquoi l'a-t-il caché ?

– Il ne peint pas pour les autres, Maud. Il le fait uniquement pour lui, pour essayer d'exorciser quelque chose.

– « Exorciser » ?

– Je ne trouve pas de mot plus juste que celui-là. Ses tableaux ont toujours le même sujet. Camille n'a aucune conscience de la valeur de ses œuvres, il peint de manière compulsive. Je crois qu'il ne fait que revivre encore et toujours le même épisode à travers ses toiles. Et ça dure depuis près de vingt ans.

C'est à moi de jeter un coup d'œil vers la fenêtre. J'espère que Camille ne va pas revenir à l'improviste et ruiner ce que je viens d'entreprendre. Je poursuis :

– Il s'est produit un événement, il y a très longtemps. Un événement dont il n'a pas une représentation claire, qui est enfoui en lui.

– Je ne te suis pas, Théo. De quoi est-ce que tu parles ? Qu'est-ce que t'a dit Camille ?

– Il ne m'a rien dit parce qu'il a pour ainsi dire oublié cet épisode. Il n'affleure à sa conscience que lorsqu'il peint, et je suis persuadé que ces toiles ne sont pour lui qu'une tentative pour se le rappeler.

Un silence s'installe entre nous. Je ne peux m'accrocher qu'à une vague intuition, mais je sais que s'offre sans doute à moi la dernière occasion de faire parler Maud. Les récents événements ont tout bousculé, fragilisé : ils ont rendu possible l'impossible, comme les confidences de ma mère sur sa jeunesse. Je dois tenter ma chance, quitte à devoir bluffer.

– Je crois que tu sais ce qui s'est passé. Oui, tu sais parfaitement d'où vient le mal-être de Camille, et pourquoi notre famille n'a jamais été normale. Je ne pense pas que le drame qui a eu lieu dans ce foyer en Suisse en soit l'unique cause. Il a peut-être joué un rôle, mais il y a autre chose...

– Je comprends que tu sois bouleversé, mais je ne te reconnais plus, Théo. J'ai l'impression que tu perds la tête.

Je ne dois pas céder. Je n'ai d'autre choix que de suivre mon instinct.

– Je ne me suis jamais senti aussi sûr de moi. L'escalier du moulin de Saint-Arnoult...

– Quoi ?

Je me penche par-dessus la table.

– Que s'est-il passé dans l'escalier du moulin ? De quoi Camille cherche-t-il à se souvenir ? Qu'est-ce qu'il a vu alors qu'il n'était qu'un enfant ?

Maud me regarde, les yeux remplis de larmes. La digue est en train de lâcher.

– Je ne peux pas, Théo. Non, je ne peux pas...

– Nina va aller en prison, Maud. De quoi crois-tu que les prochaines années seront faites pour nous ? Rien ne sera plus comme avant.

Je me tais durant quelques secondes et soutiens son regard.

– C'est en rapport avec Nina ? Avec mon père ? Qu'est-ce que Camille a vu qu'il n'aurait pas dû voir ?

– Tu étais là toi aussi cette nuit-là, dit-elle en pleurant. Tu étais avec Camille.

– Pardon ?

Je sens un frisson me parcourir le corps.

– Ton père n'est pas mort d'une crise cardiaque, Théo.

8

Maud ravale ses larmes. Je reste pétrifié sur ma chaise. Il me faut quelques secondes pour encaisser cette phrase.

– Qu'est-ce que ça signifie ?

– Quand ta mère a rencontré Joseph, dit-elle lentement, ils ont tous deux conclu un pacte : elle acceptait de l'épouser, et il reconnaîtrait l'enfant qu'elle portait.

– Tu appelles ça un « pacte » ? J'appelle ça de l'amour, tout simplement.

– Je dis « pacte » parce qu'il y avait une autre condition à ce mariage.

– Laquelle ?

– Nina ne s'offrirait jamais à lui, elle n'aurait même plus aucune relation avec un homme. Après ce qu'elle avait vécu en Suisse, ta mère avait décidé de renoncer définitivement à sa vie de femme. Elle ne voulait plus qu'un homme la touche, quels que soient les sentiments qu'elle puisse éprouver.

Le passé remonte en moi : ces années durant lesquelles je ne lui ai connu aucune relation, cette vie austère qu'elle avait choisie, croyais-je, par attachement à la mémoire de mon père.

– Joseph était un grand séducteur, il fréquentait énormément de femmes. Et, pour être honnête, il n'avait guère été fidèle à sa première épouse : le mariage n'avait pas mis de frein à son besoin de conquêtes féminines. Nina lui a expliqué qu'il pourrait continuer à avoir autant de maîtresses qu'il le souhaitait, pourvu qu'il n'entreprenne rien avec elle. Tes parents faisaient chambre à part et il n'y a jamais rien eu entre eux.

– Ça n'est pas possible, Maud. Tout ce qu'on a raconté sur mes parents, leur amour fusionnel, ces photos qui témoignent de leur passion, la détresse de ma mère après la mort de Joseph... tout cela a existé !

– Pas de la manière que tu crois... Après le mariage, Joseph a pris une garçonnière à Paris où il retrouvait ses maîtresses. Nous étions dans l'après-Mai 68, et je crois que la libération des mœurs l'a déculpabilisé et encouragé dans son comportement. Mais il était fou amoureux de Nina, et l'avoir comme simple épouse et modèle pour ses photos ne lui suffisait plus. Il s'est mis à devenir agressif avec elle, lui reprochant le pacte absurde qu'ils avaient conclu. La photo ne l'inspirait plus et il s'était mis à boire depuis quelque temps... à boire beaucoup. Il y avait des disputes terribles entre eux. Joseph menaçait de divorcer et de mettre Nina dehors, mais tout cela n'était évidemment que des paroles en l'air : dès qu'il avait dessoûlé, il se répandait en excuses et la suppliait de lui pardonner. Une grande partie de ce que les gens croient au sujet de leur couple n'a été qu'une légende. Oui, Nina a été d'une certaine manière sa muse, mais ce mariage a été la plus grosse erreur de leur vie. Je n'aurais pourtant jamais imaginé que tout se terminerait aussi mal... Les choses ont duré ainsi durant des mois et des mois ; il y avait des hauts et des bas. Parfois, Joseph partait en voyage, ce qui permettait à la tension de retomber. Il arrivait à rester sobre pendant quelques semaines, mais dès qu'il se remettait à boire, l'enfer recommençait.

Un silence s'installe dans la cuisine. Le récit de Maud me semble inimaginable.

– Les choses auraient pu continuer encore longtemps comme ça, reprend-elle, sans cette nuit de février 1973. J'habitais encore à Paris à cette époque, j'ai été réveillée par la sonnerie du téléphone vers 2 heures du matin. C'était ta mère. Elle était en larmes, totalement paniquée. « J'ai tué Joseph, j'ai tué Joseph… » : voilà ce qu'elle n'arrêtait pas de répéter entre deux sanglots. Elle a été incapable de me raconter par téléphone ce qui s'était passé. J'étais effondrée, mais je savais inconsciemment que leur relation finirait mal.

J'entends les battements de mon cœur jusque dans mes oreilles. J'ai le sentiment que le cauchemar commencé quelques jours plus tôt ne prendra jamais fin.

– Qu'as-tu fait ?

– J'ai simplement dit à ta mère de ne toucher à rien et de m'attendre. Je suis partie à Saint-Arnoult en pleine nuit. Quand je suis arrivée au moulin une heure plus tard, j'ai trouvé Nina accroupie dans le salon au pied de l'escalier où reposait le corps de mon frère. Elle ne bougeait pas. Elle était plongée dans une sorte d'état catatonique. Dans la mesure où elle ne pouvait répondre à aucune de mes questions, ce n'est que plusieurs heures après que j'ai appris ce qui s'était passé.

Maud prend à ce moment-là une grande inspiration, comme pour se donner du courage.

– Ce soir-là, Joseph avait bu plus que de raison. Il avait fait une énième scène à Nina, l'avait une nouvelle fois menacée de la chasser de la maison et de sa vie. De guerre lasse, elle avait fini par se réfugier dans sa chambre, persuadée qu'elle devait quitter Joseph une bonne fois pour toutes. Mais au moment où elle commençait à s'assoupir elle a senti un corps sur le sien et des mains qui la maintenaient immobile. Joseph était en train d'essayer d'abuser d'elle, malgré la promesse qu'il lui avait faite. Elle s'est alors débattue de toutes ses forces. Comme il était presque ivre mort, elle a réussi à se dégager de son étreinte et à quitter la chambre. Mais Joseph l'a poursuivie dans le couloir et l'a giflée. Ils étaient en haut du grand escalier quand Nina a dû se défendre une nouvelle fois en le repoussant. Joseph est tombé et a dégringolé les marches. Passé sa stupeur, quand elle l'a rejoint, elle a constaté qu'il était mort. Elle n'a pas pu me dire combien de temps s'était écoulé avant qu'elle arrive à décrocher le téléphone pour faire mon numéro.

– Non, mon père est mort d'une crise cardiaque. C'est ce qu'a conclu le médecin légiste. Vous n'auriez pas pu maquiller sa mort…

Ma tante est parcourue par une sorte de tressaillement.

– Nous n'avons rien maquillé du tout. Nous avons laissé le corps exactement où il était : c'est ce qui m'a semblé le moins risqué. Je n'ai pas hésité une seconde à aider Nina.

– « Pas une seconde » ? Mais Joseph était tout de même ton frère…

– Oui, et je savais l'enfer qu'il lui faisait vivre. Je n'ai pas douté qu'il s'agissait d'un accident. Je n'imaginais pas non plus ajouter un drame à un autre. J'ai pensé à toi, à Camille. Je devais à tout prix protéger notre famille. J'ai persuadé Nina que nous ne pouvions pas dire la vérité. La notion de « viol conjugal » n'existait évidemment pas à l'époque ; on parlait même de « devoir conjugal » : il était impensable qu'une femme puisse se refuser à son mari. Et puis Nina aurait été obligée de tout raconter, de l'agression qu'elle avait subie en Suisse jusqu'au pacte qu'ils avaient passé avant leur mariage. Alors je me suis occupée de tout. Au petit matin, j'ai appelé le médecin de Saint-Arnoult qui suivait ton père. J'ai prétendu que j'avais dormi au moulin cette nuit-là et que j'avais découvert Joseph mort au bas de l'escalier en me réveillant. C'est lui qui a établi le certificat de décès. Comme Joseph était traité pour des problèmes cardiaques depuis plusieurs années, il a conclu à un infarctus.

– Quoi ! Il n'y a pas eu d'enquête ?

– Je n'appellerais pas ça une enquête… La police est bien-sûr venue, mais elle n'a rien trouvé de suspect. Ce fut une simple routine, dans la mesure où j'avais assuré être au moulin au moment du drame et où Nina et moi avions accordé nos violons. Nous ne nous sommes pas opposées à l'autopsie, qui a montré qu'il avait près de deux grammes d'alcool dans le sang. Cet élément a accrédité définitivement la thèse de la chute accidentelle.

J'ai l'impression que mon passé m'échappe, comme si l'on m'arrachait mes souvenirs et mon enfance pour leur substituer quelque chose de tout à la fois incompréhensible et inquiétant. Je cherche à comprendre. Qu'a ressenti ma mère ? A-t-elle revécu le traumatisme de Sainte-Marie lorsque mon père s'est jeté sur elle ? Comme elle devait le revivre des années plus tard en croisant Dallenbach à l'hôtel… Deux scènes en miroir, aux racines communes, qui ont ruiné sa vie sans retour en arrière possible.

– Comment Camille pourrait-il être au courant de ce qui s'est déroulé cette nuit-là ?

Maud fait une grimace – peut-être ai-je abordé le point le plus douloureux pour elle. J'ai fugacement le sentiment qu'elle va tenter de se dérober, mais elle me répond sans que j'aie besoin d'insister.

– Quelques minutes après mon arrivée, alors que j'étais auprès de Nina, j'ai entendu du bruit en haut de l'escalier. J'ai levé les yeux et je vous ai vus.

– « Vous » ?

– Camille et toi, immobiles dans l'obscurité, vous tenant par la main. Vous étiez en train de nous observer : nous étions accroupies autour du corps de Joseph. Je ne sais pas ce qui a pu vous réveiller, ni même pourquoi vous vous êtes tous les deux levés de votre lit – est-ce Camille qui t'a entraîné avec lui ? Le fait est que vous étiez là. Depuis combien de minutes, je n'en sais rien.

– Non, je n'ai pas pu assister à ça…, dis-je en secouant la tête.

– Tu n'avais même pas cinq ans, Théo. Je ne pense pas que tu aies pu comprendre quoi que ce soit à la scène, ni t'en souvenir. Mais Camille avait trois ans de plus que toi... Je me suis aussitôt ruée dans l'escalier pour vous ramener dans votre chambre. Vous étiez calmes, les yeux encore ensommeillés. Tu t'es aussitôt rendormi. Mais lorsque j'ai mis Camille au lit en lui disant que tout allait bien il m'a demandé : « Pourquoi est-ce que papa dort par terre ? » J'ai essayé de ne pas me remettre à pleurer, mais je n'ai rien trouvé à lui répondre. Je crois que Nina était à peine consciente de ce qui venait de se passer, ou peut-être a-t-elle oublié votre présence dans l'escalier ce soir-là. Je ne lui en ai jamais reparlé.

– Camille n'a jamais pu se remémorer clairement cette soirée...

– J'ai longtemps essayé de me persuader qu'il était peut-être trop endormi pour avoir compris quoi que ce soit. Mais j'étais naïve. Par la suite, j'ai lu des livres sur les traumatismes infantiles, et j'ai appris qu'à cet âge il était fréquent qu'ils soient refoulés.

Camille avait donc passé la moitié de sa vie à répéter dans ses toiles cette scène primitive, sans comprendre ce qu'elle signifiait. Il avait vu son père mort, entouré de sa tante et de sa belle-mère, et la version officielle qu'on avait donnée du décès n'avait jamais collé à ce dont il avait été témoin. Et moi ? Était-il possible que j'aie gardé un souvenir de cette nuit-là ? Mon cauchemar était-il le fruit d'une réminiscence, même infime, ou n'était-il dû qu'aux dessins de Camille, auxquels s'étaient mêlées des divagations sur Sainte-Marie ?

– Tu as conscience du traumatisme qu'a subi Camille ? Comment aurait-il pu surmonter ça ?

Maud hoche lentement la tête. Je vois inscrite dans ses traits la culpabilité qu'elle a dû supporter tout au long de son existence.

– Je ne l'ai pas aidé comme je l'aurais dû. Quand il a commencé à s'enfoncer dans la drogue, j'ai voulu croire qu'il y avait d'autres raisons à son comportement : le fait de devoir vivre avec nous, d'avoir perdu si jeune ses parents... J'aurais dû l'obliger à voir un spécialiste pour qu'il règle ses problèmes, mais... j'avais peur.

– Peur de quoi exactement ?

– Qu'il se rappelle ce qu'il avait vu...

Maud se tait. Son regard est vide. Les années défilent dans ma mémoire comme un film en accéléré. Le spectacle de ces vies gâchées me désespère. Ma propre souffrance me semble dérisoire comparée à celle de mon frère – car, bien que je sache qu'aucun lien de sang ne nous unit, je ne me suis jamais senti aussi proche de lui qu'à cet instant. Joseph est mon père, Camille est mon frère, Maud est ma tante. Qu'est-ce qu'une famille si ce n'est ce qu'on décide qu'elle soit ?

– Merci d'avoir trouvé le courage de tout me dire.

– Camille ne doit jamais rien savoir, Théo. Tu ne dois révéler ce secret à personne.

Je me lève lentement de ma chaise. La seule vertu de la douleur, c'est qu'elle vous permet parfois d'y voir clair.

– Non, Maud. Je ne peux pas te faire cette promesse, pas cette fois. Le mensonge n'a jamais guéri personne... Il permet de gagner du temps, de nous faire croire que les choses s'amélioreront, mais il ne guérit pas.

*

Le soir venu, j'entraîne Camille sur la plage du cap d'Antibes. J'emporte une bouteille avec moi : je sais que ce n'est pas le meilleur service à lui rendre, mais j'imagine que l'alcool facilitera les choses. Autant pour lui que pour moi. Je sais aussi que, avec celle où j'ai appris l'arrestation de ma mère, il s'agira de la pire soirée de ma vie. Mais j'ai un devoir à accomplir. Ce rôle, nul autre que moi ne pourra le remplir. Peut-être, pour la première fois, vais-je enfin me comporter comme un frère.

Alors, tandis que nous buvons au goulot en nous passant la bouteille, je commence à raconter toute la vérité à Camille. Assis à côté de moi, dans la nuit tombante, il pleure comme le gosse effrayé qu'il n'a jamais cessé d'être.

9

Une semaine plus tard, dans la foulée des sorties médiatiques de Guez, est parue dans un grand quotidien national une enquête fouillée sur les internements administratifs en Suisse, qui devait être reprise par de nombreux journaux. Soixante mille : c'est le nombre estimé d'adolescents et d'adultes qui ont été enfermés sans procès ni délit constitué dans plus de six cents établissements à travers le pays au cours du xxᵉ siècle. L'auteur de l'enquête détaillait les mauvais traitements et les humiliations quotidiennes, évoquait les cas de ces femmes jugées déficientes ou débauchées, contraintes à l'avortement mais aussi à la stérilisation, le silence ayant entouré ces pratiques des décennies durant. La seconde partie de l'article était consacrée à la commission d'experts créée l'année précédente par le Parlement. Le professeur Berthelet y était interrogé en tant que président : il insistait sur la nécessaire réhabilitation des victimes de placement et sur le devoir de mémoire indispensable pour inscrire ces souffrances dans l'histoire politique et sociale de la Suisse.

Même si cet article ne m'a rien appris, sa lecture m'a un peu rasséréné : j'avais l'impression que le calvaire de ma mère – et par là même celui de notre famille – était reconnu publiquement, que le poids de ces malheurs, en étant partagé, s'en trouvait allégé.

*

Le lendemain de notre soirée sur la plage, Camille est parti en voyage pour plusieurs semaines, sans vraiment savoir où il allait. Je crois que cette fuite, cette recherche de solitude et de dépaysement étaient sa seule défense possible, le seul moyen pour lui d'espérer réparer ce qui pouvait encore l'être. Durant son périple, j'ai reçu quelques cartes postales entièrement vierges de Madrid, Rio de Janeiro, São Paulo, Los Angeles... Avant son départ, il m'a confié les clefs du moulin. J'ai mis trois semaines pour trouver le courage de retourner à Saint-Arnoult-en-Yvelines.

Le parc était plus grand et plus beau que dans mon souvenir : un décor féerique d'eau et d'arbres, de chemins plantés, de ponts enjambant la rivière sous le ruissellement des saules pleureurs. Je n'arrivais toujours pas à croire que Camille avait racheté la propriété de notre père, qu'elle faisait à nouveau partie de la « famille ». Je m'y suis d'abord senti comme un étranger, un hôte indésirable. Il m'a fallu du temps avant d'oser entrer dans la maison.

Orphelin de ses meubles d'origine et des œuvres d'art de Joseph, l'intérieur m'a paru méconnaissable. Puis, peu à peu, aidés par quelques éléments inaltérés – la vieille roue dans sa cage, les murs de la cuisine recouverts de faïence bleue de Delft, la cheminée monumentale –, les images sont remontées à la surface. J'ai erré de pièce en pièce avant de gravir l'escalier. Je suis demeuré un long moment sur la dernière marche, le regard plongé en contrebas, à essayer d'imaginer la scène à laquelle Camille et moi avions assisté trente-cinq ans plus tôt.

Quand je suis arrivé dans l'atelier contigu à la maison, je n'en ai pas cru mes yeux. La vaste pièce était entièrement remplie de toiles : posées contre les murs et la verrière, entassées à même le sol, formant çà et là des pyramides instables. C'était à peine si l'on pouvait circuler dans l'atelier, et je me suis demandé où Camille avait trouvé la place pour peindre dans un pareil désordre. Je suis resté interdit sur le seuil avant de m'aventurer au milieu de vingt années de création que j'étais probablement le premier à voir. Ce jour-là, j'ai photographié à l'aide de mon téléphone une bonne moitié des œuvres afin de les montrer à Mathieu, en espérant que Camille m'en donnerait l'autorisation. Car j'étais persuadé, au plus profond de moi, qu'elles devaient être exposées et partagées, et que cela pourrait aider mon frère à se relever.

Au mois d'octobre, alors que le monde était secoué par une crise bancaire et financière sans précédent, ma mère a été remise en liberté après quatre mois de détention provisoire, sur la foi d'une nouvelle expertise psychiatrique qui concluait à une altération du jugement au moment du drame. Libérée dans l'attente de son procès, qui, selon maître Guez, avait peu de chance de se tenir avant au moins un an. Cette décision de justice n'était pas étrangère à l'émoi suscité par l'affaire dans l'opinion publique ni aux déclarations de plusieurs intellectuels et leaders politiques qui ont érigé Nina Kircher en symbole de la violence faite aux femmes dans notre société.

À ma demande, l'ex-mari de Marianne a fait des recherches pour retrouver la trace de mes grands-parents maternels. À la fin des années 1970, le père de Denise fut mêlé à un scandale immobilier retentissant qui lui fit perdre l'essentiel de sa fortune. Criblé de dettes qu'il se retrouvait incapable de rembourser, il se donna la mort dans le bureau de sa villa, que les huissiers devaient venir saisir le lendemain. Suicide par arme à feu : un fusil de chasse placé sous son menton. Il ne laissa aucune lettre. Ma grand-mère, atteinte depuis de longues années de neurasthénie, a fini ses jours dans une maison de santé genevoise où elle s'est éteinte dans son sommeil en 1989, sans cause véritable.

Quelques jours après la libération de ma mère, nous avons passé une semaine au moulin. Camille et moi occupions nos journées à débroussailler une partie du parc laissée à l'abandon et à élaguer des arbres jusqu'à l'épuisement ; Maud et ma mère, à réaménager l'intérieur avec des meubles et des objets qui avaient été entreposés des décennies plus tôt dans un garde-meuble. Peu à peu, la maison reprenait vie, même si nous étions incapables de dire à quoi cette vie pourrait bien ressembler, voire si nous ne faisions pas simplement semblant.

À mon grand étonnement, sans que j'aie eu trop à insister, Camille a accepté d'exposer ses toiles. Mathieu est venu au moulin un après-midi faire une première sélection – il n'avait vu jusque-là les peintures qu'en photo. Je l'ai laissé un long moment parcourir l'atelier, sans le déranger. Il les a examinées une par une, avec l'excitation d'un gosse qui, après avoir rêvé d'un trésor, finirait par le découvrir pour de bon. Les yeux glissant de toile en toile, sur les escaliers qui déroulaient leurs marches biscornues, j'ai pensé à cette phrase de Picasso : « Tout acte de création est d'abord un acte de destruction. »

Le soir, nous dînions à la lumière des bougies. Ma mère semblait à la fois sereine et absente. Camille buvait dans son coin, beaucoup, sans que personne se permette de le lui reprocher. Maud et moi essayions de faire la conversation comme nous le pouvions. Nous savions tous que plus rien ne serait comme avant – mais lequel d'entre nous aurait de toute façon aimé que ce soit le cas ? L'atmosphère était étrange, un peu irréelle, moins gênante que je ne l'avais craint. Par moments, j'avais même l'impression fugace d'un certain bonheur, qui venait chasser ce sentiment poisseux d'être passé dans ma vie à côté de l'essentiel, de tout avoir compris trop tard.

*

Quant à Marianne... Après mon départ d'Antibes, je l'ai eue presque quotidiennement au téléphone. Nous pouvions parler des heures, jusque très tard dans la nuit, sans voir le temps passer. Sainte-Marie n'était pas un sujet tabou entre nous, mais nous évitions soigneusement de remuer le passé, pour chercher à nous connaître et tenter d'oublier les circonstances dans lesquelles nous nous étions rencontrés. Cette relation à distance était étrange mais pleine de charme, tellement différente des passades dont j'avais rempli ma vie les dernières années. « À quelque chose malheur est bon », dit le proverbe. Même si c'était difficile à admettre, peut-être la mort de Dallenbach nous avait-elle indirectement sauvés, Camille et moi. Et je ne suis pas sûr que, si on m'en avait donné la possibilité, j'aurais aimé revenir en arrière, avant le drame qui s'était joué dans cet hôtel.

Marianne est venue trois jours à Paris pour un colloque d'histoire à la Sorbonne. Au départ, m'a-t-elle avoué, elle n'était nullement prévue au programme de ce cycle de conférences, mais elle avait fait des pieds et des mains auprès de Berthelet pour que ce soit elle qui représente l'université de Lausanne. Nous nous sommes donc retrouvés, avec ce mélange de gêne et d'excitation propre aux relations à peine ébauchées. Sur son peu de temps libre, je lui ai fait visiter Paris, qu'elle connaissait mal, l'ai emmenée dans des restaurants où je me sens bien. Nous avons beaucoup ri ensemble. Notre complicité était évidente – j'imaginais que nous passions aux yeux des autres clients pour un couple uni – et je n'arrivais pas à me souvenir de la dernière fois où j'avais emmené une femme dîner sans être obnubilé par l'idée de coucher avec elle. Parfois pourtant, une sorte de silence embarrassé s'installait au beau milieu de notre conversation, comme une ombre qui serait venue s'interposer entre nous. Mais Marianne parvenait à le rompre avec simplicité, d'un éclat de rire ou d'une remarque inattendue.

Je l'ai chaque fois raccompagnée à son hôtel, sans jamais monter dans sa chambre, même si je sentais bien chez elle un désir identique au mien. Aucun scrupule ne me retenait, mais j'avais envie de prolonger autant que possible cette relation si particulière, de la protéger dans un écrin comme un bijou précieux qu'on n'ose pas porter.

Le dernier soir, alors que nous étions devant l'hôtel, il s'est mis à pleuvioter, comme cette nuit à Lausanne où je n'avais pas su saisir ma chance. J'ai vu dans son regard qu'elle pensait aussi à cette scène et à notre rendez-vous manqué. Cette fois, c'est moi qui l'ai embrassée.

– Tu sais quoi ? lui ai-je dit juste après. J'aimerais beaucoup rencontrer Emily-sans-accent-et-avec-un-i-grec…

Elle a ri.

– Ma fille ?

– Tu en connais une autre ? Enfin, si tu es d'accord, bien sûr…

– Rien ne me ferait plus plaisir, Théo, a-t-elle répondu. (J'ai perçu une réelle émotion dans sa voix.) Tu sais que c'est les vacances dans trois semaines ? Emily reste avec moi tout le mois de juillet. Ce serait peut-être l'occasion…

– Ferme les yeux.

– Quoi ?

– Ferme les yeux, je te dis.

Elle a obtempéré, l'air amusé.

– Voilà.

– Pense à un endroit où tu as toujours rêvé d'aller, n'importe où sur la planète.

– Qu'est-ce que… ?

– Ne réfléchis pas trop ! Juste un endroit où tu adorerais aller.

– L'Amazonie… Je rêvais d'aller là-bas quand j'étais gamine, mais je dois avouer que mon portefeuille m'en a toujours empêchée.

Elle a rouvert les yeux.

– Annonce à ta fille que c'est là qu'on part cet été.

– Tu es sérieux ? L'Amazonie ?

– Absolument. Je m'occupe de tout, tu n'auras qu'à préparer tes bagages.

Marianne a poussé un cri, puis elle s'est jetée dans mes bras et m'a déposé tout un tas de petits baisers sur les joues et la bouche. Je me sentais enfin serein, heureux, délivré de mes tourments.

Quand je l'ai quittée ce soir-là, mon cœur battait trop vite. En marchant dans les rues de Paris, je savais au plus profond de moi – avec cette certitude que vous donne l'amour dans ces instants de grâce – que Marianne serait la femme de ma vie. De ma nouvelle vie.

10

Je n'ai jamais été très attentif à mon courrier. J'ai la mauvaise habitude de le laisser s'amonceler sur le guéridon, dans l'entrée de mon appartement, et de me promettre de m'en occuper le lendemain. Mais ce jour-là – une semaine exactement avant que je ne parte pour Lausanne rejoindre Marianne et sa fille –, une lettre que je viens de récupérer dans ma boîte retient mon attention. C'est mon agent artistique qui me l'a fait suivre après en avoir modifié l'adresse. Il m'arrive parfois de recevoir des courriers de particuliers qui me demandent des conseils ou me parlent de mon père et celui-ci aurait pu rester longtemps sur le guéridon s'il n'avait été expédié de Lausanne, comme me l'indique au dos l'adresse de l'expéditrice. Une certaine Nicole Kern, que je ne connais pas.

Je décachette l'enveloppe, qui contient deux feuilles couvertes d'une écriture appliquée et un peu démodée. La lettre date de deux semaines. « Cher monsieur Kircher, j'ai longuement hésité avant de vous écrire… » Intrigué, je commence à la lire tout en regagnant le salon. Au bout d'une dizaine de lignes, je reste figé au milieu de la pièce. Plus j'avance dans ma lecture, plus je sens mon rythme cardiaque s'accélérer. Lorsque j'ai terminé, je m'effondre sur le canapé. Je n'ai pas besoin de relire la lettre : je sais bien qu'une seconde lecture n'en changera pas le contenu.

Je demeure un long moment sonné. Les connexions se font dans ma tête, mais je refuse encore de regarder la réalité en face.

Quand je m'en sens capable, je file dans mon bureau pour ressortir le dossier de Sainte-Marie que ma mère avait enfermé dans le coffre. J'en tourne fébrilement les pages jusqu'à tomber sur sa feuille d'admission.

Motif de l'internement : fugue et immoralité sexuelle

Mes yeux descendent jusqu'à la signature du directeur : Henry Bruner.

J'ai encore l'espoir que l'expéditrice ait commis une erreur, qu'elle se soit trompée dans les dates. J'allume mon ordinateur et me connecte à Internet. Je ne tape qu'un nom dans le moteur de recherche, celui de Marianne Bruner.

Lors de notre déjeuner à Lausanne, Marianne m'a confié que Dussaut n'était pas son nom de jeune fille, mais celui de son ex-mari. Je fais défiler les maigres résultats et clique sur les profils Facebook proposés. Quatre profils correspondent à ce nom. Les trois premiers possèdent une photo, mais aucune ne correspond à Marianne. Le dernier profil affiche une peinture de Chagall – la même que celle que j'ai vue dans son bureau à l'université. Je clique dessus. Bien que le profil soit privé, deux informations sont visibles :

Âge : 37 ans
Emploi : Université de Lausanne

Il n'y a plus aucun doute. Bruner est bien le nom de jeune fille de Marianne. Son père était le directeur de Sainte-Marie non pas seulement au début des années 1970, comme elle l'a prétendu, mais aussi à l'époque où ma mère s'y trouvait.

Je pose la lettre sur mon bureau et la relis lentement. Chacun des mots qu'elle contient m'est à présent une épine enfoncée dans le cœur.

Cher monsieur Kircher,

J'ai longuement hésité avant de vous écrire, autant par manque de courage que parce que les épreuves qu'a dû subir votre mère ces derniers mois ont ranimé en moi des souvenirs extrêmement pénibles. Si je m'adresse à vous aujourd'hui, c'est que je réalise que mon silence aurait fini par peser trop lourdement sur ma conscience. J'ai suivi dans la presse le déroulement de l'affaire Dallenbach, ainsi que les investigations entreprises par les journalistes sur le système d'internement dont des milliers de mes concitoyens ont été les victimes, et ce, dans l'indifférence générale. C'est ainsi que j'ai entendu parler de vous. Je sais que votre mère est en attente de son procès et je crois que mon témoignage pourrait lui être utile : nous avons presque le même âge et, par bien des côtés, une histoire similaire. Aussi, je vous autorise à utiliser cette lettre à toutes fins que vous jugerez nécessaires et je m'engage à réitérer mon témoignage devant une cour de justice, si cela peut permettre de faire toute la lumière sur les pratiques qui ont eu cours au foyer Sainte-Marie et sur les crimes qui y ont été commis par le personnel.

J'ai été enfermée à Sainte-Marie en avril 1968, à l'âge de 16 ans. Orpheline, j'ai été comme beaucoup d'enfants de ma condition ballottée de famille d'accueil en institution. Mon placement au foyer de Lausanne a été décidé par une commission cantonale, sans même que j'en aie été informée. Les raisons de ce placement seraient trop longues à vous expliquer dans ce courrier, mais sachez qu'il était la conséquence de très graves et fausses accusations qui ont été lancées contre moi dans la dernière famille où j'ai vécu.

Mon séjour là-bas fut bref, comme vous allez le voir. Je dois d'abord vous dire que plusieurs filles de Sainte-Marie avaient connu votre mère (du temps où elle s'appelait encore Denise) et qu'elle était considérée comme une véritable héroïne pour avoir réussi à fuguer sans qu'on arrive à retrouver sa trace. Je dois avouer que j'ai eu tendance à croire à l'époque que cette histoire était née de leur imagination trop fertile. Quelques semaines seulement après mon arrivée, m'obligeant à subir un examen gynécologique, le docteur Dallenbach m'a endormie en prétendant m'administrer un simple calmant. J'étais certes anxieuse mais nullement méfiante, puisque je n'avais jamais subi auparavant ce genre d'examen et que j'ignorais tout de la manière dont il aurait dû se dérouler. Le produit n'a sans doute pas eu les effets que Dallenbach escomptait, car je me suis réveillée alors qu'il m'infligeait des sévices sexuels. Tout comme votre mère, j'ai donc été victime de cet homme, et je n'ose même pas imaginer combien d'autres jeunes filles l'ont été avant et après nous.

Mais Grégory Dallenbach n'était pas seul dans le bureau ce jour-là. Il avait un complice. Le directeur de l'établissement, M. Bruner, avait lui aussi ôté son pantalon et participait à ces violences. Malgré mon état de semi-inconscience, j'ai crié et je me suis débattue. Le docteur m'a fait taire en me frappant, puis le directeur m'a agonie d'injures et menacée de mort. Personne ne peut se figurer l'état de terreur dans lequel je me trouvais. Les deux hommes se sont très vite rhabillés. Le docteur a quitté précipitamment le bureau, puis le directeur m'a fait un interminable sermon sans manifester ni honte ni remords. Je ne pourrais pas vous rapporter exactement ses propos. Je me souviens seulement qu'il m'a accusée d'être perverse et dépravée, avant de menacer de me faire transférer dans une prison pour femmes si je parlais de ce qui venait de se passer. Je comprends avec le recul à quel point cet homme était passé maître dans l'art de retourner la faute et de culpabiliser ses victimes. Il est sans doute difficile de se représenter aujourd'hui le degré de solitude et de soumission dans lequel nous nous trouvions toutes. Évidemment, je n'ai rien dit. Que pouvais-je faire ? J'étais sans famille, sans aide extérieure, et la seule autorité vers laquelle j'aurais pu me tourner était précisément incarnée par celui qui m'avait fait du mal. Dans les jours qui ont suivi, je me suis néanmoins confiée à une camarade dont j'étais très proche ; celle-ci m'a appris, après bien des hésitations, qu'elle avait subi des attouchements de la part du directeur, un jour qu'elle était seule avec lui dans son bureau.

Moins de deux semaines après, sans aucune explication, j'ai été transférée dans une colonie pénitentiaire à 30 kilomètres de Lausanne. J'imagine que le docteur et le directeur avaient jugé que ma présence dans les murs de Sainte-Marie représentait désormais un trop grand danger pour eux. Je ne m'étendrai pas sur ce qu'a été ma vie dans cette nouvelle « prison », mais vous n'aurez aucun mal à imaginer combien elle fut épouvantable.

Je n'ai jamais revu Grégory Dallenbach ni Henry Bruner, et il ne fait aucun doute que sans ce qui est arrivé récemment dans la vie de votre mère je n'aurais jamais parlé d'eux. J'ai appris que le médecin était encore resté deux ans à Sainte-Marie après mon départ. Quant au directeur, je sais qu'il est demeuré en poste jusqu'à la fermeture du foyer en 1972 ou 1973, mais j'ignore s'il est encore en vie. Étant donné l'ancienneté des faits que je vous rapporte, je doute de toute façon que l'on puisse encore entreprendre quoi que ce soit contre lui.

J'ai conscience que mon courrier est déjà bien trop long. J'aimerais que vous ne l'envisagiez que comme un préambule au récit plus détaillé que je suis prête à faire pour aider votre mère dans son procès et participer, même de manière modeste, à tous les témoignages qui pourront être donnés sur cette époque.

Bien à vous,

Nicole Kern

Marianne m'a menti – car je ne crois pas une seconde qu'il puisse s'agir d'autre chose que d'un mensonge. Elle possède toutes les archives disponibles sur Sainte-Marie, nul ne connaît mieux le foyer qu'elle : il est impossible qu'elle puisse ignorer à quelle date son père en est devenu le directeur. J'imagine à peine le dilemme qui a été le sien. Je me rappelle notre déjeuner à la terrasse du restaurant, je repense à son embarras, à cette culpabilité dont elle n'arrivait pas à se défaire. Ou plutôt était-ce de la honte... De devoir m'avouer que son père, loin de l'humaniste qu'elle m'a décrit, avait activement participé au système répressif des internements administratifs. La honte aussi d'avoir peut-être toujours su, ou du moins pressenti, ce que la lettre m'a révélé. Peut-on avoir pour père un monstre sans le savoir ? Certes, j'en suis après tout l'exemple vivant. À la différence près que je n'ai jamais vu Dallenbach de toute mon existence, alors que Marianne a parfaitement connu son père. Que voyait-elle, enfant, quand il rentrait à la maison le soir, après sa journée de travail ? Un père dévoué ? Un médecin estimable ? Ou sentait-elle derrière le masque de la respectabilité quel genre d'homme il était vraiment ?

Henry Bruner était-il présent dans le bureau le jour où Dallenbach a pris les photos de ma mère ? Et les deux autres où il a

311

continué à lui faire ces injections ? A-t-il été lui aussi son agresseur, avec tout ce que cela pourrait impliquer ? Car il me semble que ce n'est que maintenant que je prends toute la mesure de l'horreur de la situation : si je sais que Joseph Kircher et moi n'avons pas le même sang, je n'ai plus désormais de certitude sur l'identité réelle de mon père.

Je reste assis à mon bureau. Que puis-je faire désormais ? Détruire cette lettre et feindre de croire que je pourrais continuer de vivre comme si elle n'avait jamais existé ? Ou avoir le courage d'appeler Marianne et d'affronter la réalité ? Qu'y a-t-il de plus douloureux que de devoir faire un choix, dont chacune des alternatives vous semble pire que l'autre ?

Je prends le Zippo en argent qui traîne sur mon bureau – un cadeau d'anniversaire de mon ex-femme dont je ne me suis quasiment jamais servi. Je fais glisser jusqu'à moi le cendrier en verre. J'allume le briquet. Sa flamme tentatrice, jaune et bleu, vacille. Je l'approche de la lettre, à quelques centimètres. Mon pouls s'accélère. Je sens la colère monter en moi. La flamme atteint le bord de la feuille et commence à la noircir. Un petit bout se consume, dégageant une forte odeur de brûlé. Quelques particules tombent dans le cendrier.

Soudain, une force me retient : je suis incapable d'aller jusqu'au bout de mon geste. Je souffle deux fois sur la flamme, puis écrase avec les doigts le bord de la feuille encore incandescent. Je repousse le briquet loin de moi sur le bureau.

Mes yeux se posent à nouveau sur la lettre. J'en répète à voix haute l'une des premières phrases : « … je réalise que mon silence aurait fini par peser trop lourdement sur ma conscience ».

Je sais à présent que je ne détruirai pas cette lettre. Je n'en ai pas le droit. Je ne suis pourtant pas bien sûr que ce qui m'en empêche relève seulement d'une question de morale. J'ai davantage l'impression d'agir de manière égoïste, pour nous préserver, ceux qui me sont chers et moi. Car, au fond, j'ai appris que la vérité faisait mal une bonne fois pour toutes, alors que la douleur du mensonge ne s'éteint qu'avec lui.

Les larmes aux yeux, je prends mon téléphone et compose le numéro de Marianne. Je sais que c'est le prix à payer pour me libérer définitivement de mon passé.

Quel que soit mon avenir, bon ou mauvais, au moins ce sera le mien.

Note de l'auteur

Qu'à jamais j'oublie est une œuvre de fiction, mais celle-ci repose malheureusement sur une terrible réalité historique. Jusqu'en 1981, au moins soixante mille personnes ont été internées administrativement en Suisse, sans avoir jamais commis aucun délit, au seul motif qu'elles étaient pauvres, mendiantes, alcooliques, réfugiées, mères illégitimes, ou jugées dépravées, rebelles ou fainéantes. Ce phénomène de très grande ampleur n'a offert que peu de résistance et a longtemps été entouré d'un silence assourdissant.

En 2014, le Conseil fédéral a institué une commission indépendante d'experts (CIE) pour réaliser une étude scientifique sur ces internements et sur d'autres mesures de coercition. Fin 2019, la CIE a présenté et publié les résultats de ses recherches, ainsi qu'une série de recommandations, notamment dans le but d'indemniser les victimes et leurs familles. Si ces publications ont marqué la fin des travaux des experts, ces derniers considèrent que le travail de mémoire et de réhabilitation des internés ne fait, quant à lui, que commencer.

Les extraits de lettres lus par le professeur Berthelet, au chapitre 4 de la deuxième partie, ont été inspirés par de vrais courriers envoyés par des internés ou par leur famille à l'administration.

L'action de ce livre se déroulant en 2008, les procédures décrites sont celles qui avaient cours avant la réforme de 2011 relative à la garde à vue.

RÉALISATION : NORD COMPO À VILLENEUVE-D'ASCQ
ACHEVÉ D'IMPRIMER SUR ROTO-PAGE
PAR L'IMPRIMERIE FLOCH À MAYENNE
DÉPÔT LÉGAL : MAI 2021. N° 147035 (98066)
IMPRIMÉ EN FRANCE